OLTREPASSARE LA LINEA

Di: Isabella Muir
Traduzione: Anna e Loretana Martini

Pubblicato in Gran Bretagna
Da Outset Publishing Ltd

Prima edizione in italiano pubblicata Dicembre 2020
Prima edizione in inglese pubblicata Luglio 2020

ISBN: 978-1-872889-34-4

Foto in copertina: di Erda Estremera
Disegno in copertina: di Christoffer Petersen

www.isabellamuir.com

'Un mistero avvincente, pieno di intrighi, in un'affascinante atmosfera vintage. Una pura evasione dalla realtà.'
Helen Cox
Scrittrice di romanzi sentimentali, d'avventura e di fantasia, nonché autrice di titoli di saggistica, e corsi di perfezionamento su tutti gli aspetti della scrittura creativa.

'Un'affascinante protagonista in una storia criminale, piena di mistero, intrighi e dettagli d'epoca.'
Tom Bromley
Autore editore di titoli di narrativa e saggistica e Direttore Fiction for the Professional Writing Academy, e direttore e fondatore del Salisbury Literary Festival.

'Un affascinante detective italiano, un vero mistero inglese. Cosa si può volere di più?'
Christoffer Petersen
Autore di romanzi gialli ambientati in Groenlandia e thriller Artici.

1964

CAPITOLO 1

5 LUGLIO
DOMENICA MATTINA

A Rose, da bambina, piaceva giocare in strada fuori dalla casa. Il suo gioco preferito era correre dal lampione sino alla cabina telefonica situata alle fine di Factory Road. Correndo poneva tutta la sua concentrazione sulla pavimentazione stradale, stando ben attenta a non calpestare le linee bianche. Come se toccare le linee potesse causare l'apertura di un abisso nel quale sarebbe stata inghiottita per sempre.

Ora, da adulta, Rose Walker aveva scoperto che erano le linee di confine, che si era creata nella sua vita, che la facevano sentire al sicuro.

Viveva in una villetta isolata situata lungo il tratto di spiaggia che conduceva al passaggio al livello. Una fitta siepe di ligustro separava il giardino anteriore dalla stradina a senso unico. Su un lato della villetta, i cespugli di tamarisco fungevano da frangivento mentre sugli altri due lati c'era una bassa staccionata. Al di là di questa, pascolavano le pecore.

La spiaggia di ghiaia distava cinquanta passi dalla porta di casa sua. Rose sapeva che erano cinquanta passi perché li aveva contati molte volte. Ma da quando, alcune settimane prima, era arrivata la roulotte Rose non era più andata sulla riva. Apriva la finestra della stanza anteriore ed ascoltava il rumore ritmico del mare. Era confortevole la regolarità delle maree controllate dalla luna e dal cambiamento delle stagioni; stagioni che vedeva riflesse nei fiori che coltivava.

Anche all'interno della villetta c'era ordine, tutto era nel posto giusto. Se rimaneva concentrata sulla sua routine, che ripeteva giorno dopo giorno, si sentiva preparata per affrontare quanto poteva succederle in futuro.

Fino a quella domenica mattina.

Rose non credeva alle superstizioni. Mentre seguiva la sua solita routine non aveva alcuna premonizione dell'evento, che le avrebbe cambiato la vita, nuovamente per la seconda volta.

L'orologio che si trovava al centro delle piastrelle del caminetto segnava sempre l'orario preciso. La radiolina era sintonizzata su un programma della BBC. Poco prima della trasmissione del segnale orario Rose sentì il suono del Big Ben, quindi girò lo sguardo sull'orologio da carrozza, sopra il camino e fu confortata nel vedere spostarsi le lancette in avanti per segnare l'ora esatta.

Le undici di mattina.

Si rilassò un po', trasse un profondo respiro. Ogni giorno feriale alle cinque dopo le undici passava il treno proveniente da Hastings per Eastbourne, il suo percorso si snodava nei campi sul retro della villetta. I binari deviavano verso destra prima di dirigersi dove c'era il passaggio a livello per poi riprendere la linea dritta ed andare lontano. Stando in piedi sull'estrema destra della finestra della stanza anteriore, lei poteva vederlo quando transitava all'altezza del passaggio al livello. Anche se le carrozze erano troppo lontane per permetterle di vedere i passeggeri, ma il tintinnio delle finestre ed il leggero scuotimento del pavimento sotto i suoi piedi erano, di per sé, rassicuranti.

Ma oggi era domenica, quindi la sua routine dei giorni feriali doveva cambiare. Il treno delle undici e cinque non transitava. Tuttavia, poteva mantenere lo stesso certe abitudini regolari della sua giornata. Alle undici andò in cucina, riempì un bollitore e lo mise sul fuoco. Poi preparò un vassoio coprendolo con un centrino di pizzo, quindi prese la sua tazza preferita di porcellana blu ed il piattino, e la caraffa del latte abbinata alla zuccheriera. Prese due biscotti dal barattolo e li mise su un piattino da tè. Preparò il tutto come se dovesse ricevere una visita. Sebbene il pensiero di una visita - qualsiasi visita - le riportò la sensazione di mancanza di respiro, una sensazione di contrazione nello stomaco.

Mentre aspettava il fischio del bollitore, tornò nella stanza anteriore: E fu quello il momento in cui li vide.

Due ragazzi adolescenti stavano camminando sul sentiero principale verso la sua villetta. Lei sentì un misto di emozioni; euforia, mista con la paura. Sentì le risate dei ragazzi e poi i loro sussurri mentre si fermavano davanti la porta di casa. Rimase nella stanza anteriore, in piedi lontano dalla finestra, in modo che potesse vederli, ma non essere vista. Almeno pensava che così fosse sino a quando uno dei ragazzi incrociò il suo sguardo. Alcuni secondi dopo bussarono forte alla porta. Doveva aprire? Era troppo tardi per fingere di non essere in casa. Sentì un contorcimento alla bocca dello stomaco.

Pochi istanti dopo, aveva deciso. Si avvicinò alla porta e l'aprì. I ragazzi la guardarono, poi si guardarono tra di loro.

In tutta la sua vita Rose non aveva mai preso droghe. Si era permessa una bevanda alcolica in una sola occasione, ma non aveva mai provato la sensazione di non focalizzare più per aver bevuto troppo. Immaginava che tale sensazione poteva somigliare all'effetto che ora provava. Stava guardando i due ragazzi in piedi sulla porta di casa che erano quasi del tutto identici. Era come se stesse vedendo doppio. Cercò con le mani i suoi occhiali. Erano scivolati un po' giù sul suo naso. Doveva provare a stringere le stanghette. Poteva farlo con il piccolo cacciavite che teneva nel cassetto delle posate in cucina. Smise di pensare agli occhiali mentre si concentrava di nuovo sui ragazzi.

Loro la fissarono, poi sorrisero, sulle loro guance apparvero delle fossette. Erano ancora un po' paffutelli come i bambini. Le venne voglia di allungare una mano per toccare i loro volti, spingere indietro la frangia di uno dei due ragazzi i cui capelli erano scompigliati dal vento.

"Entrate," disse. "Ho messo il bollitore sul fuoco."

Nonostante tutta la sua ansia, di pochi istanti fa, invitarli ad entrare sembrava la cosa più naturale da fare. I ragazzi sorrisero di nuovo e entrano nel piccolo corridoio. Gli indicò la stanza principale e li seguì.

"Quale è il vostro tipo di biscotti preferito?" Pensava di aprire la scatola di biscotti assortiti di

Crawford che aveva comprato intorno al periodo Pasquale. Era stata un'offerta speciale, e aveva ceduto alla tentazione di acquistarli. Da allora erano rimasti sempre nella dispensa.

I ragazzi si scambiarono uno sguardo prima di buttarsi, fianco a fianco, sul divano. Rose voleva scusarsi. Il divano era vecchio e usato. Non ci si era mai seduta, era lì per gli ospiti. Sebbene i ragazzi fossero i suoi primi ospiti.

"Forse preferite una bibita fresca. Che ne dite di un po' di acqua d'orzo al limone, o un succo di arancia?" Teneva sempre una bottiglia di succo di arancia nella dispensa, specialmente durante le giornate calde. C'era una brocca di vetro nella credenza, anche se avrebbe avuto bisogno di un risciacquo.

Mentre studiava i ragazzi più da vicino, notò alcune differenze tra loro. Non erano solo i loro capelli, ma anche qualcosa sui loro volti. O forse le loro espressioni, Il ragazzo con i capelli scompigliati dal vento aveva una certa disinvoltura, la sua postura era rilassata mentre metteva il braccio lungo la parte posteriore del divano. L'altro ragazzo stava seduto diritto, più vicino al bordo del divano e si guardava costantemente intorno.

"Vi ho visti prima," disse, pentendosi immediatamente, di aver pronunciato queste parole. Sicuramente si stavano chiedendo perché lei li stesse osservando. Nessuno avrebbe potuto capirlo.

Si sentì un graffiare sulla porta.

"È Tabitha," disse, indietreggiando mentre il gatto soriano entrava correndo dalla cucina.

Uno dei ragazzi si chinò per accarezzarlo ricevendo in cambio un soffio.

"Ha paura degli estranei." Rose sentì il bisogno di scusarsi per il comportamento del gatto.

"Noi veniamo da queste parti in bicicletta tutti i fine settimana," disse il ragazzo spettinato dal vento, accarezzandosi il grembo per incoraggiare Tabitha a salire. Il gatto rimase a una certa distanza, guardandolo sospettosamente.

"E quei biscotti allora?" disse suo fratello, allungando le gambe, urtando quasi il tavolino. Rose notò il fango sul fondo dei suoi jeans. Lei si chiese quale sarebbe stata la reazione della madre vedendoli.

"Sono Paul e lui è mio fratello George. E il tuo bollitore sta fischiando." Parlava a Rose come se le stesse dando delle istruzioni.

Era così assorta nei suoi pensieri che non aveva sentito il rumore, che ora stava penetrando nel silenzio.

"Se vuoi posso aiutarti." George la seguì in cucina. Cercò di indovinare quanti anni avesse. La quantità di brufoli sulla fronte, la leggera ombra scura sul mento, le fece pensare sui quattordici o quindici anni. Non era più un bambino, ma neanche ancora un uomo. Immaginava di preparare i pasti per lui, i ragazzi adolescenti avevano grandi appetiti. Prese altre due tazze e piattini dal ripiano più alto della credenza.

"Sei fortunata ad essere così alta," disse. "Io devo crescere ancora per raggiungere l'altezza dei miei genitori: e in famiglia siamo tutti bassi."

Lei arrossì. Ricordava la sua adolescenza quando uno scatto nella crescita l'aveva fatta diventare più alta del resto della classe di diversi centimetri. Era stata presa in giro per anni.

"Però è bello anche essere basso, sono più leggero sui miei piedi quando gioco al calcio," stava parlando di nuovo George. Provava un senso di fiducia verso di lui. Si chiese come mai potesse provare questo sentimento. Si rese conto di non poterlo sapere.

Ogni volta che parlava e le sorrideva sembrava come se tra di loro potesse nascere un'amicizia. Rose si soffermò un momento su questa idea. Avere un amico, anche un giovane amico come George, avrebbe potuto darle delle opportunità. La possibilità di conversare, uno scambio di idee su libri e musica. Questo era il tipo di relazione che avrebbe voluto avere con Vincent. Non proprio amici, ma quasi.

"I vostri genitori devono essere molto orgogliosi di voi," disse lei.

Lui prese, dal piatto, un biscotto e rompendolo fece cadere le briciole in terra.

"Non molto quando siamo irritanti," lui rispose ridendo.

"Io sarei orgogliosa di voi," disse lei arrossendo di nuovo.

Si ricordò della scatola di biscotti assortiti. Aprì lo sportello della dispensa, prese la scatola dal ripiano superiore, e la poggiò sul tavolo della cucina. Ma ancor prima che potesse mettere i biscotti sul piatto, Paul si affacciò sulla soglia dicendo che dovevano andare. In pochi istanti se ne andarono.

Li chiamò mentre correvano lungo il sentiero, le loro risate erano forti e stridenti. "Non avete bevuto il vostro tè."

Sentì Paul gridare al fratello. "Corri." Poi li vide saltare sulle loro biciclette e pedalare per tornare indietro lungo il viale che costeggiava la spiaggia sino a quando svoltarono l'angolo e furono fuori dalla visuale.

CAPITOLO 2

SABATO, 4 LUGLIO
E DOMENICA, 5 LUGLIO

Giuseppe Bianchi non aveva mai imparato l'arte di fare i bagagli. Due settimane prima della sua partenza, la valigia era già aperta sulla scatola della coperta nella sua camera da letto. In alcuni momenti del giorno e della notte andava nel suo guardaroba o cassettiera e tirava fuori una maglietta o un paio di pantaloni, gettandoli dentro la valigia. Di conseguenza, i vestiti erano ammucchiati tutti al centro, lasciando ai lati spazi vuoti.

La sera prima di partire cercò di velocizzare i preparativi. Vagò da una stanza all'altra nel suo appartamento, aprendo armadi e cassetti nella speranza di vedere un capo di abbigliamento, o articoli da toeletta, che potessero ispirarlo su cosa includere.

Sarebbe arrivato in Inghilterra a luglio. Sapeva che lì sarebbe stato più freddo di Roma, ma non freddo come nella sua precedente visita di dieci anni prima. Era stato lì due settimane per le vacanze di Natale. In quella occasione aveva cercato, in tutti i modi, di persuadere Rosalia ad accompagnarlo. Alla fine, lei era rimasta inamovibile. Aveva in programma di rimanere a casa e passare il Natale con gli amici. Un Natale inglese non faceva per lei. Giuseppe, al suo ritorno aveva trascorso gran parte di gennaio in casa a Roma, cercando di scongelare. Questa visita sarebbe stata diversa per molte ragioni, non solo per il clima.

Quando era stato a Roma Termini per acquistare il biglietto del treno, era ancora indeciso sulla data del suo ritorno. Sarebbe stato più facile comprare un biglietto di sola andata, ma in questo caso sarebbe stato più impegnativo fare le valigie, quante cose avrebbe dovuto prendere se non sapeva quanto tempo sarebbe stato con suo cugino?

La mattina della sua partenza, dopo una notte insonne, aggiunse due maglioni di cotone nella parte superiore della valigia. Erano ancora nell'incarto del negozio, mai indossati, ogni volta che indossava un maglione si sentiva opprimere, come quando doveva indossare una cravatta. Non era ignaro degli sguardi ammirati che riceveva dalle donne, ma non aveva la pazienza di pavoneggiarsi davanti allo specchio. Aveva ereditato il suo bell'aspetto da suo padre, i riccioli naturali, gli occhi castano scuro e la pelle olivastra. Avrebbe potuto scegliere tra molte donne, ma era un uomo sposato. Anche se erano passati quasi tre anni da quando Rosalia si era allontanata ponendo fine alla loro vita matrimoniale.

Un'ora dopo mentre si trovava sul marciapiede fuori dal suo palazzo, non riusciva a ricordare se avesse spento il gas. Aveva trascorso gran parte della mattinata, a guardare fuori dalla finestra della cucina l'orizzonte. In lontananza poteva vedere uno scorcio della cupola della Basilica di San Pietro. Quella vista era uno dei motivi per cui aveva scelto di rimanere in quell'appartamento nonostante la presenza di tutti i ricordi negativi. I minuti che aveva perso a guardare dalla finestra gli avevano lasciato poco tempo per lavarsi e radersi e non aveva avuto modo di fare un doppio controllo alla manopola del gas ed ai fornelli.

Il taxi arrivò con cinque minuti di ritardo. Fu solo mentre Giuseppe porgeva la valigia per metterla nel bagagliaio della macchina, che si rese conto di non aver proprio acceso il gas. Non si era preparato il suo caffè mattutino. Ne avrebbe preso uno alla stazione prima di prendere il treno.

Il tassista borbottava tra sé durante il tragitto verso Roma Termini. I cittadini di Roma stavano iniziando la loro giornata. Giuseppe era così abituato alla cacofonia di suoni, al caos del traffico, alle frequenti sirene di ambulanze e sirene della polizia. Quasi non le sentiva.

Una volta sulla pensilina lasciò che il facchino caricasse la valigia su un carrello a pianale, ma Giuseppe tenne stretto il borsone di pelle come se avesse avuto un ripensamento. Nonostante il trambusto intorno a lui, il facchino camminava lentamente, spingendo il pesante carrello davanti a lui, schivando la folla di persone in partenza o in arrivo.

Pochi minuti dopo, Giuseppe era sulla pensilina accanto al vagone letto del treno che lo avrebbe portato sino a Parigi. Prima di salire sulla carrozza fece un profondo respiro, nel tentativo di trattenere gli odori della sua amata città. Il mix del profumo del caffè appena fatto e il fumo delle sigarette, agrumi e basilico, tutti i ricordi del posto che presto si sarebbe lasciato alle spalle. Anche adesso, mentre camminava sul treno, verso il suo posto, aveva dei dubbi riguardo la decisione che aveva preso. Era allettante fare finta di poter scappare dai propri problemi quando in realtà conosceva abbastanza della vita da sapere che sarebbero rimasti con lui, ovunque fosse andato.

Aveva comprato un biglietto di prima classe. Era una stravaganza, facilmente giustificabile ora che era in pensione. L'assegno mensile della pensione era abbastanza alto. Per molti anni non aveva fatto altro che lavorare, ed accumulare denaro, con poco tempo per spenderlo.

Nella prima parte del viaggio fino al confine svizzero, aveva avuto per sé tutto lo scompartimento. Aveva letto e sonnecchiato alternativamente. Poi a Basilea la porta si aprì ed entrò una coppia. Giuseppe fece un cenno con il capo, loro sorrisero. L'uomo indossava un completo, la donna una giacca di seta abbinata al vestito, un tessuto lussuoso che Rosalia avrebbe adorato. A Giuseppe sembrò del tutto inappropriato quel vestito per viaggiare, ma la moda lo aveva sempre annoiato. Molte volte sua moglie aveva sfilato davanti a lui in un vestito, poi in un altro, chiedendo i suoi consigli. Lui la guardava ma intanto pensava ai casi che aveva in corso, le prove esclusive, l'identità di un criminale. I suoi colleghi di lavoro spendevano molto del loro stipendio nei migliori abiti, e scarpe fatte a mano. Quando erano fuori servizio si vestivano per fare la passeggiata serale, fermandosi in un bar per gustare un aperitivo o un espresso. Il design italiano era famoso in tutto il mondo. Giuseppe non vedeva alcun senso in questo. Il suo solito abbigliamento era una camicia blu a collo aperto, una giacca blu scuro e pantaloni di lino color crema. Tutte le sue camicie erano blu. Non era uno dei suoi colori preferiti, ma se doveva scegliere, sì, sarebbe stato il blu. Al momento indossava pantaloni grigi. Viaggiare con quelli color crema sarebbe stata una follia.

"Le dispiace se spostiamo la sua valigia?" L'uomo stava rivolgendosi a lui in inglese. Gli ricordò che presto avrebbe dovuto abituarsi a conversare in una lingua straniera. Aveva una buona padronanza dell'inglese ma poche possibilità di praticarla. Alcune parole erano difficili da pronunciare e molte erano impossibili da ricordare. Si sarebbe stancato i primi giorni per poter parlare con suo cugino e la sua famiglia dovendo tradurre le frasi prima mentalmente e poi esporle.

La coppia inglese sembrava contenta della reciproca compagnia. Giuseppe trovò sollievo tenendo gli occhi chiusi la maggior parte del tempo per evitare qualsiasi tentativo di conversazione. La sua visita alla carrozza ristorante fu veloce e solitaria.

I suoi amici non erano rimasti sorpresi quando avevano conosciuto i suoi piani. Il viaggio è una bella idea, gli dissero, amplia la mente. Si scrollò le loro parole di dosso. La sua mente era stata sufficientemente ampliata con crimini di tutti i generi. Aveva esaminato le menti oscure dei criminali e rabbrividì per quello che aveva visto.

Verso sera, l'assistente attraversò il treno, facendo i letti e avvisando i passeggeri che la carrozza ristorante avrebbe riaperto di nuovo per la colazione il mattino alle 6. Giuseppe non si aspettava di potersi addormentare ma il movimento ripetitivo del treno lo cullò e crollò in un sonno profondo. Furono solo le voci della coppia inglese che lo svegliarono poco dopo le 6.30.

"Si ferma a Parigi o va in Inghilterra? È in vacanza?" chiese l'uomo.

"Inghilterra. Ma non è una vacanza." Parlava lentamente scandendo ogni parola godendo della stranezza dei suoni. Fu solo quando disse la parola "vacanza" che si interrogò. Non una vacanza, e allora? Una visita alla famiglia? Una fuga?

Quando il treno arrivò a Parigi, Giuseppe era già pronto sulla porta della carrozza, lasciando la coppia inglese a trafficare con il loro bagaglio. Aveva attraversato Parigi durante il suo ultimo viaggio in Inghilterra. Sapeva che era importante avere pronti i franchi e doveva essere vigile se il tassista avesse sovraccaricato il prezzo. Sicuramente era così in tutto il mondo.

L'ultima tappa del viaggio passò rapidamente. Fortunatamente non soffriva il mal di mare, quindi l'attraversamento con il traghetto non gli causò problemi, ma provò un senso di sollievo quando fuori dalla nebbia vide le Bianche scogliere di Dover.

Doveva prendere un treno da Dover e Mario gli aveva detto di avvertirlo al suo arrivo a Eastbourne. "Ti verrò a prendere, ti eviterò di prendere un taxi," gli aveva detto suo cugino. "Arriverò quando sarà. Non c'è bisogno di fare tante storie. Ed è meglio che non lasci Anne da sola al bar."

"Non sei cambiato," gli aveva detto suo cugino.

"Perché dovrei voler cambiare?" Rifletteva spesso su questa conversazione che avevano fatto molte volte in questi anni. Chi era il più testardo - suo cugino o lui? Forse entrambi a modo loro. Mario aveva trascorso metà della sua vita in Inghilterra rinunciando alla sua casa dell'infanzia in Roma, rifiutandosi di farci ritorno anche per una visita. Giuseppe conosceva le ragioni che Mario aveva per non voler tornare, ma ora che era passato così tanto tempo quelle motivazioni sembravano piuttosto una scusa.

Lasciando Dover alle spalle, il treno si snodò attraverso le zone verdi del Kent e su nell'East Sussex. Giuseppe guardando fuori dal finestrino del treno e notò una grande differenza. Luglio a Roma equivaleva a strade calde e polverose, invece qui sembrava come se fosse stato selezionato il percorso per mostrare gli alberi pieni di foglie e campi maturi per il raccolto. Ogni sfumatura di verde sparsa ovunque da una tavolozza di un pittore per creare un incantevole dipinto.

Dopo un cambio ad Ashford ed un altro ad Hastings, l'ultimo tratto del viaggio di Giuseppe, verso Eastbourne seguiva la costa. Aveva intravisto le spiagge di ghiaia e il mare torbido. Nonostante fosse una giornata estiva, il cielo era di un bianco latteo, gran parte della luce solare filtrava attraverso una coltre di nuvole.

Doveva arrivare ad Eastbourne alle diciotto e cinque. Giuseppe guardò l'orologio. Era a quindici minuti dalla sua destinazione finale. All'improvviso il treno si fermò. Giuseppe avvicinò il viso al finestrino, cercando di mettere a fuoco. Era come se le nuvole fossero discese. Tutto ciò che vide erano ombre, movimenti nella nebbia. La nebbia marina si era insinuata, nascondendo il sole, dando alla vista dal finestrino un aspetto quasi onirico.

Era solo nel suo scompartimento, ma mentre apriva la porta, senti voci concitate. Molti degli altri passeggeri avevano lasciato i loro posti per riunirsi nel corridoio.

"Perché ci siamo fermati?" Urlò un uomo anziano, agitando il suo bastone da passeggio verso il suo compagno.

"Cercate la guardia," gemette un altro passeggero, una giovane donna, strinse il suo viso tra le mani.

"Forse qualcuno ha tirato il freno di emergenza," disse l'uomo anziano, con voce autoritaria, nella sua voce un chiaro tentativo di provare a portare calma nella situazione.

Pochi istanti prima che la guardia gli ordinasse di fare diversamente, Giuseppe colse l'occasione, apri la porta più vicino a lui, saltò giù sulla ferrovia. Non si voltò per vedere le espressioni sciocacate degli altri compagni di viaggio, scavalcò i binari, andando verso il passaggio a livello e verso le sirene di emergenza che si stavano avvicinando.

CAPITOLO 3

5 LUGLIO
DOMENICA POMERIGGIO

Quando Christina Rossi si era assicurata il lavoro come giornalista junior per *l'Eastbourne Herald* si era ripromessa che sarebbe rimasta "junior" per il minor tempo possibile. Il suo editore, Charles, la incoraggiava, ma in modo paternalistico. Il suo atteggiamento fece in modo che Christina fosse ancora più determinata a dimostrare di essere più di una ventitreenne che si occupava di articoli sulle nascite, matrimoni e morti, intervallati da regolari rapporti sulle riunioni locali dell'Istituto delle Donne.

La sua determinazione a lasciare il segno non si era fermata quando aveva lasciato l'ufficio venerdì sera. La maggior parte dei fine settimana, quando non si prendeva cura di suo nipote di sei anni, Stevie, lei scriveva o aiutava occasionalmente i suoi genitori – Mario e Anne - nel loro bar sul lungomare. In sottofondo c'era la sua radio a transistor accesa. Era appena finita la canzone, *The House of the Rising Sun,* e il suo piede batteva il ritmo.

Il mix di immagini viste nel loro salotto il giorno prima ancora ronzavano nella sua mente. Dopo mesi di suppliche, aveva convinto suo padre ad affittare una televisione. Lui sosteneva che non ci sarebbe stato tempo per usarlo. Ma quando il furgone di Rediffusion si fermò sabato pomeriggio, era eccitata quasi quanto Stevie.

"Non pensare che ti sarà permesso di guardarlo ogni giorno, Stevie," gli disse Mario. "È più per adulti che per te."

Ma Christina aveva acquistato prontamente una copia del *Radio Times*. Aveva trovato programmi per bambini che sarebbero piaciuti a Stevie, e un articolo che mostrava che i Rolling Stones avrebbero partecipato alla Juke Box Jury alle diciannove. Il suo sabato sera era risolto. Una volta terminato il programma spense la televisione, ma la riaccese per le ultime notizie della serata.

Per settimane tutti i giornali avevano riportato la notizia di un ragazzo di dodici anni scomparso a Manchester. Keith Bennet, stava andando a casa di sua nonna, ma non era mai arrivato. Vedere l'accaduto sullo schermo televisivo rendeva il terribile incidente più reale. Dopo questo, era difficile concentrarsi per scrivere.

La frase *"pericolo sconosciuto"* era stata battuta da alcuni giornali e lei l'aveva sentita ripetere da alcune madri quando aveva accompagnato Stevie a scuola. L'articolo sul quale stava lavorando non riguardava pericoli che avrebbero potuto affrontare i bambini, ma ora si chiedeva se invece non fosse giusto trattare questo argomento. Il suo articolo si concentrava sulla ingiustizia persistente che potrebbe cambiare la vita di qualcuno, rimuovere la sua voce, rubare la sua libertà. Tutto scritto dal punto di vista di una donna. Aveva fatto ricerche e pianificato per settimane, e come risultato, aveva ottenuto pensieri angoscianti sulle diseguaglianze che sembravano circondarla. Charles aveva detto che avrebbe esaminato qualsiasi articolo da lei redatto ma non fece promesse riguardo la pubblicazione. Inoltre, le aveva chiarito che avrebbe dovuto lavorarci nel suo tempo libero.

Ora era domenica, lei aveva promesso a Stevie che avrebbero passato la domenica pomeriggio sulla spiaggia, ma era così concentrata nella centesima volta che provava la stesura del suo articolo che prima di rendersene conto, il pomeriggio era quasi finito.

Stevie aveva trascorso gran parte della giornata al bar viziato dai clienti, due fette di torta al limone e un biscotto di pasta frolla lo avevano distratto abbastanza da lasciare Christina in pace, ma la noia alla fine era arrivata.

Con suo nonno Mario, impegnato a chiacchierare con uno dei clienti abituali, e sua nonna Anne, che puliva i tavoli e riempiva le zuccheriere, Stevie riuscì a sgattaiolare su per le scale nella camera da letto di Christina, senza che nessuno se ne accorgesse.

"Ora possiamo andare in spiaggia, per favore?" Nonostante avesse solo sei anni, Stevie aveva già scoperto come ottenere le cose sfoggiando un sorriso accattivante. "Sono stato molto paziente."

Si avvicinò alla toletta di Christina, che lei usava anche come scrivania, prese il primo foglio da una pila di bozze scartate, agitandolo come se fosse un uccello in volo. "Mi avevi detto che potevo prendere il mio secchiello e paletta."

Qualche giorno prima Stevie aveva dato un morso ad una mela e uno dei suoi denti da latte anteriori era caduto. Il vuoto che aveva lasciato non provocava solo un leggero fischio, ma nell'insieme rendeva la sua faccina ancora più angelica.

"Stevie è un bambino vivace," la sua insegnante lo aveva detto a Christina nella prima riunione con i genitori. Il commento la fece sorridere. Conoscendo tutto quello che Stevie aveva dovuto affrontare, era sollevata dal fatto che il giudizio fosse così positivo. Non c'era dubbio che fosse vivace, ma spesso lo faceva anche intenzionalmente. La sua più grande paura era che si rivelasse come sua madre.

"Adesso è troppo tardi, Stevie, il meglio del sole è sparito. Ti prometto che andremo il prossimo fine settimana." Mentre parlava, vide la sua espressione con il muso e il mento che tremava. Lo tirò verso di lei, togliendogli la frangetta dagli occhi.

"Non piangere non vale la pena piangere per una gita in spiaggia. Credimi."

C'era così tanto in Stevie che le ricordava sua sorella. La testardaggine, la petulanza e, quando necessario, la capacità di farsi uscire le lacrime. Sua sorella, Flavia, aveva un pulsante di auto- distruzione, che rendeva operativo in ogni occasione.

Quando nacque Stevie, Flavia annunciò di non essere tagliata per fare la madre. Poco dopo il secondo compleanno di Stevie, Flavia se ne andò di casa e si diresse al nord, lasciando che si prendessero cura di lui Christina ed i suoi genitori. Non si era mai parlato del padre di Stevie, o anche se Flavia sapesse chi fosse. Era tornata in poche occasioni, ma ogni volta che tornava aveva un altro guaio da raccontare, un'altra relazione fallita, problemi di denaro, era stata licenziata. L'elenco era infinito. L'ultima visita di Flavia si era coincisa con la prima settimana di scuola di Stevie, forse intenzionalmente, o più probabilmente per caso. La sua presenza aveva aggiunto altre emozioni a quelle che ogni bambino ha quando inizia la scuola elementare. Per molto tempo, dopo la sua visita, Stevie si svegliava con degli incubi, rassicurandosi solo dopo il conforto della zia.

Non appena Stevie fu abbastanza grande, Anne gli spiegò che Flavia era sua madre, ma che aveva un lavoro molto impegnativo e non poteva occuparsi di lui. La verità era che Flavia non aveva neanche un lavoro. Christina aveva contribuito ad allevarlo ed ora il loro rapporto era più simile a genitore e figlio che a zia e nipote. Christina non riusciva a capire come questo la facesse sentire.

"Va bene, hai vinto," disse Christina, avvicinandolo a lei per abbracciarlo.

"Veramente? Davvero possiamo andare?"

"Si, possiamo andare davvero. Prendi il costume da bagno e trova i tuoi sandali. L'ultima volta che li ho visti erano in mezzo al prato sul retro."

Mezz'ora dopo Stevie era seduto sul sedile posteriore della Morris Minor di Christina, stringendo il secchiello e la paletta, tutta la scontrosità era stata sostituita da un ampio sorriso. Christina aveva abbassato uno dei finestrini posteriori prima di sedersi sul sedile del conducente, girare la chiave, avviare il motore e partire.

Lungo tutto il lungomare di Bexhill vi erano persone che passeggiavano, prese nelle loro conversazioni. Una donna passeggiava mano nella mano con il marito, indossando il suo migliore vestito estivo, un cardigan azzurro pallido drappeggiato sulle spalle. Un'altra coppia, più giovane, la ragazza in una corta minigonna, il ragazzo con i pantaloni a tubo, sfoggiavano le braccia bruciate dal sole.

La giornata era calda, umida, più che un caldo torrido. Christina aprì il suo finestrino il più possibile, per creare un circolo di aria che spazzasse via gli odori nella macchina. La sua macchina era stata parcheggiata di fronte al bar da sabato sera e aveva l'odore persistente delle patatine da sei penny che si era concessa mentre tornava a casa da amici. L'odore stantio della frittura, mescolato con l'aceto, la faceva sentire nauseata, distraendola dal pensiero dell'articolo di giornale incompiuto che si era lasciata alle spalle sulla scrivania.

Diede un'occhiata nello specchietto retrovisore, catturando lo sguardo di Stevie concentrato mentre canticchiava una canzone. Christina aveva riconosciuto il ritmo di *Can't Buy me Love,* l'ultimo disco che aveva ascoltato prima di spegnere il transistor e afferrare il costume da bagno e cambiare i suoi sandali preferiti, con cinturini argento, con una coppia malandata di scarpe da ginnastica. Zia e nipote canticchiavano in armonia, con Christina che aggiungeva le parole.

Il suo sguardo tornò sulla strada da percorrere. Diede un'occhiata ai punti di riferimento dove era passata innumerevoli volte in tutti gli anni che aveva vissuto nella città di mare. Bexhill-on Sea una volta era il resort favorito per famiglie provenienti da Londra e dintorni. Ma negli ultimi anni, i vacanzieri sembravano preferire le città vicine di Hastings ed Eastbourne, con le sale giochi e parchi di divertimento. Nel complesso, gli abitanti di Bexhill avevano recepito l'abbandono di turisti come un vantaggio, voleva dire avere la città tutta per loro. Non ne avevano risentito molto e alla gente del posto era piaciuta questa situazione. In inverno ed estate potevano godersi le cabine dell'epoca Vittoriana sulla spiaggia, resistite al costante martellamento della salsedine e pioggia; passò davanti il furgoncino dei gelati che raramente cambiava la piazzola, pronto a vendere i coni '99' anche nel giorno più freddo.

Mentre Christina arrivava alla fine del lungomare, le era necessaria la concentrazione mentre transitava sulla rotatoria di Little Common, passando oltre i negozi del paese, e andando verso il mare. Non era mai stata una guidatrice esperta, nonostante avesse sorpreso tutti superando il test alla prima prova.

Pochi minuti dopo svoltò a destra in Beach Walk, la stretta strada secondaria che serviva da scorciatoia per i locali che volevano evitare la più trafficata Marsh Road. Beach Walk correva vicino ai ciottoli e dopo una tempesta invernale, unita a un'alta marea, le onde portavano ammassi di ciottoli, facendoli precipitare su l'asfalto, e rendendo la strada difficile da percorrere. In quei giorni, le persone del luogo sapevano di doverla evitare per paura di avere distrutto il parabrezza o peggio.

Ma questo giorno di luglio seguiva settimane di tempo secco, che aveva lasciato la strada libera da ciottoli. Presto, con l'arrivo della buona stagione, la spiaggia sarebbe stata affollata di famiglie che si godevano una domenica insieme, una breve tregua prima dell'inizio della nuova settimana lavorativa.

Quando la marea si ritirò, fu gettata un'ampia distesa di sabbia, e fu in quella occasione che Christina si era recata in spiaggia ed aveva visto degli uomini scavare per cercare lunghi vermi. Sembrava una ricerca tranquilla, anche se il solo pensiero di raccogliere vermi le aveva fatto rivoltare lo stomaco.

Christina aveva controllato le tabelle delle maree e sapeva che la marea, quando avrebbero raggiunto la spiaggia, sarebbe entrata per metà, e per metà fuori, e stava pensando al posto migliore per stendere gli asciugamani di lei e Stevie. Guardò a sinistra, verso l'orizzonte e fu allora che notò le nuvole basse di nebbia che avanzavano verso di lei.

Chiunque fosse stato sulla spiaggia avrebbe visto prima la nebbia di mare che si avvicinava. I bambini non avrebbero avuto bisogno di persuasione per lasciare i loro castelli di sabbia. Come il sole sarebbe stato coperto dalla fitta foschia, così il calore sarebbe stato sostituito dal freddo.

Mentre avanzava, la nebbia si addensava. Era come se un tricheco gigante si muovesse pesantemente sull'acqua e sopra la spiaggia, rimuovendo tutti i colori dal mare, dal cielo, trasformando tutto grigio. Era stata ingoiata da una forza che aveva annullato tutti i suoi sensi, non si sentivano più gli odori familiari, il sapore di sale, la muffa delle alghe, quasi onnipresente in questo tratto di costa. Aveva smesso di cantare pochi minuti prima, ma ora anche Stevie aveva smesso di canticchiare. Nonostante i finestrini della macchina fossero aperti, non si sentiva più il movimento ripetitivo dell'acqua di mare sulla ghiaia. Era come se avesse perso l'udito.

La sudorazione appiccicosa che sentiva sul suo viso, prima quando era passata davanti al furgoncino del gelato, fu sostituita da un sudore freddo. Il suo battito accelerava. Rallentò la macchina, accendendo i tergicristalli, sperando che l'aiutassero a vedere più chiaramente in avanti. Lei si sedette in avanti, le dita stringevano il volante, il viso premuto vicino al parabrezza. La nebbia era al massimo della sua densità, turbinando intorno all'auto, mentre lei cercava di avanzare con la massima attenzione possibile. Era come guidare attraverso le nuvole. Il posto era diventato inquietante, sembrava come se potessero emergere creature mistiche dal mare per inghiottirli.

Christina capì dalla curva della strada di essere vicina al passaggio a livello, anche se ora poteva vedere appena a tre metri davanti a lei. Qui non c'era nessun posto dove poter girare l'auto. Doveva continuare ad andare avanti. Allo stesso tempo si stava preparando per lo sfogo che avrebbe avuto Stevie quando si fosse reso conto che dopo tutto non ci sarebbe stata una nuotata. Ricordava, da quando era stata lì precedentemente che si trovava a destra della strada e cinquanta metri prima del passaggio a livello, c'era una villetta isolata. Qualche settimana prima era arrivata una vecchia roulotte, ed era ancora lì sulla spiaggia, direttamente di fronte alla villetta. Ora nella luce torbida poteva vedere poco, tranne vaghe forme nella nebbia. Mentre la macchina avanzava lentamente Christina si sentì sempre più disorientata. Era come se fosse in una terra straniera.

All'improvviso vide qualcosa in terra davanti a sé.

Frenò, fermò completamente la macchina. Sbirciò attraverso il parabrezza, cercando disperatamente di mettere a fuoco.

Si girò verso il nipote. "Fermerò qui la macchina. Ma non voglio che tu ti muova assolutamente. Hai capito, Stevie? È importante che tu rimanga in macchina." Sentire l'agitazione nella sua voce le fece battere ancora più forte il cuore.

Il bambino annuì avvertendo un cambiamento nell'umore.

Quindi Christina si avventurò fuori dalla macchina e camminò verso la forma immobile che giaceva in parte sulla strada ed in pare sul bordo della ghiaia. Un ragazzo, il suo corpo contorto, deformato. E sangue, così tanto sangue.

CAPITOLO 4

5 LUGLIO
DOMENICA POMERIGGIO

Domenica pomeriggio alle diciassette, Rose Walker era seduta al tavolo di cucina per prendere il suo tè. Due fette di pane, con la pasta di acciughe, di Shippam, spalmata tra loro, il sandwich tagliato ordinatamente in quattro: Rose non era mai stata una grande golosa. Alcuni giorni aveva dovuto sforzarsi per mangiare tutti e quattro i quarti. Non poteva sopportare di avere gli avanzi in frigo e lei non aveva mai buttato via il cibo. Si ricordava il periodo in cui c'era poco da mangiare. Alcune mattine, quando era bambina, si svegliava con la fame che le aggrediva lo stomaco e nell'ora di andare a letto si girava e rigirava, sognando torte e biscotti.

Accanto al suo sandwich aveva una teiera abbastanza grande per due tazze. Lasciò l'infuso nell'acqua esattamente per cinque minuti. Non era il tipo a cui piacesse il tè debole o lattiginoso e lo zucchero che rovinava l'infuso. Le piaceva assaggiare il sapore deciso del tannino.

Dopo la breve visita dei due ragazzi quel giorno, Rose aveva trascorso il pomeriggio leggendo. Era la terza volta che leggeva *The Lion, the Witch and the Wardrobe*, e la terza volta che si faceva strada attraverso tutte le *Chronicles of Narnia*. Ogni volta che lei girava le pagine scopriva sempre più aspetti delle storie. A volte la terra di Narnia riempiva la sua immaginazione. Era come se l'avesse visitata di persona. Un posto dove la gente aspettava di essere liberata, perché una strega cattiva aveva schiavizzato le persone.

Avrebbe voluto che i ragazzi fossero rimasti più a lungo. Avrebbe potuto conversare con loro sui libri. Uno dei ragazzi - George, il ragazzo che l'aveva seguita in cucina, provava dolcezza per lui. Immaginava che avrebbe capito gli argomenti dei libri di *Narnia*, forse li avrebbe anche letti. Il pensiero la fece sorridere. Era più probabile che lui avrebbe scelto *The Lord of the Flies* o qualcosa del genere; storie dove si nascondono pericolo e violenza. Le immagini balenarono nella sua mente. Cercò di cacciarle via.

Troppo tempo per pensare. Se non fosse stata una domenica, avrebbe potuto lanciarsi nella sua routine di faccende domestiche. Ma la domenica era un giorno di riposo, una vacanza. Scandì la parola, pronunciandola ad alta voce lentamente. Giorno santo, vacanza. Le piaceva pensare alle parole e come si fosse giunti al loro significato. Ora leggeva tutto il tempo, e invece quando era a scuola gli altri bambini la deridevano, la chiamavano somaro. Lei avrebbe voluto dirgli che conosceva tutte le risposte a tutte le domande poste dagli insegnanti, ma aveva paura ad alzare la mano. Cercava sempre di confondersi nella folla per passare inosservata, ma essere così alta lo rendeva difficile. C'era solo una persona che la capisse.

Finì il suo sandwich ed il tè, mise via i piatti e asciugò il tavolo di cucina in legno. Si era tolta il grembiule della domenica prima di sedersi a pranzo, ma prima di lavare i piatti, lo rimise di nuovo, legandolo intorno alla vita con un doppio nodo.

Alle diciassette e venti le sue faccende erano finite. Entrò nella stanza anteriore, anticipando l'arrivo del prossimo treno. Era uno dei treni per il quale l'orario era rimasto invariato anche la domenica ed era previsto l'arrivo ad Eastbourne alle diciotto e cinque.

Si fermò alla finestra e scostò la tenda a rete di lato per avere una visione più chiara. Ma, la fredda nebbia marina aveva imbiancato tutto all'esterno, rimuovendo tutti i colori. Era come se stesse guardando attraverso una rete. Premette il viso contro la finestra, spostando i suoi occhiali, quindi indossandoli di nuovo, anche se l'oculista le aveva detto che non ne aveva quasi bisogno. Erano stati i suoi costanti mal di testa a farla andare per un controllo, ma il medico le aveva detto che la sua vista era buona. Tuttavia, gli occhiali la facevano sentire protetta, uno scudo dal mondo esterno.

Qualcosa catturò la sua attenzione sulla sua sinistra, vide una macchina che avanzava piano lungo Beach Walk e si dirigeva verso la villetta. Nonostante fosse in grado di vedere solo forme vaghe nella nebbia, era certa di non immaginarlo. Quando, la macchina era a pochi metri di distanza, si fermò. Pochi istanti dopo vide una donna uscire dall'auto. La nebbia era troppo densa per Rose per vedere il viso della donna. Continuò a fissarla, come se stesse guardando un film a rallentatore.

La donna avanzò, verso un qualcosa che era in terra. Al raggiungimento di quel qualcosa la donna sembrò angosciata, le sue mani si sollevarono su e poi giù. I suoi gesti sembravano incontrollati. Rose non sentiva niente, ma era certa che la donna stesse gridando.

Quindi Rose guardò con orrore la donna spalancare il cancello e correre verso la sua porta. Rose fu presa da un senso di panico. La donna si stava avvicinando alla porta principale e Rose vide la sua faccia più chiaramente. Aveva già visto quella donna. Veniva spesso in spiaggia durante il fine settimana, accompagnata da un ragazzino. Si sedevano accanto ai frangiflutti, la donna leggeva, mentre il bambino raccoglieva conchiglie in un secchiello. Rose aveva parlato al ragazzino in un'occasione. Portava sempre un dolcetto o due nella tasca del grembiule e una mattina che Rose era nel giardino antistante, il ragazzino era corso nel suo viale principale. Rose aveva detto "Ciao," ma poi la donna lo aveva chiamato. A Rose non era piaciuto il modo in cui la donna aveva afferrato la mano del ragazzo e lo aveva trascinato via. Forse ora la donna stava tornando per rimproverarla per aver parlato con il bambino. Non intendeva fare del male, ma c'erano delle regole. I bambini erano stati avvisati di non parlare con estranei. Lei ne aveva sentito parlare alla radiolina. Rose ebbe pochi secondi per decidere cosa fare. Pensò di nascondersi sul retro. Lo aveva fatto pochi giorni prima, quando aveva udito bussare forte alla porta e aveva sentito una voce da lei conosciuta. In qualche modo lui l'aveva rintracciata, lei non sapeva come. In quell'occasione era rimasta accucciata sotto il tavolo della cucina per molto tempo sino a quando lo sbattere e le urla si erano fermate. Era terrorizzata di uscire fuori nel caso lui fosse stato ancora lì, in attesa. L'intera esperienza le aveva ricordato i giorni durante la guerra quando le sirene si accendevano e non c'era tempo di raggiungere un rifugio. Ovviamente ora aveva capito quanto potesse essere inutile, nascondersi sotto un tavolo per evitare le bombe. Se fosse stata centrata la sua casa, sarebbe andata giù insieme al tavolo da cucina che avrebbe fornito poca o nessuna protezione. Al contrario, molto probabilmente sarebbe diventato una trappola, una specie di bara improvvisata.

Non c'era più tempo per nascondersi. La donna bussava e bussava alla sua porta d'ingresso. Doveva aver visto Rose alla finestra della stanza anteriore. Rose era stata coraggiosa, prima aveva scoperto una forza dentro di sé. Poteva rievocarla di nuovo ora, per darsi il coraggio di aprire la porta. Lei si eresse, facendo un respiro profondo, poi rallentò, scivolando le sue pantofole lungo il tappeto del corridoio, mentre stava pensando alla sua difesa. Lei avrebbe spiegato che voleva solo dare un dolce al bambino, sicuramente non c'era nulla di male in questo. Forse il bambino stava aspettando nell'automobile. Avrebbe potuto invitarli ad entrare per bere qualcosa e prendere un biscotto. Si chiese se avesse fame, se avesse preso il suo tè. Forse avrebbe potuto offrirgli un panino.

Rose fece scivolare la catena, aprendo un paio di centimetri la porta. Vide che il viso della donna era pallido, privo di sangue. Qualcosa non andava, e ora Rose si rese conto che doveva avere a che fare con quel qualcosa che giaceva in terra, a pochi metri dalla sua porta d'ingresso. "Per favore, deve venire. Ho bisogno di aiuto," La donna aveva le braccia tese verso Rose come in richiesta di aiuto. "Chiami il 999, lo faccia subito e poi venga ad aiutarmi. C'è un ragazzo gravemente ferito, penso che potrebbe morire."

CAPITOLO 5

5 LUGLIO
DOMENICA POMERIGGIO

Christina non era rimasta alla villetta ad aspettare. Aveva lasciato la donna in piedi davanti alla porta, ancora a bocca aperta. Le aveva chiesto di chiamare il 999, ma era come se la donna fosse congelata incapace di muoversi o reagire.

Christina tornò di corsa dal ragazzo e si inginocchiò accanto a lui. Era disteso sul fianco sinistro, con una gamba attorcigliata in una strana angolazione, uno strappo sulla gamba destra dei suoi jeans. Il sangue sgorgava da uno squarcio nella parte posteriore della testa, i suoi capelli folti erano arruffati, il colletto della sua maglietta macchiata di rosso scuro. Il sangue aveva macchiato l'asfalto sotto di lui. Gli occhi chiusi, ma c'era tensione sulla sua faccia. Questo non era un sonno normale.

Si accovacciò, facendo attenzione a dove metteva le mani: c'erano pezzi di vetro rotti vicino al corpo. Lei mise il viso vicino alla sua bocca, sperando di sentire il suo respiro, anche se leggero. Fissò il suo petto, per vedere se desse segni di vita sollevandosi ed abbassandosi. Aveva paura che toccandolo poteva peggiorare la situazione.

Non riusciva a pensare lucidamente. La donna della villetta doveva aver telefonato per un'ambulanza ormai. Quanto tempo impiegavano ad arrivare?

Per un momento sviò lo sguardo dal ragazzo per guardarsi intorno. La nebbia era ancora fitta, ma lei riuscì a distinguere a un po' di metri di distanza, quasi sotto al passaggio a livello la forma di una bicicletta, poggiata su un lato. Forse il ragazzo stava andando in bicicletta ed era caduto. Una caduta poteva spiegare lo strappo nei suoi jeans, ma non tutto il sangue. Se stesse scendendo da una collina pedalando a rotta di collo, forse... Ma in questo punto su Beach Walk, senza pietre o altri ostacoli, non c'era nulla che potesse aver causato la sua caduta dalla bici. Inoltre, essendo così vicino al passaggio a livello, sicuramente in questo punto avrebbe rallentato.

Abbassò di nuovo lo sguardo sul corpo del ragazzo. I suoi occhi erano ancora chiusi. Non c'era alcun movimento. Forse era in stato d'incoscienza.

Mentre studiava il viso del ragazzo, ebbe la sensazione di averlo già visto, sulla spiaggia. Aveva forse tredici o quattordici anni, brufoli in quantità sulla fronte, capelli castano scuro tagliati corti attorno alle sue orecchie, e quello che sembrava un ciuffo, ora era appiattito e ingarbugliato. Gli toccò i capelli, ma tirò indietro la mano con orrore sentendo la freddezza del sangue che ora macchiava le sue dita.

Se fosse arrivata qualche istante prima, avrebbe potuto fare di più per aiutarlo. E forse persino intervenire per impedire l'incidente - se era stato un incidente. *Se solo avesse risposto prima alle suppliche di suo nipote.*

Stevie. Grazie a Dio, per una volta, le aveva ubbidito e l'aveva fatto rimanendo in macchina. Era combattuta tra stare con il ragazzo finché non arrivava l'ambulanza o andare a controllare suo nipote. Se Stevie aveva visto il corpo del ragazzo, o se l'avesse vista correre alla villetta, forse aveva capito che qualcosa non andava. Lui probabilmente si era spaventato.

Corse di nuovo in macchina e si mise sul sedile posteriore accanto a Stevie, tirandolo verso di lei e tenendolo vicino. Lui si liberò contorcendosi e indicò i suoi piedi. "Il mio sandalo è venuto via e non riesco a rimetterlo." Lei iniziò a ridere e poi in pochi istanti le risate si trasformarono in singhiozzi. Era lo shock, ma ora a Stevie tremava il labbro inferiore, lo stava spaventando.

"Quale è il problema, Zietta? Ti sei fatta male?"

Fissandole la mano destra che era macchiata di sangue, il sangue di qualcuno che poteva aver perso la vita. Tirò Stevie di nuovo vicino a sé, mentre sentiva il suono stridulo di un treno che frenava. Poi alcuni istanti dopo un'ambulanza passò velocemente dinanzi a lei, fermandosi accanto al corpo del ragazzo, la sirena accesa seguita da un'auto della polizia. C'era confusione.

"Possiamo andare a vedere la macchina della polizia, Zia?" L'espressione di Stevie era piena di speranza. Era l'occasione per un'avventura.

Christina scosse la testa, tenendo stretta la mano di Stevie. Sbirciò attraverso il parabrezza anteriore e notò che negli ultimi minuti la nebbia marina stava iniziando a sollevarsi. Poteva vedere il treno, fermo al passaggio a livello.

Guardò gli uomini dell'ambulanza spostare il corpo del ragazzo su di una barella. Due poliziotti in uniforme avevano parlato con l'autista dell'ambulanza prima di salutarlo. Quindi uno dei poliziotti si avvicinò alla sua macchina facendole segno di uscire.

"Sta bene, signora?" disse.

"È morto?" Era tutto ciò che riusciva a pensare, tutto ciò che temeva.

"Sta andando in ospedale, ha visto cos'è successo?"
Lei scosse la testa.

"Avremo bisogno di una sua testimonianza non appena..." Lui smise di parlare, e solo allora si rese conto che non le aveva dato una risposta. Non sapeva se il ragazzo fosse vivo o morto.

Il poliziotto si allontanò dalla sua macchina, tornò ad unirsi al suo collega, e lei li osservò mentre entrambi camminavano ispezionando il terreno intorno.

Lei tornò di nuovo in macchina questa volta al posto di guida. Pochi istanti dopo un altro uomo era accanto alla macchina bussando sul finestrino laterale.

"Christina. Stai bene?"
Per un momento pensò di avere delle visioni, lo shock può giocare brutti scherzi. La faccia al finestrino era familiare. Aveva visto delle foto e ricordava la sua visita anni prima.

"Chi è quello?" chiese Stevie, cercando di aprire la portiera della macchina. Invece fu l'uomo che aprì la portiera e sollevò Stevie nelle sue braccia.

"E tu devi essere Stevie." La sua voce era densa di un accento che Christina conosceva, sebbene suo padre lo avesse quasi perso completamente.

"Zio Giuseppe," disse, sentendo di nuovo che stava per piangere, ma sapeva che suo nipote stava osservando ogni sua espressione.

"Non capisco. Come mai sei qui?"

"Ero sul treno ho visto..." Smise di parlare consapevole che il bambino stava ascoltando. "La guardia ci ha chiesto di restare sul treno ma ho deciso di controllare cosa stava succedendo."

Un abbozzo di sorriso gli attraversò il viso e il respiro di Christina tornò normale. Fu solo allora che realizzò che stava stringendo i denti così forte che le faceva male la mascella.

"Come fai a sapere il mio nome?" chiese Stevie, felice di essere nelle braccia di questo gigante straniero che sembrava un po' come suo nonno Mario.

"Andiamo a casa," disse Giuseppe, rimettendo giù Stevie convincendolo a tornare in macchina.

"Non credo di poter guidare." Christina guardò le sue mani. Era come se non le appartenessero più.

"Guiderò io," disse Giuseppe, facendo sedere Christina nel sedile del passeggero. Cercò di spingere il sedile del guidatore indietro il più possibile per dare più spazio alle sue gambe, ma con le ginocchia toccava quasi il volante.

"Sei sicuro?" Christina lo guardava mentre cercava di sistemare la sua corporatura nello spazio della sua macchina, la parte superiore della sua testa sfiorava il tetto dell'auto.

"Guiderò io e tu mi dirai a destra e sinistra. Mi confonderò alle vostre rotatorie."

"Io conosco la strada," esclamò Stevie dal sedile

posteriore.

Giuseppe girò la macchina e stava per partire quando uno dei poliziotti si avvicinò al finestrino. "Signore, signora, non dimentichi che abbiamo bisogno della sua testimonianza."

"Mia nipote ha avuto uno shock, lo farà senz'altro domani."

Senza aspettare una risposa partì. Durante il viaggio di ritorno Giuseppe più volte dimenticò da che parte della strada doveva guidare. Spesso i conducenti gli suonarono il clacson. Ma lui li ignorò tutti.

Viaggiarono in silenzio mentre Stevie canticchiava. Poi mentre Giuseppe parcheggiava davanti al bar, Christina si ricordò che mancava qualcosa. "Dov'è il tuo bagaglio?"

"Sul treno. Lo prenderò più tardi alla stazione o forse domani. Stasera metterò un pigiama di tuo padre."

Giuseppe si era fermato davanti al bar e Christina vide il padre venire fuori per salutare suo cugino, mentre lei rimaneva immobile all'interno della macchina. Era come se fosse congelata sul sedile, le mani umide, le labbra secche. Si rese a malapena conto che sua madre era uscita per portare dentro Stevie, dopo che Giuseppe doveva aver dato ai suoi genitori le spiegazioni di cosa era successo nelle ultime ore. Giuseppe le aprì la portiera e la incoraggiò a muoversi. Il bar aveva chiuso alle cinque, quindi non c'erano clienti e non si doveva far finta di nulla. Tutto quello che desiderava fare Christina era scappare nella sua camera da letto, chiudere gli occhi e cercare di cancellare l'immagine dell'adolescente che giaceva malconcio in terra.

Invece si sedette al tavolo nella cucina sul retro e lasciò che la mamma le mettesse in mano una tazza di tè caldo e dolce. A Stevie era stato detto di giocare in giardino per un po'.

Giuseppe prese in mano la situazione spiegando ciò che era noto e ciò che doveva ancora essere confermato. Per tutto il tempo Christina cercava con tutte le sue forze di far passare il tremore alle sue mani almeno il tempo sufficiente di prendere un sorso di tè.

"Pensi che il macchinista abbia visto qualcosa?" Mario stava cercando di sapere più dettagli. "Doveva aver rallentato in quel tratto dirigendosi verso Norman's Bay. E gli altri passeggeri? Giuseppe tu non puoi essere stato l'unico a scendere dal treno."

"La guardia aveva detto a tutti di rimanere sul treno," rispose Giuseppe. "E alle persone non piace essere coinvolte. Vogliono tornare a casa dalle loro famiglie."

"Conosciamo il ragazzo?" chiese Anne a Christina.

"Penso di averlo visto, ma non posso esserne certa. Era difficile vederlo bene in viso..." Christina si coprì il viso con lei mani. "Oh, Dio, la sua povera famiglia. Immagina se fosse successo a Stevie."

Giuseppe si alzò e le mise una mano sulla spalla. "La polizia si occuperà di tutto. Non devi preoccuparti."

"Non ti ha aiutato nessuno? Deve esserci stato qualcuno nelle vicinanze. Non c'è una villetta lì vicino al passaggio a livello?" disse Mario.

Christina sentì l'ansia nella voce del padre, quasi la rabbia per sua figlia che aveva dovuto affrontare un evento così terribile da sola.

"La donna della villetta ha chiamato la polizia. Ho bussato alla sua porta per dirglielo."

"Non è lei quella che una volta, mi hai detto, ha provato a regalare un dolce a Stevie?" disse Mario.

"Probabilmente è soltanto una donna sola, poverina," disse Anne. C'era qualcosa nell'aria, qualcosa di spiacevole che nessuno stava esprimendo. "Cerca di non pensarci ora. È meglio che facciamo entrare Stevie così berrà il suo tè."

CAPITOLO 6

6 LUGLIO
LUNEDÌ MATTINA

Un letto scomodo, pensieri confusi e un numero insufficiente di coperte tutto aveva contribuito alla notte insonne di Giuseppe. La sveglia di Mario aveva iniziato il suo ronzio ripetitivo alle cinque e trenta del mattino, rimbombando sulla parete della stanza di Giuseppe. Aveva sentito i passi di Anne andare in bagno, qualche minuto dopo la sentì, ancora in pantofole, andare in cucina, mentre Mario andava in bagno per lavarsi e radersi.

Quando il bollitore fischiettò era il segnale per la famiglia Rossi che iniziava la loro giornata, dai rumori nella stanza dall'altra parte del corridoio Giuseppe capì che anche Stevie era sveglio. La sera prima gli erano state date istruzioni rigorose che non avrebbe dovuto disturbare suo zio Giuseppe e per questo era riconoscente. Dopo tutto quello che era successo il giorno prima; un viaggio faticoso terminato con la scoperta di un ragazzo morto, il sonno di Giuseppe era stato agitato.

Nelle primissime ore del mattino aveva sentito passare un veicolo davanti al bar. Procedeva lentamente, fermandosi per qualche minuto per poi proseguire di nuovo. Si sentiva un crepitio, il tintinnio del vetro contro vetro. All'inizio aveva pensato ai camion della spazzatura che passavano nella sua strada a Roma. Autocarri che anticipavano la sua sveglia mattutina tutti i giorni, seguiti dallo spazzino che spazzava e lavava la strada. Ma Giuseppe era a Bexhill, non a Roma. Qui il latte veniva consegnato in bottiglia, e con una giornata che si prevedeva intensa per il bar probabilmente era stata depositata una cassa di latte alla porta di casa.

Giuseppe si appisolò per un po' dopo la consegna del latte per svegliarsi di nuovo quando suonò la sveglia di Mario. Giuseppe non aveva fretta di alzarsi, ogni volta che chiudeva gli occhi si riaprivano. Vedeva in continuo le immagini del corpo del ragazzo, che roteavano nella sua mente insieme all'immagine di un altro ragazzo morto un'altra volta, in un altro posto. Un caso lasciato irrisolto. Ma questo non era un nuovo caso, non per lui. Era in pensione, era in Inghilterra e non era sua la responsabilità di trovare un eventuale assassino.

Alla fine, fu un sollievo buttare indietro le coperte ed alzarsi dal letto. Lui non passava mai tanto tempo in bagno, la considerava una fastidiosa necessità di vita lavarsi e radersi ogni mattina. Una volta aveva provato a fare un calcolo del numero di ore che si passavano, in una vita, a spazzolare i denti e farsi il bagno. Aveva abbandonato l'idea prima di raggiungere il risultato. Ma era certo che avrebbe superato centinaia di giorni.

Era stata la sua decisione di andare in pensione con la conseguente perdita della routine quotidiana che lo aveva lasciato svuotato. I margini del mondo che si era costruito erano stati cancellati. Tutto fluttuava liberamente. In verità quei sentimenti non erano iniziati solo quando era andato in pensione. Fu quando Rosalia lo aveva lasciato che la sua vita aveva iniziato a sgretolarsi.

Sin dai primi giorni del loro matrimonio lei gli preparava la colazione. Latte caldo con abbastanza caffè per dargli la giusta combinazione di colore. Lei tirava fuori i biscotti, che lui immergeva nel latte. Appena finito il piccolo biscotto ovale ammorbidito, il dolce profumo di pinoli e mandorle fluttuava verso di lui, gli odori che lui associava alla famiglia, alla casa. Quindi sollevava il tovagliolo bianco inamidato, lo portava alle labbra, e si asciugava la bocca e il mento prima di ripiegarlo e appoggiarlo nuovamente sulla tovaglia.

Giuseppe cercava di mantenere la solita routine mattutina da quando Rosalia aveva messo fine al loro matrimonio. Con sua moglie andata via temeva di cadere in un abisso. Se le cose fossero rimaste nel loro ordine gli sarebbe sembrato che non fosse cambiato nulla, anche se tutto era cambiato in modo così significativo, a volte questo faceva raddoppiare il suo dolore. In pochi giorni si rese conto che aveva bisogno di stabilire una nuova routine, solo allora avrebbe potuto fare i primi passi verso una vita diversa. Il nuovo modo di affrontare la sua mattinata era lavarsi, radersi, vestirsi e camminare fino al piccolo bar all'angolo della sua strada a due isolati da casa. Nel momento che varcava la soglia, il proprietario del bar, Franco, iniziava a preparargli un espresso, riempiendo per metà la tazzina con il delizioso liquido. Questo breve e deciso inizio giornata dava a Giuseppe uno sprint. Il piacere del latte caldo e biscotti apparteneva a una parte diversa della sua vita quella che doveva lasciarsi alle spalle e dimenticare.

Ora, seduto in cucina di suo cugino, attraverso la finestra, guardava un cielo inglese cupo e si chiedeva, non per la prima volta, cosa il futuro avesse in serbo per lui. Il suo umore non fu sollevato da ciò che Anne aveva preparato per lui sul tavolo della colazione. Non sarebbe mai stato in grado di tollerare il tè inglese anche senza latte. L'alternativa del caffè istantaneo non era migliore. Poi c'erano le fette di pane confezionato che aveva poca somiglianza con il vero pane a cui lui era abituato, la stessa differenza che c'era tra gli spaghetti in scatola e la pasta italiana.

Nell'aria erano rimasti odori della cena dalla sera precedente. Suo cugino aveva creato qualcosa somigliante a lasagne ma niente che avesse a che fare con il loro sapore. Ovviamente è impossibile ricreare il sapore speciale del basilico fresco e origano quando si usano erbe secche. Per fortuna il parmigiano che Giuseppe aveva portato da Roma aveva contribuito ad aggiungere un tocco di gusto in più. Ora si pentì di non averne portato un pezzo più grande, abbastanza da durare per l'arco di tempo della sua permanenza .... Per quanto tempo?

Spinse via il suo piattino da tè inutilizzato e lo trasferì nel lavandino. Desiderava un bicchiere d'acqua. Mentre lasciava scorrere l'acqua fredda tra le dita, scosse la testa.

"Anche l'acqua," disse ad alta voce in una stanza vuota. Per pochi istanti fu colto dalla nostalgia della fresca acqua che viene giù dai Sette Colli di Roma, e che alimenta le molte fontane di acqua potabile che sono ad ogni angolo di strada.

Erano trascorse meno di ventiquattro ore dal suo arrivo a Bexhill e già desiderava non essere mai arrivato.

Poteva sentire, nel bar di sotto, i clienti mattinieri; Anne li accoglieva con i suoi toni tranquilli e Mario rideva occasionalmente alle battute che venivano scambiate.

Suo cugino aveva aperto il Bella Café da diciotto anni, poco dopo essere arrivato in Inghilterra con sua moglie e le loro due bambine. Giuseppe non aveva dubbi che in quegli anni suo cugino era diventato più Inglese che Italiano, lasciandosi alle spalle le sue radici, trasferendo le sue appartenenze. Questa cosa bruciava a Giuseppe, forse più di quanto avrebbe dovuto. Dopotutto non era il custode di suo cugino.

L'appartamento di quattro camere da letto sopra il bar era la casa della famiglia Rossi. Il negozio e l 'appartamento combinati erano stati ricavati da una grande casa edoardiana situata centralmente sul lungomare di Bexhill. Alla sinistra del bar c'era un'edicola, a destra un calzolaio. Oltre la fila di negozi c'era una casa con la doppia facciata, gestita, durante i mesi estivi, come un bed-and-breakfast. L'esterno di tutti gli edifici era triste, si notava poco la delimitazione tra la caffetteria, i negozi ed il bed-and-breakfast, la caffetteria risaltava tra gli altri per le grandi finestre panoramiche e per dei dipinti sopra ciascuna delle porte anteriori. Ma una volta dentro il bar Giuseppe aveva visto che Mario aveva usato tutte le sue energie creando uno spazio caldo e accogliente per i suoi clienti. I tavoli erano coperti da tovaglie di plastica a quadretti bianchi e rossi. Piante verdi rampicanti pendevano dai cestini ai lati della porta. Per rafforzare il tema italiano di rosso bianco e verde una stringa di bandiere italiane in miniatura era appesa sopra il bancone e stampe incorniciate, di spiagge e paesaggi dai colori vivaci, coprivano le pareti.

Al contrario l'appartamento di sopra era un po' troppo semplice, quasi senz'anima, con pochi colori tra i mobili e le decorazioni. La sala da pranzo era abbastanza grande da contenere un tavolo di grandi dimensioni per tutta la famiglia, sembrava però che fosse usato più come mobile da ufficio. Sul tavolo c'erano un paio di schedari, accanto un contenitore mezzo pieno di una pila di fatture. Giuseppe ricordava dalla sua precedente visita che la famiglia trascorreva poco tempo nell'appartamento, e raramente usava la cucina, molte volte mangiavano frettolosamente di sotto nella cucina sul retro.

Giuseppe tolse le sue poche cose della colazione e andò al piano di sotto nel bar per raggiungere Mario e Anne. Anne stava servendo un uomo anziano che sembrava fosse più intenzionato a chiacchierare con un altro cliente a un tavolo vicino, piuttosto che a decidere cosa volesse per colazione.

"Come sta Christina questa mattina?" chiese Giuseppe.

"È già andata al lavoro. Ho cercato di fermarla. Non credo abbia dormito affatto, povera ragazza. Prima che finisca la giornata le serviranno i fiammiferi per tenere gli occhi aperti."

Anne si girò di nuovo a guardare l'uomo anziano

che stava indicando un piatto di torta.

"Una porzione di quella, Signor Selmon? E una caraffa di tè. Si sieda gliela porterò subito."

Il Signor Selmon sembrava soddisfatto, allontanandosi dal bancone, e andandosi a sedere accanto al suo amico per continuare la loro conversazione.

"Sei riuscito a dormire Giuseppe? Ho pensato che avresti avuto un po' più di spazio nella vecchia stanza di Flavia, ma è nella parte anteriore, quindi può essere più rumorosa, soprattutto la mattina presto," disse Anne. "Stevie dorme nel piccolo ripostiglio in cui eri l'ultima volta che sei venuto e ad essere sincera non potevo affrontare il pensiero di spostare tutti i suoi giocattoli e quant'altro."

"Anne, per favore non preoccuparti. Sto bene. Ho solo necessità di parlare con Mario un momento."

"Non vedeva l'ora che tu arrivassi. Ti aspettavamo entrambi."

Si asciugò le mani con il grembiule e poi si scansò un ricciolo sciolto che era caduto sulla guancia sinistra, ma così facendo si sporcò la guancia con le briciole della torta che aveva appena servito.

"Ci sarà tempo per parlare insieme. Lo vorrei fare quando non sarai così impegnata con il bar."

"Se intendi parlare di quel povero ragazzo, non credo che ci sia nessuno che possa fare qualsiasi cosa. Christina prima di andare a lavorare ha telefonato all'ospedale ma non le hanno detto nulla, ed è giusto, naturalmente. Lei non ha relazioni di parentela con il ragazzo."

Giuseppe studiò in viso Anne. Doveva dirle di cosa

lui era certo? Quando l'ambulanza si era allontanata, la domenica sera, da Beach Walk non aveva acceso la sirena. Non doveva correre per raggiungere l'ospedale, per cercare di salvare una vita. La vita era già stata persa.

"Non credo che le notizie sarebbero buone," disse chinando la testa in segno di commiserazione.

Mario era felice di prestare la sua auto a Giuseppe, dietro la sua promessa che avrebbe guidato con cautela.

"Questa non è Roma. Le persone guidano più lentamente, hanno rispetto per gli altri," disse Mario.

"Ti restituirò la macchina incolume." Il viso di Giuseppe fu attraversato da uno sorriso. "Sono un poliziotto. Conosco le regole della strada."

"Sei un detective in pensione e sei italiano. Due cose che in questa circostanza sono più a tuo sfavore che a favore," furono le osservazioni conclusive di Mario.

Mario gli diede le indicazioni per andare alla stazione di Eastbourne, dove lui ebbe una breve conversazione molto confusa con il ferroviere che si occupava del deposito bagagli.

"Signore, lei ha lasciato il suo bagaglio qui da noi? Quindi lei deve avere lo scontrino."

"Non ho lo scontrino. Il mio bagaglio era sul treno, io sono sceso. Il mio bagaglio no."

Alla fine, il ferroviere chiamò un assistente e insieme riuscirono a rintracciare il bagaglio e restituirlo al proprietario, permettendo a Giuseppe di ripercorrere la strada verso Beach Walk.

Erano passati poco meno di dieci minuti da quando aveva lasciato la stazione di Eastbourne, il caos del traffico del lunedì mattina era diminuito. Non c'era necessità di andare veloce, tuttavia la macchina di Mario sembrava lenta. Giuseppe cercò di ricordarsi se questa fosse la stessa macchina di dieci anni prima quando era venuto a Bexhill. Sicuramente non era la stessa? Ma forse solo lo stesso modello. Una Hillman Imp. Un misero confronto con la Lancia rosso brillante di Giuseppe, lasciata parcheggiata a Roma sotto casa sua.

Prima che potesse fermarla, l'immagine di quella scena, sulla strada sotto il suo appartamento, si insinuò nella sua mente. Il corpo di un ragazzo che giaceva in terra sotto il suo balcone. Un "incidente" fu la versione ufficiale del medico legale. Nonostante il verdetto, aveva chiesto ad un collega di esaminare il caso perché lui non poteva. Troppo vicino a lui per tanti aspetti. Ma non uscì fuori nulla, aveva preso le distanze da un caso irrisolto. L'unico caso che non era riuscito a concludere con successo. C'erano volte in cui pensava di non poter continuare. Non dubitava solo della sua vita da poliziotto, ma di tutto. Tutta questa orribile storia era la ragione per la quale aveva deciso di andare in pensione. Aveva solo cinquantacinque anni. Lui poteva continuare a fare il detective, ma no. Per mesi, quando chiudeva gli occhi la notte, tutto ciò che vedeva era la strada macchiata di sangue, il corpo del ragazzo che veniva portato via. Ora, quando chiudeva gli occhi, avrebbe visto l'immagine di un altro ragazzo impressa nella sua mente. Era venuto in Inghilterra per sfuggire ai suoi demoni, per dare un nuovo volto alla vita. Invece sarebbe stato perseguitato con la stessa visione – della morte.

Cercò di scrollarsi di dosso i pensieri negativi mentre riacquistava la sua concentrazione. Ritornare sulla scena del crimine, ancora ed ancora, fino a quando non vengono fuori gli indizi nascosti. quello era stato il suo mantra in tutta la sua vita lavorativa. Guidò lentamente verso una barriera montata temporaneamente attraverso la svolta per Beach Walk

POLIZIA – INCIDENTE – STRADA CHIUSA

Parcheggiò la macchina sull'orlo dell'erba che separava la strada principale dall'inizio della strada a senso unico. Questa mattina la spiaggia era deserta, forse a causa dei segnali della polizia o per il tempo burrascoso, o entrambi. Non c'era vociare né traffico, solo lo schianto delle onde sollevate dal vento e in alto il richiamo dei gabbiani mentre si tuffavano a picco sul mare.

La distanza da dove aveva parcheggiato la macchina ed il passaggio a livello era poco più di quindici minuti. Tempo di pensare. Si tirò su il bavero della giacca desiderando di aver aggiunto un pullover sopra la camicia. Aveva bisogno di più tempo per acclimatarsi. Se fosse stato a casa, ora ci sarebbero stati sei o sette gradi di più, o forse anche oltre. Le estati a Roma duravano fino a ottobre, con giornate anche invernali con cieli blu e temperature abbastanza calde da sedersi fuori dal suo bar preferito godendosi un bicchiere di vino.

Il primo tratto della sua camminata passava accanto ad alcune capanne sulla spiaggia, poi ci fu un tratto libero che scendeva abbastanza ripido verso il litorale con sterpi di legno e ciottoli accantonati sui lati.

Quando raggiunse il passaggio a livello incustodito, vide un altro cartello inchiodato ad un palo su un lato della strada.

INCIDENTE – DOMENICA 5 LUGLIO
CHI HA DELLE INFORMAZIONI CONTATTI
LA POLIZIA DI EASTBOURNE SUL 777555

Incidente. Giuseppe non ci credeva. Eppure... lui era stato sul treno che si era fermato a pochi metri dal corpo del ragazzo. Poi, quando aveva lasciato il treno con i suoi passeggeri impauriti, aveva trovato Christina seduta nella sua macchina, scioccata e tremante. Ora era tornato sulla scena dove poteva ottenere un'immagine più chiara di ciò che poteva essere accaduto. Provò a ricordare cosa era stato in grado di vedere dal finestrino del treno, era fastidiosamente molto poco. Lui era nell'ultima carrozza di un treno con dodici vagoni.

La passeggiata dalla macchina al luogo dell'incidente non era stata faticosa, ma quando si trovò vicino al passaggio a livello, si accorse di essere un po' senza fiato. Lo addebitava al clima inglese. Anche nei giorni caldi il cielo lo opprimeva. Prese un taccuino dalla tasca della giacca e fece un disegno del luogo della scena. Un urlo improvviso lo fece sussultare facendogli cadere la matita.

"Lei non può stare qui, deve andarsene. Qui è successo un crimine." Un giovane ufficiale di polizia corse verso di lui; il suo viso arrossì mentre parlava. "Non ha visto i cartelli? C'è stato un incidente. La strada è chiusa."

"Alle macchine, io sono a piedi, come può vedere." Giuseppe era abituato a prendersi le responsabilità. Le persone si rivolgevano a lui senza che lui dovesse dire o fare molto per farlo succedere. "Sto aiutando la mia collega, lavora per *Eastbourne Herald*, un aiuto per le vostre ricerche." Questa era una sorta di verità.

"Supponevo che lei fosse di un giornale in questo caso va bene. Ma è meglio che registri la sua presenza, solo per un controllo."

"Non c'è bisogno. Sto andando via."

"Stia attento a dove cammina."

Guardando avanti a lui Giuseppe ricordò la descrizione dettagliata che Christina gli aveva fatto della posizione del corpo del ragazzo, la sua testa e la parte superiore del corpo sdraiata sulla strada, le gambe proprio sul bordo dei ciottoli, quasi come se la sua forma adolescenziale fosse stata troncata in due.

Aveva detto di aver visto una bicicletta in terra a un paio di metri dal corpo del ragazzo, vicino al bordo della ferrovia ed il passaggio a livello. La polizia doveva averla rimossa, insieme a qualsiasi altra prova. Prova che Giuseppe non era autorizzato a vedere perché non era coinvolto.

Questo non è il mio caso. Questo doveva essere il suo nuovo mantra. Niente più casi per lui. La sua esperienza come investigatore non era più richiesta.

Tuttavia, il suo sguardo controllava il terreno attorno ai suoi piedi. Lui aveva sviluppato un occhio forense nei suoi trenta anni con le forze di polizia, venticinque come detective. Centinaia di casi, migliaia di sopralluoghi sulle scene dei crimini, guardando e riguardando di nuovo, sperando che l'ambiente circostante gli desse risposte, o almeno gli offrisse qualche possibilità.

Sull'asfalto una macchia scura indicava dove era la testa del ragazzo, il sangue secco scoloriva la superficie grigia della strada. Al suo arrivo le nuvole avevano ombreggiato il sole, ma ora alcuni raggi furono sufficienti per gettare luce su qualcosa che era in terra, tra i ciottoli. All'inizio Giuseppe pensò non fosse altro che un riflesso, forse una conchiglia rotta. Lui borbottò mentre si accovacciava e il suo corpo si irrigidì. Lui sapeva bene che non doveva toccare prima di aver guardato. Toccare le prove creava conflitti con la rilevazione delle impronte digitali, facendo perdere il preciso posizionamento degli indizi che potrebbero rilevarsi come utili informazioni sulla sequenza degli eventi. Non poteva inginocchiarsi, sulle pietre sarebbe stato insopportabile, ma in posizione china era abbastanza vicino da vedere che quello che i raggi del sole avevano illuminato non erano conchiglie, ma vetri colorati. No, non vetro, plastica colorata. Prese un fazzoletto dalla tasca e raccolse uno dei pezzetti di plastica per studiarla più da vicino. Il pezzo di plastica rossa aveva delle creste che lo attraversavano. Guardando nella zona circostante notò altri piccoli pezzi della stessa plastica rossa, frammenti, tutti distanti pochi centimetri dal pezzo frastagliato che aveva raccolto. Lo avvolse nel suo fazzoletto e lo fece scivolare nella tasca della giacca.

Mettendosi in piedi, si spostò dal bordo della ghiaia. Nonostante la nebbia marina, che c'era stata il pomeriggio precedente, la sera e la notte erano state asciutte. Lui sapeva che l'umidità poteva influenzare una scena del crimine. La pioggia o la rugiada del mattino potrebbe ostacolare i tentativi di raccogliere prove. Ma potevano anche essere utili. Un'orma bagnata potrebbe fornire preziose informazioni. Il tipo e le dimensioni della scarpa la posizione dell'impronta rispetto alla vittima. Ora. Giuseppe guardava nella zona circostante, non vedeva impronte, almeno non impronte significative. I poliziotti avevano camminato in quell'area, anche gli uomini dell'ambulanza quando avevano spostato il corpo del ragazzo. Non c'erano indizi su chi poteva essere con il ragazzo pochi istanti prima della sua morte. Per ora tutto quello su cui poteva concentrarsi era il pezzo di plastica rossa nella sua tasca. Forse col tempo avrebbe raccontato la sua storia.

CAPITOLO 7

6 LUGLIO
LUNEDÍ POMERIGGIO

L'orologio sul monumento alla Regina Vittoria suonava le 12 mentre Giuseppe stava, sul marciapiedi davanti al bar, guardandosi intorno. I passanti forse pensavano che stesse occupandosi di un'indagine sul traffico o stesse facendo un tipo di censimento della popolazione. I suoi occhi si soffermavano brevemente su ogni persona, ogni macchina. La sua presenza fisica era lì sul lungomare di Bexhill, ma i suoi pensieri erano altrove, non statici come il suo corpo, ma costantemente ipotizzanti varie teorie su cui lavorava dalla sera prima, valutandole una per volta prima di accantonarle nella sua mente. Se Giuseppe fosse stato ancora un poliziotto, operativo al suo solito centro in Roma, supportato dalla sua squadra, non avrebbe avuto dubbi sui prossimi passi da fare. Nella prima fase di indagine tutti erano potenziali sospetti, nessuno poteva essere escluso; amici, vicini, anche famigliari. Era fondamentale anche considerare quale motivo i sospettati potessero avere avuto. Sebbene era difficile immaginare, qualcuno capace di uccidere un ragazzo di quattordici anni, qualunque fosse stato il motivo.

Scacciò via i pensieri oscuri guardando dall'altra parte della strada e vide Christina parcheggiare a pochi metri di distanza.

"Il tuo editore ti ha rimandato a casa?" le chiese.

Lei si avvicinò prima di rispondere e quando parlò la sua voce era monotona come se fosse troppo stanca per formare una frase.

"Sono nel posto di lavoro sbagliato," gli rispose.

Giuseppe non disse nulla. Indovinava il problema senza bisogno delle sue spiegazioni. Una giornalista investigativa deve indagare, raccogliere gli indizi, scovare dettagli salienti in modo da far sì che i lettori siano invogliati ad acquistare il giornale. Meno di ventiquattro ore prima Christina aveva visto un cadavere, probabilmente il suo primo cadavere. Non anelava di certo di seguire questa vicenda.

"Il tuo editore vuole che tu vada dalla famiglia?"

Lei annuì. "Sono entrata in ufficio stamattina e sono stata salutata con un applauso di congratulazioni. Tutto ciò che Charles ha saputo dire è quanto fosse stato magnifico che mi fossi 'trovata sul postò'. E non vuole solo la storia, ma la vuole anche subito. 'Fai quello che vuoi ma ne ho bisogno per l'edizione di domani'. Come può anche pensare alle scadenze quando un ragazzo è morto? Te lo dico mi si rivolta lo stomaco."

"Verro con te." Giuseppe fece un cenno verso la macchina, per farle capire che sarebbero dovuti andare immediatamente. Vide le emozioni contrastanti alternarsi sul suo viso. Lei era una professionista, sapeva cosa l'aspettava, ma era giovane e spaventata. Anche lui una volta era stato giovane e spaventato. Gli sembrava una vita fa.

"L'ultima volta che sono stato qui avevi solo tredici anni, i tuoi capelli erano lunghi, sempre legati in una coda di cavallo. Ora hai il tuo stile, lo definirei chic. Hai padronanza del tuo sapere e della tua autostima."

"Hai ragione, prima non ero sicura di niente. Ma con tutto quello che è successo negli ultimi dieci anni ancora ho dei problemi, anche adesso."

"Tua sorella?"

"Ti ricordi come stava? Lei non è realmente cambiata in questi ultimi dieci anni, è come se i suoi misfatti siano diventati più cruenti."

"Misfatti?" Giuseppe faticò a pronunciare la parola.

"Un comportamento, criminale per lo più."

Giuseppe la guardò con aria interrogativa, cercando di afferrare il significato sottinteso delle sue parole.

"Non il tipo di crimini che potrebbero farti finire in prigione," lei continuò. "Anche se forse ora..." La sua voce si attenuò ed avviò il motore.

"Ed ora c'è Stevie," disse Giuseppe.

"Sì, ora c'è Stevie."

Viaggiarono in silenzio per un po' finché non raggiunsero Little Common, un villaggio a soli due chilometri di distanza. Era diventato un'estensione di Bexhill piuttosto che un villaggio separato. Il secolare villaggio verdeggiante era ormai diventato il centro di una rotatoria, da lì iniziava Sea Road e arrivava direttamente a sud oltre il campo da golf passando davanti diverse case di campagna spaziose, per finire verso la spiaggia.

"Penso che tu ora possa pubblicare le tue opinioni," disse Giuseppe, rompendo il silenzio.

"Forse."

"Un giornalista è in un buon posto per far sentire

la propria voce."

"Non proprio se sei una junior e una donna. Il mio capo pensa che la mia massima capacità di reporter sia essere al concorso per torte dell'Istituto Femminile."

"Ma tu gli dimostrerai che si sbaglia," disse Giuseppe fermamente convinto.

"Ho redatto un articolo. Charles dice che lo stamperà solo se è abbastanza buono. Anche se questo probabilmente significa solo se lui è d'accordo, quindi la possibilità che venga mai letto dalla popolazione di Eastbourne è zero."

"Qualcosa di cui sei appassionata?"

"Si. Sto osservando il modo in cui la vita sta cambiando per le donne o piuttosto come dovrebbe cambiare. Negli ultimi mesi ho intervistato donne, del posto, di tutte le età e ho alcune interviste interessanti. Le intervistate più polemiche sono felici che sia citato il loro nome nelle opinioni espresse, ma la maggior parte vogliono rimanere anonime. Ci sono troppe donne che hanno paura di parlare, di dire cosa provano davvero per il lavoro, nella vita coniugale, la maternità. Io sono per la libertà di parola. Cosa succederebbe se la gente spaventata si chiudesse nel silenzio?"

Mentre parlava, a Giuseppe venne in mente la passione che lui sentiva quando si arruolò per la prima volta alle forze di polizia. Passione che aveva e non si era mai dissipata.

"Mi piacerebbe leggerlo."

"Avrei molto piacere che tu lo leggessi." Christina stava per aggiungere altro quando si fermò, arrossì in viso.

"Stai bene?"

"Io ero... ero così occupata con l'articolo, che non ho portato Stevie fuori. Se fossimo andati prima in spiaggia, chissà."

"Ferma l'auto." Il tono di Giuseppe era autorevole ma non cattivo.

Christina si fermò sul lato della strada, spense il motore e si girò verso Giuseppe.

"Tu eri presente nel luogo in cui un ragazzo ha perso la vita. Ma non sei responsabile. Ricordatelo. Servitene."

"Cosa intendi dire?"

"Servitene, non punirti per quello che hai fatto o non ha fatto, ma usa questo fatto per scoprire la verità. È così che aiuterai la famiglia, le persone che hanno avuto una perdita così dolorosa."

Mentre parlava il pensiero di Giuseppe ritornava ad un'altra morte, quella dalla quale si era allontanato e per la quale continuava a sentirsi in colpa.

Christina si volse verso Giuseppe. "Sono così felice che tu sia qui."

Lui scivolò sul sedile e poi per uscire dall'imbarazzo che si era creato tra di loro disse, "E quando diventerai una giornalista senior, per favore comprati una macchina più grande."

"Ha," Christina rise, accese il motore e ripartì.

"Mi ci è voluto un anno di risparmi per questo vecchio mucchio di ruggine. Non contarci troppo."

Per un po' viaggiarono in silenzio, Giuseppe ogni tanto picchiettava sul cruscotto dell'auto, come se stesse suonando una melodia.

Quindi chiese, "Conosci la famiglia?"

"L'identità del ragazzo è stata confermata, si chiamava George Leigh. Me lo ha appena detto il mio editore che ha un rapporto reciproco di collaborazione con la polizia locale."

"I Signori Leigh hanno due figli." Giuseppe notò come Christina si passava una mano sul viso arrossato, le sue guance di un rosso fuoco. Fece una pausa prima di continuare.

"Loro avevano due figli. George e Paul. È George che..."

Giuseppe vide che stava facendo fatica a continuare.

"Avevi mai visto i ragazzi prima?"

"Quando io e Stevie andavamo in spiaggia. Soprattutto il fine settimana. Ma non ho mai parlato con loro."

Svoltò a sinistra in Sea Road, poi a destra in un vicolo cieco, parcheggiando di fronte a una casa in mattoni semi indipendente, arretrata rispetto alla strada.

"E questo è tutto," disse spegnendo il motore, rimanendo sul sedile del conducente fissando la casa. Giuseppe stava pensando alle differenze tra la sua terra natale e il posto che suo cugino aveva scelto, differenze nel modo di vivere delle persone. In Roma tutti quelli che conosceva vivevano in un appartamento, alcune famiglie numerose strette in posti minuscoli con una sola camera da letto. Altri, come lui, in appartamenti di lusso grandi e spaziosi. Il suo stipendio da poliziotto gli aveva permesso una vita comoda, o almeno una vita che gli consentiva di fare acquisti senza problemi. Ma aveva vissuto abbastanza per sapere che i valori veri della vita non potevano essere acquistati. E le differenze tra il modo di vivere delle persone – il modo in cui formano le comunità – non dipende solo da case o appartamenti.

Diversi uomini si erano radunati davanti la casa, alcuni con macchine fotografiche.

"Sembra che non è solo l'*Eastbourne Herald* ad avere orecchi al posto di polizia locale," disse Christina.

"Reporter?"

"Ne conosco alcuni di vista, ma diciamo che non siamo esattamente amici."

"Andrò avanti io," disse Giuseppe. "Non parlare, ascolta solamente. E osserva tutto, potresti notare qualcosa che non noto io."

Stava per scendere dalla macchina e aggiunse, "E prendi appunti. Noi possiamo dimenticare qualcosa. Pensiamo che ricorderemo tutto, ma ci potrebbe essere un piccolo dettaglio che poi ci sfugge. Magari proprio piccolo. Ma potrebbe essere importante, quello che ci darà le risposte alle domande a cui non avevamo nemmeno pensato."

Christina chiuse la macchina, seguendo Giuseppe verso la casa, spingendosi oltre gli altri giornalisti. Un uomo cercò di afferrare il suo braccio. "Ehi, siamo arrivati per primi non pensare di poterti imbucare."

Lei si liberò di lui e si fermò dietro Giuseppe mentre premeva il campanello.

"Cosa ti fa pensare che ci apriranno la porta? Io non lo farei se fossi nei loro panni," disse Christina.

In pochi secondi la porta fu aperta da un uomo sui quarant'anni. Era con la barba lunga, con i capelli color sabbia ed era largo quanto Giuseppe era alto.

"Signor Leigh?" Giuseppe tese una mano per salutare, ma l'uomo non ricambiò, scegliendo invece di mettere entrambe le mani nelle tasche dei pantaloni.

"Non parliamo con la stampa." Era una dichiarazione di sfida.

"Ci dispiace molto per la sua perdita," disse Giuseppe. "Io sono Giuseppe Bianchi e lei è Christina Rossi, figlia di mio cugino. Lei ha trovato il corpo di suo figlio."

L'affermazione sembrò dura, ma Giuseppe sapeva che sarebbe servita per avere il permesso di entrare.

L'uomo fece un passo indietro, facendo loro cenno di entrare nello stretto corridoio poi attraverso il retro della casa al salotto, esposto a nord e freddo. La stanza era arredata semplicemente con un assortimento di sedie con schienale rigido e poltrone, nessuna coordinata tra loro, e un divano a due posti che sembrava avesse visto giorni migliori.

Appena entrarono nella stanza, una donna entrò dietro loro, il profumo di lavanda riempì l'aria. *Non profumo, sicuramente? Quando ti è morto un figlio non pensi a queste cose, vero?* Lei era più bassa di Christina magra e sembrava alquanto timida dal suo atteggiamento e dal lieve rossore del viso. Lei non parlò guardava il marito come se stesse aspettando una presentazione.

"Mia moglie Patricia. Io sono Robert." indicò il divano dove Christina e Giuseppe si sedettero, mentre i Signori Leigh rimasero in piedi.

"Sono stato a vederlo," disse Robert Leigh. "È una cosa che un genitore non dovrebbe mai dover fare. Vedere il proprio bambino così." Strinse i pugni e distolse lo sguardo verso la finestra.

Sua moglie lo guardava mentre parlava ma il suo viso era inespressivo, gli occhi fissi. Quindi si spostò verso una delle poltrone e si sedette, ma i suoi movimenti erano lenti quasi affaticati. In alto nel suo cardigan mancava un bottone, un filo di cotone ne segnava il posto. L a sua gonna di tweed era spiegazzata come se l'avesse presa dalla pila di panni da stirare senza pensarci.

Giuseppe era sicuro che sarebbero arrivate le domande inevitabili. Christina era stata lì a Beach Walk, forse pochi istanti dopo la morte del figlio. Lei aveva fornito un racconto comunque sfuggente. Sicuramente c'erano dettagli che avrebbero voluto sapere.

"Avete dieci minuti, poi voglio che ve ne andiate," disse Robert Leigh ignorando lo sguardo interrogativo di sua moglie.

Giuseppe lanciò un'occhiata all'orologio di legno che si trovava nel centro del caminetto. Aveva la forma di una stella a sei punte affilate che circondavano il quadrante dell'orologio che indicava le 12,25. Lo guardò per qualche istante per vedere se le lancette dell'orologio si muovevano.

Quindi Robert Leigh parlò di nuovo. "Sanno come è accaduto? È stata lei a chiamare il 999? La polizia ci ha detto a malapena qualcosa." Robert Leigh guardò Christina mentre lei guardava lontano. La sua borsa con la tracolla era sul pavimento accanto a lei, mise dentro la mano e tirò fuori un piccolo taccuino e la matita. Giuseppe le aveva chiesto di prendere appunti sperando che potesse aiutarla a distrarsi, e ridurre la tensione che certamente la faceva sentire sconvolta per aver visto un morto. L'impotenza, la rabbia e l'inutilità per la perdita di una giovane vita.

"La polizia sta ancora facendo indagini. È troppo presto per saperlo," disse Giuseppe. "Christina ha trovato suo figlio ma è anche una reporter per l'Eastbourne Herald. La polizia ha chiesto aiuto alla stampa locale. Questo è il motivo per il quale siamo qui." Lasciò la frase in sospeso. Era una piccola bugia, ma non così lontana dalla verità.

"Non ha alcun senso." Ora Patricia Leigh aveva parlato, la sua voce era piatta.

"Non abbiamo dormito," disse Robert Leigh "Abbiamo trascorso la notte seduti qui pensando a George."

Giuseppe si alzò e andò vicino al caminetto piastrellato, prendendo in mano una delle due foto incorniciate che si trovavano ai lati dell'orologio. Nella foto i ragazzi erano vestiti con le uniformi della scuola, giacche blu scuro, cravatte a righe bianche e blu. Loro fissavano entrambi direttamente la fotocamera.

"Gemelli. Veramente speciale," disse. *Questo dovrebbe aggravare il dolore, no? Improvvisamente metà della tua famiglia se n'è andata.*

"Non sono gemelli." C'era una nota di provocazione nel tono di Patricia Leigh.

"Ma loro sembrano identici," disse Christina.

"Sono nati a distanza di dodici mesi l'uno dall'altro. Paul prima, poi George. Paul non può ricordare un momento in cui non aveva con lui suo fratello." Questa volta fu Robert a parlare.

Non appena venne citato il suo nome, il fratello di George entrò.

La foto incorniciata mostrava un ragazzo di circa undici o dodici anni, ma a Giuseppe sembrò che Paul fosse più vicino ai quindici anni. Come se avesse avuto uno scatto nella crescita, ma non lo aveva mandato oltre l'altezza dei suoi genitori. C'era un'ombra scura intorno al suo mento. Presto avrebbe sperimentato un rasoio per la prima volta. Forse aveva già fatto un tentativo fallito, perché sulla guancia destra Giuseppe notò un graffio, una piccola area di sangue secco.

Le spalle e la testa di Paul erano chinate in avanti. Non guardò Giuseppe o Christina, passò davanti a suo padre che era ancora in piedi vicino al camino. Andò a sedersi sul bracciolo della poltrona di sua madre, ma lei gli diede una gomitata per mandarlo via. A Giuseppe sembrò esageratamente dura la reazione e avvertì il disagio di Christina.

Paul prese uno sgabello e ci si accovacciò evitando di guardare chiunque nella stanza.

"Ciao Paul," disse Christina con tono gentile. Giuseppe capì che lei aveva davanti agli occhi l'immagine del fratello steso a terra. Si chiese se lei sarebbe stata capace di fare qualcosa con la matita che si librava su una pagina vuota del suo taccuino. Come detective, quando interrogava la famiglia di una vittima aveva sempre con sé un membro della sua squadra che lo accompagnava e prendeva appunti. Ma questo non era il suo caso, né era qui come poliziotto, e nonostante le istruzioni del suo editore Christina non era qui come giornalista.

"Paul, domenica eri fuori con tuo fratello?" chiese Giuseppe.

Prima che Paul rispondesse Giuseppe notò che il Signor Leigh stava di nuovo guardando l'orologio. Erano passati cinque minuti, ne rimanevano ancora cinque.

"Nel fine settimana pedaliamo sempre lungo Beach Walk. Quando non piove," disse Paul.

"E quando tu e George andavate in bicicletta lungo Beach Walk, avete mai parlato con qualcuno?"

"Intende il tipo che vive nella roulotte?" disse Paul, sfregando il tallone sul tappeto.

"Quale uomo in una roulotte?" Robert Leigh alzò la voce.

"È stato pochi giorni fa. Un tizio ci ha urlato contro, quindi l'uomo che vive nella roulotte è uscito - quello che è parcheggiato sulla spiaggia." Paul guardava in terra mentre parlava. La sua voce poco più che un sussurro.

"Quale uomo? Paul, perché non ci hai detto di questo prima?" Era la madre di Paul che parlava, c'era paura nella sua voce e qualcos'altro. *Stupore, confusione?*

Paul si alzò in piedi, scalciò via lo sgabello e si diresse verso la finestra. Mentre parlava il suo sguardo si spostava tra sua madre e suo padre come se stesse aspettando il rimprovero che sapeva sarebbe arrivato.

"Io e George stavamo giocando sulla riva," disse Paul. "Lanciando sassi che sfioravano l'acqua per vedere quanto sarebbero andati lontani. C'era un tizio nelle vicinanze che stava pescando. Comunque, ha iniziato ad urlare verso di noi, era davvero arrabbiato, ci disse di allontanarci, perché avremmo fatto scappare i pesci."

"L'uomo stava pescando?" chiese Giuseppe.

"Si certo. Ma eravamo abbastanza lontani da lui quando abbiamo lanciato i sassi. Non stavamo facendo nulla di male."

"E l'uomo della roulotte è uscito fuori?" chiese Giuseppe.

Paul si agitò, spostandosi da un piede all'altro. "Si certo, gridò al pescatore, gli disse di lasciarci in pace, gli disse che eravamo solo dei bambini che si divertivano. Ma ormai eravamo stati spaventati, quindi abbiamo preso le nostre biciclette e siamo andati via."

"E l'uomo che stava pescando, ricordi che aspetto aveva?" Giuseppe ebbe la sensazione che questa informazione poteva portare a qualcosa di concreto.

Paul guardava lontano, le sue spalle curve.

"Devi ricordarti qualcosa di lui, pensa ragazzo," disse il Signor Leigh.

"Quando aveva iniziato ad urlare era seduto su una di quelle poltroncine da campeggio. Poi si alzò e agitò il pugno contro di noi."

"Che aspetto aveva il pescatore?" chiese Giuseppe. "Ti ricordi il colore dei suoi capelli o qualcosa di lui?"

"Bene, i vostri dieci minuti sono scaduti. Ora dovete lasciarci soli." Era l'ingiunzione di Robert

Leigh: l'intervista era finita.

"Siamo spiacenti per l'intrusione," disse Christina, con un sollievo nella voce, mentre Robert Leigh li accompagnava alla porta principale.

Questa volta era Giuseppe che aveva le mani in tasca, mentre camminava lungo il sentiero principale della casa. Le dita della mano destra si muovevano con cautela sul pezzo rotto di plastica rossa che aveva trovato sulla scena. Prove che lo avrebbero riportato a casa Leigh; ne era certo, eppure allo stesso tempo sperava di sbagliarsi.

CAPITOLO 8

6 LUGLIO
LUNEDÍ POMERIGGIO

In sole ventiquattro ore la vita di Rose Walker era cambiata. Le strategie che aveva messo in atto per sentirsi al sicuro erano fallite.

La domenica mattina aveva accolto i due ragazzi adolescenti, poi più tardi nel pomeriggio dopo tutti i suoni agghiaccianti delle sirene che erano sopraggiunte e dopo che l'ambulanza era ripartita, si era presentata, alla porta di Rose, una poliziotta.

La poliziotta le aveva posto delle domande. Lei non poteva rispondere a nessuna di esse. Aveva lasciato la poliziotta in piedi sui gradini. Non voleva che entrasse in casa. Le spiegò che non aveva visto nulla, solo una giovane donna che stava agitando le braccia. Poi quella giovane donna le aveva detto di telefonare per chiedere aiuto. Dopo aver fatto la telefonata aveva guardato dalla finestra della stanza. C'erano stati lampeggianti, polizia, ambulanza. Qualcosa di terribile doveva essere accaduto, ma se fosse uscita fuori sarebbe stata coinvolta. Ci sarebbero state domande alle quali avrebbe avuto difficoltà a rispondere.

Quando parlò alla poliziotta Rose sentì il bisogno di parlare lentamente mentre ordinava le immagini nella sua mente. Ma parlare in quel modo la faceva sembrare insicura e lei aveva notato che le persone badano molto alle apparenze. Pietà più che paura, non voleva questo. Aveva fatto degli errori, era così spaventata che era come se il mondo stesse andando fuori controllo. Ma c'era stato un tempo in cui anche lei era stata coraggiosa.

La poliziotta prese appunti in un piccolo quaderno e quando Rose ebbe finito di parlare le chiese, "Non ha visto qualcosa prima che la donna bussasse alla sua porta?"

Rose spiegò della nebbia marina. Se la poliziotta fosse stata del luogo avrebbe saputo come il tempo poteva cambiare improvvisamente. Quindi la poliziotta la guardò come se ci fosse qualcosa nella villetta di Rose che avrebbe potuto aiutarla nelle sue indagini. Proprio in quel momento si affrettò a chiudere la porta.

Ma ora, dalla finestra della sua stanza vide la giovane donna di ieri - la donna che aveva trovato il corpo del ragazzo - si stava avvicinando alla sua porta d'ingresso accompagnata da un uomo. Lei non aveva mai visto quell'uomo, ma la donna sembrava che lo conoscesse. Era diversi centimetri più alto della donna accanto a lui. Aveva un portamento elegante, che lo faceva sembrare ancora più alto. C'era qualcosa nel suo abbigliamento, il modo in cui era pettinato, che le fece pensare che fosse straniero. Le ricordava una star del cinema. Cary Grant forse, anche se quest'uomo aveva i capelli folti e ondulati. Nei tabelloni dei film di Cary Grant i suoi capelli sembravano sempre così lisci, e mai fuori posto. Lei non era mai stata al cinema, ma spesso aveva pensato a quanto sarebbe stato meraviglioso. Si sarebbe concessa un gelato al cioccolato mentre guardava

Cary Grant e Grace Kelly in *To Catch a Thief*, o *Charade* con Audrey Hepburn. Ora che ci pensava la giovane donna fuori dalla porta di casa non era così diversa da Audrey Hepburn, un'aria elegante, alla moda. Si, andare al cinema le avrebbe dato la stessa sensazione di quando leggendo un libro, attraverso le sue pagine, si era spesso sentita trasportata in un altro posto, ma anzi sarebbe stato meglio perché le immagini sarebbero lì concretizzate sul grande schermo.

Nel tentativo di ristabilire il suo equilibrio dopo gli eventi della domenica pomeriggio, Rose stava pulendo. Iniziava sempre il suo programma di pulizia con il bagno, proseguendo in cucina. Aveva quasi finito di pulire la cucina quando Tabitha entrò dal giardino, lasciando una scia di impronte di zampa bagnate. Rose la prese a scopate, ricevendo in risposta un miaow. Passò alle camere da letto, lasciando la stanza davanti per ultima. Lunedì era il suo giorno delle pulizie e indipendentemente dalla stagione spalancava completamente la finestra della stanza anteriore. Ogni settimana c'era tanta polvere e lanugine da raccogliere. Naturalmente la maggior parte era di Tabitha. Ma l'ultimo mucchio di polvere continuava ad allontanarsi ogni volta che si piegava per metterlo nel raccogli immondizia. Si rese conto che l'aria che entrava dall'esterno accumulava la polvere in un vortice. Era meglio chiudere la finestra, altrimenti la polvere continuava a volare via e lei avrebbe dovuto ricominciare da capo. Fu quando si avvicinò alla finestra della stanza davanti che vide l'uomo e la donna che percorrevano il sentiero principale della villetta.

La pelle dell'uomo era abbronzatissima evidentemente aveva trascorso una vita al sole. Aprì la porta prima che loro bussassero e quando lui parlò capì che non si era sbagliata. Era uno straniero. Francese o, forse Italiano.

"Non la conosco," disse.

"Mi chiamo Giuseppe Bianchi e questa è figlia di mio cugino Christina Rossi. Lei ha incontrato Christina ieri."

Cercò di concentrarsi su quanto l'uomo stesse dicendo ma era distratta dalla riflessione che stava facendo. Ora che lo vedeva proprio davanti a lei fu in grado di constatare la sua altezza. Rose aveva smesso di crescere quando aveva quindici anni, ma già aveva raggiunto il metro e mezzo. Quest'uomo era almeno tre o quattro centimetri più alto di lei.

"E lei è?" Anche se la sua domanda era piuttosto spiccia, il suo accento straniero lo rendeva in qualche modo più amichevole.

"Signora Rose Walker."

"Christina lavora per l'*Eastbourne Herald*. Lei sta aiutando la polizia ad indagare sull'incidente accaduto qui ieri."

Rose si rese conto che l'uomo parlava lentamente e stava alzando un po' la voce. Forse pensava che lei potesse essere un po' dura di udito, e cercava di scandire le parole, come se pensasse che lei stesse leggendo il labiale. "Sto aiutando Cristina con la sua inchiesta."

"Lei è o francese o italiano, non riesco capirlo." Le parole le uscirono spontanee e poi Rose arrossì. Di solito non era così schietta.

"Sono italiano, vengo da Roma."

Rose chiuse gli occhi per un momento. Le terre straniere l'avevano sempre affascinata. Aveva letto del Sacro Romano Impero, la persecuzione dei Cristiani. Quest'uomo doveva saper tutto sul Colosseo, l'anfiteatro dove i leoni combattevano contro i gladiatori, fino alla morte.

"Come è Roma?"

"Molto bella. Il più delle volte il cielo è blu. E il caffè è ottimo." Il suo viso accennò ad un sorriso.

Aveva menzionato il caffè. Erano tutti e tre ancora in piedi nell'atrio. Forse Rose avrebbe dovuto invitarli ad entrare e, offrirgli qualcosa. Lei stava pulendo, il che significava che stava indossando la vestaglia. Abbassò lo sguardo sul piumino per la polvere che era appeso ad una tasca e i suoi guanti di gomma infilati dentro l'altra. Forse doveva scusarsi. Non era il modo di ricevere delle visite.

Aprì la porta della stanza principale fece loro il gesto di sedere. Tabitha era distesa sul divano.

"Togliti Tabitha." Rose cacciò via il gatto dal divano e poi si rese conto che i cuscini erano ricoperti dai suoi peli. L'uomo italiano indossava una giacca blu scuro, si sarebbe attaccato i peli del gatto. Era sicura che si sarebbe infastidito per questo. Anche se forse non teneva tanto al suo aspetto come lei aveva immaginato. C'erano delle pieghe sul collo della camicia e una macchia grigia sui suoi pantaloni color crema. La donna indossava un abito corto senza maniche bianco e nero che arrivava ben sopra le sue ginocchia. Rose la immaginava che sfilava lungo una passerella, scatti di macchinette fotografiche, sguardi ammirati degli astanti. I capelli della donna erano sapientemente arricciati per incorniciare i lati del suo viso. Rose non si era mai fatta una messa in piega, si chiedeva cosa le avrebbe suggerito un parrucchiere, come avrebbe cambiato il suo aspetto.

"Ha aiutato Christina ieri. Ha chiamato il 999." L'italiano stava parlando di nuovo. Si era appollaiato sul bracciolo del divano, Rose aveva paura che se si fosse sporto in avanti si sarebbe rovesciato. "Purtroppo, il ragazzo già era morto quando Christina lo ha trovato. Nessuno avrebbe potuto fare qualcosa."

Rose si coprì il viso con le mani. "Oh no, per favore no," sussurrò. Si tolse gli occhiali, tenendoli in mano. Per diversi momenti non riuscì a parlare, le parole erano bloccate nel suo profondo. Da quando era accaduto non era più uscita fuori. Non voleva vedere il punto in cui un ragazzo aveva perso la vita. Non voleva saperne più niente. E ancora fu costretta a chiedere...

"Come si chiamava il ragazzo?"

"George Leigh." Questa volta rispose la donna. "Ha un fratello, Paul. Lei potrebbe averli visti qui in spiaggia. Loro spesso pedalavano da queste parti nel fine settimana."

Ora Rose era certa di non riuscire a respirare. Afferrò il bracciolo della sedia e l'uomo italiano si alzò ed andò accanto a lei.

"Le prendo un bicchiere d'acqua," le disse. "È uno shock qualcosa del genere che accade davanti a casa sua."

Lei fece diversi respiri profondi, riacquistando abbastanza controllo per parlare.

"Lui è stato qui con suo fratello," lei sbottò e istantaneamente capì che aveva fatto un errore. Lei non avrebbe dovuto dire niente. Una domanda qui, e una parola detta là poteva venir fuori anche quello che non dovrebbe.

"Sono venuti qui? Nella sua villetta?" L'italiano stava parlando di nuovo, lei desiderava che continuasse a parlare perché il suono della sua voce era rassicurante. Lui tornò al divano appollaiandosi di nuovo sul bordo del bracciolo.

"Stavano per prendere il tè e i biscotti." Rose pensò di nuovo alla visita dei ragazzi. Lei era rimasta delusa che non fossero rimasti più a lungo. Ora uno di loro era morto.

"Le venivano a far visita spesso?" Il tono dell'italiano non era inquisitore ma e tuttavia qualsiasi risposta Rose avrebbe dato avrebbe generato altre domande.

Giuseppe si alzò, stiracchiando la schiena, andò verso la finestra. Lei lo guardò mentre per alcuni istanti lui stava a guardare verso la roulotte parcheggiata sulla ghiaia di fronte alla villetta a pochi metri da dove era stato trovato il corpo del ragazzo. Il respiro di lei stava tornando alla normalità, i battiti del suo cuore si erano stabilizzati.

Quindi l'italiano si voltò e andò accanto al caminetto.

"È un bellissimo orologio."

"Era di mio padre," disse Rose, nella sua voce un certo orgoglio.

"È preciso?"

"Lo controllo con il carillon del Big Ben." Forse l'Italiano non aveva mai sentito parlare del Big Ben. Ebbe un pensiero lampo: avrebbero potuto conversare di questo. Poteva raccontargli quello che sapeva della sua storia, ma poi lui avrebbe potuto pensare che voleva vantarsi. Era stata un'idea stupida.

"Si ricorda a che ora i ragazzi erano qui, per il loro tè e biscotti." Giuseppe annuì come se lei avesse già risposto.

"La domenica non c'è il treno delle undici, ma a me piace continuare la solita routine."

"Erano qui la mattina?" chiese Christina.

Accanto all'orologio della carrozza c'era una foto con cornice d'argento di un ragazzo in uniforme scolastica.

"Tuo figlio?" chiese Giuseppe.

Rose si avvicinò a Giuseppe costringendolo ad allontanarsi. Prese la foto e fece scorrere il suo dito sopra l'immagine, tracciando il contorno del viso del ragazzo.

"Sembra un ragazzo felice, è a scuola adesso, vero?

Rose rimise la foto sul caminetto e toccò l'orologio. "Ho bisogno che voi ve ne andiate ora. Devo prepararmi. I bambini escono puntuali alle quindici e trenta."

CAPITOLO 9

6 LUGLIO
LUNEDÍ POMERIGGIO

Mentre lasciavano la villetta di Rose Walker, Giuseppe indicò a Christina la sua macchina. "Dobbiamo andare alla stazione di polizia."

"Non vorranno dirci niente."

"No, ma noi dobbiamo parlare con loro. Sei la prima persona arrivata sul posto. Io sono arrivato dopo. Dobbiamo depositare la nostra testimonianza."

Christina si strinse nelle spalle, entrò nella macchina e si sedette al posto di guida mettendo la sua borsa a tracolla sul sedile posteriore.

"Conosci qualcuno alla stazione di polizia?" Giuseppe era più che consapevole della sua posizione. La polizia locale non avrebbe gradito che lui interferisse nel caso. Lui era un forestiero in terra straniera. Tuttavia, era certo che fosse un omicidio e lui poteva aiutare a risolverlo. Aveva portato sempre alla soluzione i casi più complessi. Eccetto l'ultimo caso quello che continuava a dargli gli incubi.

"Non conosco nessuno. Non sono mai stata alla stazione di polizia e ad essere onesta, preferirei continuare così."

"Questo non è il modo di parlare di una giornalista. Tu vuoi essere più di un reporter Junior, vero? Questa è la tua opportunità."

Giuseppe sapeva che doveva agire sottilmente. Spingere Christina a chiedere il suo aiuto, poteva anche essere controproducente. Il suo desiderio di essere coinvolto poteva facilmente modificare l'opinione su di lui.

Arrivati alla stazione di polizia, furono introdotti in una sala per gli interrogatori da un giovane agente di polizia. Dopo pochi minuti, entrò nella stanza un uomo più anziano. Giuseppe suppose che l'uomo avesse quasi la sua età, sulla cinquantina. I suoi capelli erano brizzolati, diradati verso la sommità della testa. Indossava una sciatta giacca di tweed, che era sbottonata, rivelando una pancia piuttosto accentuata. I bottoni della sua camicia stavano contenendola e la sua cravatta sembrava a disagio attorno al suo collo spesso.

"Sergente Detective Pearce," disse l'uomo. "E voi siete?"

"Giuseppe Bianchi e Christina Rossi, la figlia di mio cugino." Giuseppe aspettò che il sergente si sedesse prima di lui, poi si accomodò anche lui facendo cenno a Christina di sedersi accanto a lui.

La stanza era priva di aria, un persistente odore di sudore e fumo di sigaretta. Al centro della stanza c'era un piccolo tavolo di legno, con quattro sedie, due su ciascun lato del tavolo. Il solo oggetto sul tavolo era un posacenere pieno, fino a che il sergente non ci buttò sopra il blocco notes che si era portato.

Una sola lampadina pendeva dal soffitto sul tavolo. Non aveva paralume, quindi gettava una luce abbagliante al centro della stanza mentre gli angoli rimanevano nell'ombra. Giuseppe alzò lo sguardo su l'unica finestra posta in alto sulla parete di sinistra. La finestra era chiusa e dal sudiciume e ragnatele intorno ad essa si capiva che non era stata aperta per molti mesi, forse anni.

"Io ho trovato il corpo di George Leigh," disse Christina "Devo fare la mia deposizione."

Il sergente prese un pacchetto di sigarette e un piccolo accendino dalla tasca della giacca. Poi si mise la sigaretta in bocca, quindi la tirò fuori di nuovo come se avesse avuto un ripensamento.

"Sto cercando di smettere da settimane," disse, rimettendo la sigaretta nel pacchetto. "Voi siete fumatori? Fumate entrambi?"

Giuseppe riconobbe l'approccio del sergente era qualcosa che aveva usato, molte volte in passato. Incoraggiare i testimoni a rilassarsi intavolando una piccola conversazione.

"Anche io ero un fumatore," disse Giuseppe. "Sono passati due mesi da quando ho smesso, ma ogni giorno ho il desiderio, dico magari solo una. Ma poi si sa che una si trasformerà in molte." Notò un'approvazione nell'espressione del sergente, che indicava che per questo problema erano in una condizione di parità.

"Giuseppe è arrivato domenica, con il treno che era... ecco proprio quando è successo." Christina distolse lo sguardo dal detective mentre parlava.

"Io sono un detective." Giuseppe ruppe il silenzio. "Sono stato un detective per molti anni a Roma. Ma adesso sono in pensione."

"È qui in vacanza?"

"Si. Ma se posso, vi vorrei aiutare."

Il sergente Pearce sembrò ignorare l'offerta di Giuseppe. Invece attirò il blocco di carta verso di lui prese una penna dalla tasca interna della giacca e attese.

"Allora, signorina può raccontarmi tutto ciò che ricorda degli eventi di domenica pomeriggio?"

Christina guardò Giuseppe prima di parlare. Lui le fece un cenno di incoraggiamento. "Stavo portando mio nipote in spiaggia."

"Suo nipote?"

"Si, il figlio di mia sorella, io…" Christina esitò.

"Christina aiuta a prendersi cura del figlio di sua sorella. Sua madre sta lavorando nel nord dell'Inghilterra."

"Capisco." Il sergente Pearce prese alcuni appunti, poi annuì verso Christina per invitarla a continuare.

"Stevie, mio nipote, voleva andare in spiaggia. Ma quando arrivammo lì era scesa la nebbia marina. Stavo pensando di girare la macchina e fu allora che lo vidi."

"George Leigh?"

Lei annuì guardandosi le mani.

"Mi dica esattamente quello che ha visto."

Mentre Christina descriveva la posizione del corpo di George Leigh il sergente continuava a scrivere.

"E che ora erano?"

"Intorno alla 17.30. Almeno siamo partiti da casa verso le 17.00 quindi dovevano essere quasi le 17.30 quando arrivammo in spiaggia."

"Quindi cosa accadde?"

"Ho lasciato Stevie in macchina e sono corsa alla villetta. Ho chiesto alla donna della villetta di chiamare un'ambulanza."

"Signora Rose Walker," disse Giuseppe.

Il sergente Pearce smise di scrivere e guardò Giuseppe. "Lei la conosce?"

Giuseppe scosse la testa. "Le abbiamo fatto visita oggi."

"E come mai siete andati?"

Giuseppe notò il rossore sul volto del sergente.

"Abbiamo fatto visita anche alla famiglia Leigh, per fare le condoglianze."

Giuseppe capì cosa stava succedendo nella mente del sergente. Stava avvertendo il pericolo di interferenze non solo da una giornalista che aveva avuto il vantaggio di arrivare per prima sulla scena di un crimine, ma anche di un detective in pensione che desiderava rimanere coinvolto.

"Non ho bisogno di dirvi che interferire in una indagine di polizia è un reato in Inghilterra come penso sia anche nel suo paese." Pearce manteneva la voce bassa e controllata.

"Italia," disse Giuseppe.

"Bene signore, ora lei è in Inghilterra, e spero di non avere bisogno di ricordarle di nuovo di dover stare lontano da chiunque è coinvolto nel caso."

"Questo è un caso?" chiese Giuseppe.

Il sergente ignorò la domanda e prese di nuovo la sua penna.

"E anche lei era presente sul luogo ieri pomeriggio?"

"Si, come ha spiegato Christina. Ero in viaggio in treno da Hastings a Eastbourne. Il treno si era fermato di colpo. Ho sentito le sirene di emergenza. Ho pensato che forse avrei potuto aiutare."

"Pensava di poter aiutare." Giuseppe si rese conto

del sarcasmo nel tono del sergente.

"Sono sceso dal treno e ho camminato lungo il binario verso il suono delle sirene poi ho visto Christina e Stevie e li ho portati a casa."

"Lei non ha visto il corpo?"

"Gli uomini dell'ambulanza avevano sollevato il corpo e lo stavano mettendo dentro quando sono arrivato."

"Penso di avere tutto ciò di cui ho bisogno per ora. Dove posso trovarvi, se dovessi mettermi in contatto con voi?" Il sergente Pearce si era alzato in piedi spingendo indietro la sedia e raccogliendo il blocco notes dal tavolo.

"Bella Café, lungomare di Bexhill," rispose Christina.

"Buona fortuna per le sue indagini," disse Giuseppe, tendendo la mano verso il sergente.

CAPITOLO 10

6 LUGLIO
LUNEDÍ SERA

Christina adorava sua sorella. C'era stato un periodo nel quale ci andava d'accordo. Ma erano passati così tanti anni che riusciva a malapena a ricordare cosa provava.

Quando erano piccole Flavia era spiritosa, anche le faccende noiose nel bar le sembravano divertenti. Se le chiedevano di aiutare a sparecchiare i tavoli in un affollato sabato mattina, Flavia con la sua spavalderia si aggirava tra i tavoli dicendo ai clienti, con la sua voce più elegante, "Grazie mille per essere venuti. Tornate di nuovo."

I clienti ridevano, pensando che lei fosse deliziosa, complimentandosi con i genitori per la loro affascinante piccola figlia. Ciò che non vedevano erano le smorfie che Flavia faceva appena i clienti se ne erano andati.

Quando Flavia raggiunse la sua adolescenza il suo comportamento divenne più audace. In diverse occasioni, quando uscivano insieme, Flavia improvvisamente sfrecciava dall'altra parte della strada davanti alle auto costringendo il conducente a frenare bruscamente o a sterzare. Raggiungeva l'altro lato della strada si metteva con le mani sui fianchi e rideva.

"Ti ucciderai o farai morire qualcun altro, è questo che vuoi?" urlava Christina.

"E allora?" tutta qui la risposta che otteneva.

Il taccheggio era diventato una cosa normale, Flavia trovava infiniti modi per evitare di essere scoperta. Fu lo stesso per fumare e bere. Essendo Christina più grande di un anno, era oppressa dal senso di responsabilità nei confronti della sorella ribelle, cercava sempre di riportarla in linea.

I racconti di cosa combinava arrivavano ad Anne e Mario. L'agente della polizia locale era andato diverse volte al bar aspettando che il posto fosse chiuso, per evitare le chiacchiere delle malelingue. Ogni volta che veniva, Flavia sedeva in modo umile ascoltando i suoi avvertimenti, sorrideva ai rimproveri. Il giorno dopo continuava come prima. Niente era cambiato. Semmai i reati si intensificavano.

Poi ci fu il problema con Tony.

Tony non era stato il primo ragazzo a chiedere a Christina di uscire. Aveva avuto pochi appuntamenti con altri ragazzi del luogo, niente di serio, ma ogni volta faceva un ulteriore passo avanti. Il suo primo bacio fu all'età di quattordici anni con un ragazzo audace della casa locale del Dr Barnardo. Dopo si sentì così imbarazzata che corse via e passò le settimane successive cercando di evitarlo.

Anche Christina aveva provato a fumare. Pensava fosse divertente, vedendo Flavia prendere una lunga tirata e tirare fuori cerchi di fumo perfetti. Tutti fumavano, era la cosa da fare se voleva essere accettata 'nel-gruppo'. Il guaio fu quando fece la sua prima tirata, quasi soffocò e la tosse che seguì le fece decidere di non riprovare più. Invece masticava la gomma. Era quasi altrettanto buona e le aveva fatto conquistare l'approvazione di un gruppo di ragazzi che bazzicavano fuori dal bar di sabato.

Si chiamavano 'Teddy Boys' nei loro pantaloni a tubo e lunghe giacche, con il collo in velluto. Alcuni indossavano gilet a fantasia, avevano cambiato la loro uniforme scolastica con l'uniforme di un altro tipo. Le ragazze che andavano in giro con loro avevano la loro propria moda con gonne vorticose e lunghe code di cavallo che ondeggiavano e sballottavano ogni volta che ballavano il loro amato rock and roll.

C'erano state notizie di gang di Teddy Boys coinvolti in rivolte a Notting Hill a Londra. Ma non Tony. Lui non era né un leader né un seguace. Sì, adorava la moda, ma soprattutto amava la musica. Nel loro primo appuntamento andarono in un negozio di dischi dove chiese a Christina la sua opinione su *Jail House Rock*, l'ultima canzone di Elvis a scalare le classifiche. Dopo trascorsero il sabato mattina nella cabina al *Disc Jockey*, ascoltando Duane Eddy e Buddy Holly, La collezione di dischi di Tony riempiva un lato della sua camera da letto con gli LP ed i singoli archiviati in ordine alfabetico per artista. Ogni volta che lei gli faceva le domande, cercando di prenderlo in castagna, lui dimostrava di non conoscere solo il nome di ogni album ma avrebbe potuto citare il titolo di ogni traccia e l'ordine in cui erano messi.

Le disse che il suo desiderio era di comprarsi un giorno un Juke box. Lei rideva sempre ogni volta che lui lo diceva. C'era a malapena lo spazio per il suo giradischi nella sua camera da letto, figuriamoci per un Juke Box. Lui aveva anche cercato di convincere Mario ad installarne uno nel bar.

Era divertente, era tutto ciò che sognava in un fidanzato e non avrebbe mai rinunciato a lui. Fino a quando Flavia decise di porsi in sfida.

Un sabato, mentre Christina stava tornando da casa di amici, vide in lontananza Tony e Flavia. Erano seduti su una panchina sul lungomare, vicino al Bella Cafè, e si stavano baciando. Quando lei affrontò sua sorella, Flavia rise dicendo, "non è importante". Christina accusò sua sorella di essere egoista e dispettosa ed ebbero una accesa discussione.

Il giorno dopo Tony sembrò sinceramente sorpreso quando Christina lo lasciò. Poi una settimana dopo Flavia si vantava di *un'avventura di una notte*. Qualche mese dopo Christina si accorse che sua sorella vomitava in bagno ogni mattina. Lei affrontò Flavia.

"Sei in cinta, vero?"

"Cosa te ne importa se lo sono?"

"Devi dirlo a mamma. Se non lo fai, allora lo farò io."

Alla fine, fu Anne a confermarlo a Christina.

"Tua sorella è nei guai, è rimasta in stato interessante," disse. "Ma siamo una famiglia e come una famiglia restiamo uniti."

Christina aveva il dubbio che sua madre stesse cercando di convincere sé stessa più di chiunque altro.

Christina chiese a sua sorella se Tony potesse essere il padre di Stevie, ma sua sorella non l'aveva mai confermato. Forse non lo sapeva, o peggio ancora non le importava.

Qualunque fosse la verità, Tony si presentava al bar di tanto in tanto e chiedeva di poter portare Stevie fuori al parco giochi o in spiaggia. Stevie lo idolatrava, ma quando Tony veniva, c'era sempre un'atmosfera imbarazzante. Dato che nessuno sapeva per certo chi fosse il padre di Stevie era una situazione che tutti aggiravano.

Lunedì sera, nel vano tentativo di non pensare ai tragici eventi della sera prima, Christina era salita nella sua camera da letto con la sua radio a transistor sintonizzata sulla nuova stazione pirata. Da alcuni mesi andava in onda Radio Caroline, era l'unica stazione che lei ascoltava. Trasmisero *I can't explain* che la fece sorridere. Tony le aveva detto secoli fa che The Who sarebbero andati alla grande ogni giorno di più e sembrava che lui avesse ragione. Alzò il volume e si sedette sul bordo del suo letto battendo i piedi al ritmo.

Qualche minuto dopo bussarono alla porta della sua camera da letto.

"Abbassa la musica e smetti di battere il piede." Strillò suo padre da dietro la porta chiusa. "Stai facendo venire il mal di testa a tua madre."

Saltò giù dal letto e aprì la porta in tempo per vedere suo padre che stava tornando di sotto.

"E c'è Tony di sotto," disse senza voltarsi "È venuto per vedere Stevie, ha saputo di quello che è successo."

"Non ha niente a che fare con lui."

"Bene, è qui e vuole parlare con Stevie."

"Non puoi semplicemente dirgli di andarsene?"

"Christina amore, non nutrire rancore, non ne vale la pena. Finirà per renderti amareggiata e rabbiosa."

Prima che avesse la possibilità di pensare alla sua risposta, Tony apparve sulla porta della camera da letto.

"Stai bene?" Sembrava uscito direttamente dal lavoro, una striscia di grasso su una delle sue guance. Christina si dovette trattenere da avvicinarsi a lui e pulirlo.

Tony lavorava in un garage locale. Era rimasto nello stesso posto di lavoro da quando aveva lasciato la scuola e aveva detto abbastanza spesso a Christina quanto amasse questo lavoro. Come meccanico automobilistico sapeva come armeggiare con i motori. Quindi ora la maggior parte dei suoi salari servivano a portare costanti miglioramenti alla sua amata Lambretta. La metteva a punto per rendere il suono migliore, mettendo RedEx nel serbatoio così che uscisse un grande flusso di fumo grigio dal tubo di scarico.

Aveva scambiato i suoi vestiti da Teddy Boy con la 'divisa' che tutti i Mods indossavano. Un parka dell'esercito americano, acquistato dal negozio locale di surplus dell'esercito di seconda mano, con scarpe nere lucidissime, pantaloni a zampa e spilla d'oro appuntata al colletto della camicia. La maggior parte dei fine settimana si univa ai suoi compagni andando in moto sul lungomare, da Bexhill a Hastings.

C'erano stati dei problemi ad Hastings durante il fine settimana di Pasqua e poi ancora nel May Bank Holiday. Scoppiò una guerriglia tra i Mods e i Rockers. La gente la chiamò 'Seconda battaglia di Hastings.' Ma nonostante tutti i suoi difetti, non poteva immaginare Tony dare un pugno a chiunque. In verità, molte volte desiderava andare in moto con lui, come passeggero, avvolgendo le sue braccia strette intorno alla sua vita. Non aveva mai confidato quel desidero a nessuno, a malapena riconoscendolo anche a sé stessa.

"Pensavo di dare un'occhiata a Stevie, per vedere se sta bene. Deve essere stato spaventoso per lui. Per entrambi," disse Tony.

"È ora di andare a letto."

Malgrado questo, portò Tony nella camera da letto di suo nipote. Qualunque possibilità di mantenere la situazione tranquilla fu persa, nel momento successivo quando Stevie gettò indietro le coperte e si lanciò verso Tony.

"Zia Christina ha visto un cadavere e io ho un nuovo zio ed è Italiano." Le parole di Stevie uscirono di corsa. Ogni tentativo, di mantenere i fatti dell'incidente lontani dal bambino, avevano chiaramente fallito.

"Un nuovo zio, eh? Bene, fantastico. Basta che tu non lo preferisca a me." Stevie gli avvolse le braccia e le gambe intorno a lui.

"Mi hai portato un regalo?"

"Vuoi che compri i tuoi favori adesso? È così?"

Christina non poteva discutere della relazione tra Stevie e Tony, ma non ne era contenta. Tony poteva essere sconsiderato, soprattutto quando aveva bevuto troppe birre. Lei temeva per l'esempio, che poteva dare al suo condizionabile nipote di sei anni, che la vita era fatta di divertimento senza considerazione per le conseguenze. La preoccupava che una volta che Stevie avesse raggiunto la sua adolescenza si sarebbe imbattuto in una brutta compagnia come aveva fatto sua madre.

"Okay, ecco qui, è tempo di spegnere le luci."

"Guastafeste," dissero Tony e Stevie all'unisono.

Una volta che Stevie riluttante era andato a letto ed erano usciti nel corridoio, Tony tese una mano verso Christina. "Come stai, Chrissie? Stai bene?"

"Cosa te ne importa?" lei disse lasciando che la seguisse al piano di sotto senza girarsi all'indietro.

CAPITOLO 11

7 LUGLIO
MARTEDÍ MATTINA

Rose Walker sorseggiò il suo tè, non si era sentita di fare colazione. Era appena tornata da scuola cinque minuti dopo le nove, quando passò velocemente il treno per Londra.

Era trascorsa un'altra notte ma lei ancora non riusciva a dormire.

Quando chiudeva gli occhi immaginava di girare il corpo del ragazzo per vedere la sua faccia, ma quella che vedeva era la faccia di Vincent che la fissava. I rumori all'esterno, i rumori ai quali era abituata, contribuivano a tenerla sveglia. Aveva avuto anche la tentazione di uscire, per liberarsi da quella sensazione di prigionia che spesso la prendeva. Invece nelle prime ore del mattino fece una pentola di camomilla, portandosela in salotto. Prese in braccio Tabitha e la tenne così stretta che il gatto sibilò e saltò giù scappando via, lasciandola sola. Alla fine, prese il portafoto dal caminetto e lo tenne in grembo.

La polizia le aveva chiesto di presentarsi alla stazione. Avrebbe dovuto ripetere tutto quello che aveva detto la domenica alla poliziotta. Pensò al percorso che avrebbe dovuto fare dalla villetta alla fermata dell'autobus. Significava passare oltre il punto in cui c'era stato trovato il corpo del ragazzo. Il suo giovane corpo.

Ieri l'uomo italiano e la giornalista l'avevano assillata di domande ed ora alla stazione di polizia avrebbe dovuto affrontare ancora più domande. Non si sarebbero fermati. Lei lo sapeva. Avanti e avanti, fino a che non dicesse "sì", mentre avrebbe voluto dire "no", solo per farli smettere.

Stando in piedi davanti allo specchio, si guardò, con il cappello in una mano e la spilla nell'altra. Si tolse gli occhiali per poi rimetterli di nuovo.

"No, Rose," disse al suo riflesso. Questa non è una occasione per cappello o spilla da cappello.

Controllò tre volte il contenuto della borsetta le chiavi, il borsellino, il fazzoletto. La striscia di nastro azzurro era lì dentro la tasca destra del cappotto, dove era da due anni. Quindi chiuse la porta principale e salì il sentiero.

La fermata dell'autobus era all'estremità di Beach Walk, la strada era ristretta dalla presenza dei ciottoli e non poteva passarci un autobus. Lei doveva oltrepassare la roulotte e il posto di blocco della polizia stradale e proseguire fino all'incrocio con Marsh Road. Era un percorso che faceva raramente. La scuola era nella direzione opposta e tutta la sua spesa la faceva nei negozi del villaggio, il che significava solo una breve passeggiata attraverso i campi.

Da quando era arrivato quell'uomo con la sua roulotte non si sentiva più in grado di scendere lungo la costa per paura che lui le parlasse. Qualcosa a cui era abituata, il più semplice dei piaceri, sedersi da sola accanto al bagnasciuga, dove i ciottoli erano ancora asciutti. Aveva imparato a conoscere la regola dei dodicesimi, come la marea si abbassa e scorre lentamente su di essi ogni dodici ore, e si incrementa sempre più veloce con il passare delle ore. Anche alla natura più selvaggia i giorni sono stati ordinati in schemi che si ripetono in continuazione.

Oggi il tempo prometteva bene, ma doveva ancora stabilizzarsi. Il sole era ombreggiato da nuvole lattiginose, senza brezza che le potesse soffiare via. Più tardi avrebbe curato i fiori nel giardino posteriore. Le piantine a dimora avevano superato il loro meglio, ma i germogli delle dalie si stavano aprendo tutti. I colori erano misti. Non erano quelli che aveva scelto, ma eccoli lì. Non si poteva fare niente, non per questa stagione comunque. Solo poche settimane prima le rose erano in piena fioritura. Ogni pomeriggio, come il sole scaldava i petali, apriva la porta sul retro e respirava il loro profumo inebriante. Dolce profumo che ricordava anche adesso.

Pensare al giardino l'aiutava a rilassarsi. Rallentò il suo passo, ma non appena fu accanto alla roulotte aumentò la velocità, desiderando di aver indossato il cappello. Lei avrebbe potuto abbassare la larga tesa sul suo viso e sentirsi protetta. La villetta vicino la ferrovia era stata perfetta. Niente vicini e poco trafficata, il rumore rassicurante dei treni, lo stridio dei gabbiani e l'odore di salsedine. Adesso ogni volta che usciva dalla porta di casa avvertiva il suo sguardo. Non aveva mai guardato direttamente verso la roulotte, ma era certa che fosse lì, che la osservava dalla finestra. Non gli aveva mai parlato e, l'unica volta che lui l'aveva salutata con la mano, lei aveva fatto finta di non essersene accorta.

Dopo pochi minuti, che lei era alla fermata arrivò l'autobus. Allungò la mano per fare cenno all'autista. Sapeva che questa era la regola, ma le sembrava un gesto vistoso, come se lei volesse attirare l'attenzione su di sé, dicendo, "Guardami, sono qui." Prese posto sul retro, mettendo la borsetta sul posto vuoto accanto a lei, sperando che potesse dissuadere chiunque a sedersi accanto a lei.

Dopo solo quattro fermate lei era lì, di fronte alla stazione di polizia. Non riusciva a controllare il battito del suo cuore, che a sua volta, le provocava mal di testa. Si ricordò il consiglio che le avevano dato sulla respirazione.

"Respiri lenti e profondi."

Ci provava quando faticava a dormire, stando stesa per ore a guardare il soffitto. Doveva prendere un respiro, contando, cinque, sei, sette, poi buttare di nuovo fuori l'aria. Ma tutto ciò le fece solo girare la testa. Era come se non ci fosse abbastanza aria nei suoi polmoni. Il battito del suo cuore era più facile da affrontare rispetto alla mancanza di aria. Era come se stesse soffocando.

Fece i passi fino alla porta d'ingresso della stazione di polizia, il più lentamente e attentamente possibile. Un poliziotto le passò accanto precipitandosi verso un'auto di pattuglia in attesa. La guardò ma non disse niente.

Adesso era dentro, in piedi davanti alla reception, un poliziotto le chiese il nome.

"Cosa desidera?" disse.

"Non voglio nulla," rispose.

Le diede un'occhiata, che lei non riuscì ad interpretare. Forse lui pensava che volesse fare la furba, o fosse maleducata. Lei non lo era mai stata.

"Una poliziotta, l'agente donna Foster, mi ha chiesto di venire."

"Si accomodi, prego." Le indicò delle sedie di plastica. Erano di colori assortiti, come se fossero sedie abbandonate, raccolte da diversi luoghi. Ne scelse una gialla e si sedette, tenendosi stretta la sua borsetta, infilando i piedi sotto la sedia. Una posa netta e composta.

Guardò il sergente della reception alzare il ricevitore del telefono. Parlava così piano che non riuscì a cogliere tutte le parole, ma *'aspettando'*, *'incidente'*, *'donna'* furono quei pochi frammenti che arrivarono a lei, apparentemente disconnessi.

Si guardò in grembo e notò una macchia marrone sul suo cappotto. Doveva essere lì da molto tempo, quando camminava verso la fermata dell'autobus, quando si era seduta sul bus. Si chiedeva quante persone potevano averla vista, e cosa potevano aver pensato di lei. Spostò la borsetta per coprire la macchia, e sentì il suo nome.

"Signora Walker," era l'agente donna. "Grazie per essere venuta. Mi segua, per favore."

Trovò il modo di muoversi in modo che poteva tenere la borsetta in posizione per coprire la macchia sul suo cappotto. Non appena fosse tornata a casa avrebbe dovuto occuparsene. Forse il talco. Si ricordava di aver letto sul *Woman's Realm* che erano state tolte macchie di grasso; valeva la pena provare.

La poliziotta aprì una porta e fece cenno a Rose di

entrare.

"Si segga."

Rose guardò l'agente donna, chiedendosi da quale parte della scrivania avrebbe dovuto sedersi, poi la poliziotta si sedette lasciando solo una sedia vuota.

"Lei mi hai chiesto di venire," disse Rose, sperando di aver capito correttamente.

"Sì, esatto. Non c'è niente di cui preoccuparsi, ho solo bisogno che lei mi ripeta la sua deposizione, quello che mi ha detto domenica sera. Lo metterò per iscritto. E le chiederò di firmarlo. Va bene?"

Rose sapeva che non andava bene. Non sarebbe mai potuto andare bene.

La stanza del colloquio della polizia era piccola e buia, con una sola finestra in alto, vicina al soffitto. La finestra era chiusa e l'aria nella stanza era stantia, un residuo odore di fumo rimasto forse da un precedente interrogatorio, più probabilmente dal posacenere che si trovava su un lato della scrivania. C'erano parecchi mozziconi di sigaretta nel posacenere. Rose aveva il desiderio di poterlo svuotare nel cestino e poi pulire il tavolo. La superficie era coperta di anelli appiccicosi di bevande versate. L'intero posto aveva bisogno di una buona pulizia.

"Può dirmi di nuovo cosa ha visto domenica sera?" La poliziotta aveva un viso gentile. Rose voleva parlarle degli incubi, ma se avesse iniziato a spiegare che era terrorizzata, poteva rivelare tutto.

"È stato un tale shock."

"Ha sentito rumori improvvisi? Forse un'altra macchina? So quanto deve essere stato angosciante.

Ecco perché siamo grati per tutto ciò che ci aiuterà a capire esattamente cosa è accaduto."

Rose stava lottando per deglutire la sua gola era secca, la lingua sembrava essere troppo grande per stare nella sua bocca. "Potrei aver un bicchiere d'acqua?"

Rose studiò il viso della poliziotta. Perché una giovane donna così carina aveva scelto un lavoro così difficile? Non considerava che ci fossero molti crimini facili da risolvere. Come stare attenti ai bambini assicurandosi che non si mettessero nei guai, questo era gratificante. Rose sarebbe stata brava in questo.

La poliziotta uscì dalla stanza tornando pochi istanti dopo con un bicchiere d'acqua. Tra un sorso d'acqua e l'altro, Rose Walker ripeté tutto ciò che ricordava degli eventi di domenica sera. I ragazzi erano stati nella sua villetta prima, ma quello non era importante, vero? Non c'era bisogno di dirlo alla poliziotta.

La poliziotta scrisse la deposizione, quindi la passò a Rose. "Se potesse leggerla e farmi sapere se vuole aggiungere qualcosa. Altrimenti, se le va bene, deve solo firmarla."

Passarono alcuni momenti mentre Rose leggeva entrambi i lati del foglio. Quindi chiese, "Come è potuto succedere? È caduto?"

"Non posso parlare di questo caso, sono sicura che lei capisca."

"Pensa che qualcuno l'abbia fatto apposta?"

"Come le ho detto non è qualcosa di cui posso parlare."

"Potrebbe essere stato un incidente. Non si sa, non

si può essere certi. Le persone fanno errori." Mentre diceva le parole ad alta voce cercava di concentrarsi su di esse. L'alternativa era quella che qualcuno aveva ucciso un ragazzo proprio lì di fronte alla villetta. Rose avverti una stretta al petto. Prese un profondo respiro, e lo fece riuscire, chiuse gli occhi un momento mentre si concentrava sul conteggio.

"Cerchi di non preoccuparsi, abbiamo tutto sotto controllo," disse Foster, sembrava fiduciosa. "Vuole firmare la sua deposizione adesso?" Appoggiò la penna sul tavolo facendola scorrere verso Rose.

"Non vuole farmi altre domande?"

"Ha altro da aggiungere?"

"Non ho fatto niente di male."

"Signora Walker, siamo molto grati per il suo aiuto, lei non ha nulla di cui sentirsi in colpa anzi..."

Rose annuì sembrava che l'intervista fosse finita e presto poteva riprendere l'autobus per tornare a casa. Prese la penna e iniziò a fare la sua firma.

"Oh," disse lei scarabocchiando, poi ricominciando di nuovo.

"Ecco." Spinse il foglio firmato verso la poliziotta. "Sono libera di andare ora?"

"Ovviamente."

Mentre Rose Walker usciva dalla stazione di polizia fece scivolare la sua mano nella tasca destra del cappotto. Toccò il pezzo di nastro azzurro le diede un piccolo conforto mentre camminava verso la fermata dell'autobus che attese per ritornare alla villetta.

CAPITOLO 12

7 LUGLIO
MARTEDÍ MATTINA

Un grande campo da gioco e due campi più piccoli dividevano Downland Junior School e la sua omologa Secondary Modern. Erano situate a metà strada tra Bexhill e Little Common, erano comode per le famiglie locali della zona circostante, e quelle fino a Norman's Bay. Gli edifici scolastici in mattoni rossi erano alti un piano, e si estendevano su una vasta area a nord di Bexhill, contornata da boschi.

Quasi tutte le mattine Christina guidava per cinque minuti per raggiungere la scuola, lasciava Stevie e poi continuava verso gli uffici del giornale, che erano nel centro di Eastbourne. Invece quando Anne, in alcune occasioni, portava lei Stevie a scuola preferiva camminare anche se occorreva una mezz'ora a piedi che diventava quasi un'ora con Stevie che si dilettava a bighellonare e chiacchierare.

Quel martedì mattina era Christina a lasciare a scuola Stevie e quando lo fece, ci fu un momento in cui lei esitò a lasciar andare la sua mano. Non appena lo fece, lui corse nel cortile, felice di essere libero.

Il suo rapporto con Stevie la faceva sentire in conflitto. Aveva diciannove anni quando si era assunta la responsabilità di prendersi cura di lui. Stevie aveva appena compiuto il suo secondo compleanno quando Flavia era andata via di casa. Inizialmente Anne e Mario speravano che Flavia si pentisse della sua decisione di lasciare Stevie, che si sarebbe stabilita, avrebbe trovato lavoro e un posto dove vivere per poi ritornare da suo figlio. Ma Christina aveva intuito non appena la sorella se ne era andata che non aveva intenzione di tornare. La maternità non si adattava bene allo stile di vita caotico di Flavia.

Sebbene Anne fosse sempre lì presente, era Christina la persona alla quale Stevie si rivolgeva ogni sera per leggergli la storia per addormentarsi. Era sua zia che cercava di giocare con lui in giardino, o insegnargli le sue prime parole. Zia e nipote avevano uno stretto legame, ma dopo quattro anni Christina sentì il peso di quella responsabilità. Dopo la rottura con Tony e tutto quello che era seguito Christina evitò qualsiasi relazione seria. Aveva avuto alcuni fidanzati ma nessuno era durato oltre un paio di mesi. Spesso si sentiva come se la sua vita fosse in sospeso. Soprattutto dava la colpa a Flavia per questo, a volte dava la colpa a Stevie.

Rimase in piedi un po' guardando suo nipote. Si era unito ad altri tre ragazzi che facevano a turno per calciare una palla sul basso muro di mattoni che circondava il cortile. Era un po' basso per la sua età, ma ciò che gli mancava in altezza era compensato con la fiducia in sé stesso. Mentre guardava notò che Stevie aveva preso il comando gesticolando agli altri ragazzi per formare una linea e poi battendo le mani quando voleva che tirassero al bersaglio.

Senza dubbio sei il figlio di tua madre, lei pensò prima di girarsi ed allontanarsi andando verso alcune delle altre madri che erano riunite in gruppi intente alle loro conversazioni. Diverse donne la guardarono mentre si avvicinava. Era difficile capire le loro espressioni, ma era come se scoprire il corpo di George Leigh l'avesse contaminata in qualche modo. Quando fece un cenno di saluto a una delle madri con la quale aveva parlato in alcune occasioni, la donna le sorrise le mise una mano sulla spalla dicendogli quanto doveva essere stato terribile. Poco dopo Christina fu circondata da altre donne. Si sentì a disagio per essere diventata il centro dell'attenzione. Un ragazzo era morto. Qualsiasi simpatia doveva essere riservata alla sua famiglia non a lei. Le donne ponevano delle domande volendo sapere esattamente cosa aveva visto.

"I nostri figli non sono al sicuro, non fino a che c'è un assassino là fuori," disse una donna.

Poi qualcuno chiese, "E quella donna del Rose Cottage, era lì?

"È strana, un po' solitaria," aggiunse un'altra donna.

"Tu sai che a volte viene a scuola, sta lì guardando i bambini che giocano."

"E suo figlio è a scuola?" chiese Christina.

L'unica risposta fu una scrollata di spalle da una coppia di donne.

Christina non capì l'antipatia, eppure anche lei aveva allontanato Stevie dalla donna quella volta. Forse era incline a condannare facilmente come il resto di loro.

Suonò la campanella della scuola. Un insegnante chiese ai bambini di mettersi in fila per due. Voleva dare un ultimo saluto a suo nipote ma non si era girato a guardarla.

Gli uffici del giornale *Eastbourne Herald* erano ospitati nel centro di Eastbourne in una torre a blocchi di recente costruzione che sorgeva nel luogo una volta sito di una bomba abbandonata. L'edificio di vetro e cemento era alto sei piani e si imponeva nella zona fitta di negozi vicino alla stazione ferroviaria. Nonostante gli inarrestabili bombardamenti subiti lungo tutta la costa meridionale, Eastbourne aveva recuperato più rapidamente di alcune delle città vicine. I turisti ora si erano riversati nei resort per godersi le vacanze e negli eleganti Hotel che costeggiavano il lungomare. Durante l'estate i bar ed i ristoranti erano pieni, i negozi del centro città affollati. Nei giorni invernali i servizi della città appartenevano di nuovo alla gente del posto. Alcuni avevano detto che essere una popolare località turistica era una benedizione ma aveva dei pro e dei contro.

Una volta in ufficio Christina cercò di sapere da Charles se la polizia gli aveva trasmesso ulteriori informazioni. Gli raccontò della sua visita alla famiglia Leigh e quel poco che lei e Giuseppe avevano scoperto. Non era stato necessario menzionare la loro conversazione con Rose Walker. Conosceva il tipo di storia che Charles voleva e non includeva una donna sola che non aveva visto niente e sembrava spaventata dalla sua stessa ombra.

"Ti avevo chiesto di raccontare i retroscena, cose sul ragazzo da riempire un articolo," disse Charles.

"Non posso farlo," gli disse. "Non è giusto. Mi sto intromettendo nel dolore di una famiglia."

"L'informazione è ciò di cui abbiamo bisogno. Sei in una posizione privilegiata, tu eri lì, hai trovato il corpo. Possiamo stare al passo. Non mandiamo tutto all'aria, eh? Torna lì vedi se riesci a far aprire la madre del ragazzo. Una madre saprà tutto quello che c'è da sapere sul figlio, fidati di me."

Lei pensò a Flavia, una madre che non sapeva nulla del suo unico figlio e sembrava felice di non saperlo. Ma forse il suo editore aveva ragione. Dopo tutto aveva un lavoro da svolgere, e forse la signora Leigh avrebbe apprezzato la possibilità di parlare di George e condividere i suoi ricordi.

La giornata era iniziata con bel tempo e sembrava destinata a continuare più o meno allo stesso modo. Quando si fermò a casa Leigh la signora era nel giardino anteriore. Sembrava che non avesse un motivo per essere lì, senza attrezzi da giardino o tosaerba. Guardava in basso un solitario cespuglio di ortensie che doveva ancora fiorire.

"Salve." Il saluto di Christina fece girare la signora Leigh, la sua bocca si spalancò come se fosse stata svegliata da una fantasticheria.

"Lei è la giornalista."

"Sì." Christina voleva scusarsi per essere lì, per essere una giornalista, per essere la persona che aveva trovato George, ma che non era stata in grado di salvarlo.

"Mio marito dice che non dovremmo parlare con i giornalisti."

"Capisco, davvero. Ho solo pensato, che forse le

piacerebbe avere un'opportunità per condividere alcuni dei suoi ricordi su George. Sono felice di ascoltarla e se preferisce posso spegnere il registratore."

"Le piacerebbe vedere la stanza di George?"

Forse non erano necessarie le scuse.

Christina la seguì in casa. Il Signor Leigh non era presente, né Paul. Si chiese se Paul si fosse sentito in grado di andare a scuola, o se fosse nascosto da qualche parte, trovando il proprio modo di affrontare la tragedia.

La Signora Leigh la condusse di sopra verso un ampio pianerottolo. La terza porta a sinistra era chiusa e un cartello scritto a mano diceva esplicitamente, *George dice stai alla larga.*

"È sempre stato così ordinato, vede," disse lei spingendo la porta per rivelare una stanza soleggiata, la parete coperta con il poster del Dr Who. Il letto era ben fatto, una sedia accanto alla finestra, sulla quale erano impilate delle magliette appena lavate.

"È una bella stanza," disse Christina chiedendosi se avesse fatto bene a parlare. Forse tutto ciò che alla signora Leigh serviva era qualcuno che l'ascoltasse.

"Quella di Paul sembra un ripostiglio. Riesci a malapena a spostarti lì dentro. Gli ho detto che non può aspettarsi che io risolva il suo casino dovrà fare il suo riordino."

Camminava lentamente per la stanza i suoi movimenti imbarazzati, innaturali, come se si stesse riprendendo da una operazione o una malattia terribile. Sulla parte superiore della cassettiera c'era un assortimento di modelli – Daleks, Dr Who's Tardis.

La Signora Leigh li prese uno alla volta, ci passò sopra le dita e li posò giù in modo quasi riverente.

"Robert dice che dovremmo lasciare questa stanza a Paul ora. Ma non è giusto. George era il mio bambino più piccolo. Lui era un ragazzo sensibile e penso che se ne rendeva conto."

Christina non si sentiva all'altezza della situazione. Desiderava che Giuseppe fosse con lei, avrebbe condotto la conversazione, dando un senso a tutto questo.

"Come la sta prendendo Paul? È andato a scuola oggi?"

"Io sono una buona madre." La Signora Leigh parlava con enfasi, come se lì ci fosse qualcuno che potesse contraddirla.

"Non è stata colpa sua." La risposta di Christina fu automatica, eppure mentre parlava si rese conto di quanto suonasse strano. Ovviamente non era colpa della povera donna, come poteva esserlo.

"A loro piace uscire in bici. È normale per i ragazzi di quella età voler esplorare, vero? Ma l'ho sempre detto a Paul di stare attento a suo fratello. Loro si possono assomigliare molto, ma dentro sono completamente diversi. Non so da chi abbia ripreso Paul, ma George, bene era come me quando ero una ragazza."

Christina desiderò di poter scendere di sotto. Stando nella camera da letto di George si sentiva oppressa, il peso dell'emozione aggravato dalla vista dei preziosi oggetti posseduti dal ragazzo.

"Vogliamo andare di sotto?" Fu tentata di suggerirle di prendere una bevanda insieme, ma ciò avrebbe ritardato la sua fuga.

"Non le ho offerto niente. Una tazza di tè o caffè. Scusi deve pensare che sia una maleducata." I modi della Signora Leigh improvvisamente erano cambiati. Era diventata ospitale accogliendo una sconosciuta.

Christina seguì la Signora Leigh di sotto nella cucina. La finestra della cucina dava sul giardino sul retro. All'estremità opposta c'era una tettoia di legno dove l'edera cresceva lateralmente e sopra il tetto di cemento. Le aiuole fiorite davano uno spettacolo colorato di delicati fiori da giardino. Nonostante la giornata fosse senza vento il filodendro e l'aquilegia si spostavano delicatamente avanti e indietro mentre le api ronzavano intorno a loro.

"Quando sono stata qui ieri con mio zio, Paul ha parlato di un uomo che aveva urlato contro di loro. L'uomo che stava pescando?"

"Suo padre era furioso con lui era da molto tempo che non lo vedevo così arrabbiato. Ho pensato che l'avrebbe colpito."

Questo non era ciò che Christina voleva sentire sembrava una reazione estrema a un'ammissione relativamente innocua.

"Abbiamo scoperto che non era solo con quel tipo nella roulotte che hanno parlato. Loro erano entrati anche dentro casa di quella donna con la villetta vicino al passaggio a livello."

"George e Paul?" Questo confermò ciò che aveva detto Rosie.

"Solo poche ore prima che accadesse, erano lì insieme." La voce della Signora Leigh era tremante le braccia strette avvolte intorno al petto come stesse cercando di tenerlo a sé.

"Sono sicura che questo non abbia creato problemi. Ho parlato con la signora Walker sembra molto simpatica, forse un po' timida."

La Signora Leigh fissò Christina poi parlò lentamente come stesse cercando di spiegare la cosa più semplice a qualcuno che non aveva nessuna conoscenza dell'Inglese. "È strana, lo dicono tutti. Paul dice che lei continuava a fissarli. Poi Paul ci ha detto che è stato anche dentro la roulotte, ma il tizio gli ha chiesto di non dirlo. Non è giusto. Non è strano che un uomo del genere da solo chiede ai giovani di entrare e poi di mantenere il segreto su questo, eh?"

CAPITOLO 13

7 LUGLIO
MARTEDÍ MATTINA

Paul Leigh sapeva che ci sarebbe stata una discussione quando sarebbe apparso al tavolo della colazione nella sua uniforme scolastica. Sua mamma gli avrebbe detto che era troppo presto, suo padre sarebbe stato d'accordo se poteva andare, quindi avrebbero discusso e lui voleva starne fuori. Indipendentemente dal risultato sarebbe andato a scuola. Meglio essere fuori casa e lasciarli andare avanti con i loro disaccordi.

Arrivando nel cortile cercò di apparire disinvolto, ma era come il pifferaio magico, gli amici brulicavano intorno a lui, volendo sentire quello che aveva da dire. I ragazzi volevano sapere i dettagli raccapriccianti. *C'era molto sangue? Hai visto tuo fratello nella camera mortuaria?* Le ragazze volevano toccargli il braccio, la mano, per offrirgli conforto. *Deve essere stato terribile per te. Ne vuoi parlare?*

Avrebbe voluto urlare contro di loro. Dirgli che erano tutti ipocriti. Ora che George se n'era andato avevano tempo per lui. Prima era solo la compagnia di suo fratello che cercavano, e lui neanche lo consideravano.

"Non c'è niente da dire," annunciò, spingendosi a modo suo, attraverso il gruppo che sembrava reticente a lasciarlo passare, "Io non c'ero."

"La polizia arresterà qualcuno? È stato un

omicidio?" Una delle ragazze per attirare l'attenzione su di lei, aveva usato la tattica di dire parole che altri avevano evitato.

Quindi apparve il vicepreside, ma invece di suonare la campanella della scuola, come al solito, andò verso Paul ed i suoi compagni di classe. I ragazzi e le ragazze si fecero da parte creando un corridoio.

"Paul Leigh, con me per favore." Il suo tono era duro, il tono che di solito precedeva l'annuncio di una punizione o peggio.

Il Signor Winston condusse Paul nella scuola, e il gruppo di ragazzi si allontanò.

L'unica volta in cui Paul era stato nell'ufficio del vicepreside, era nei guai per aver imbrogliato. I compiti a casa di storia erano troppo difficili. George eccelleva nella storia e Paul lo persuase a fare i compiti di storia per lui, in cambio di una paghetta di due settimane. George stava risparmiando per comperare l'ultimo modello di Dalek. Gli serviva giusto un altro scellino, così l'incentivo aveva sigillato l'affare. George scrisse le risposte, tutte relative al regno dei Tudor nell'Inghilterra, chi era sposato con chi, date, nomi. Paul l'aveva copiato nella sua più ordinata calligrafia. Il problema fu che copiò esattamente le parole così il fraseggio usato nei saggi di entrambi i ragazzi si rivelò essere la rovina di Paul. Aveva pensato di dire che fosse stato George a fare l'imbroglione copiando le parole di suo fratello maggiore. Ma lui sapeva che non se la sarebbe mai cavata. Tutti gli insegnanti sapevano che George era il più brillante dei fratelli Leigh. Non era bravo solo per la storia, George primeggiava sempre in matematica e inglese. Era stato scelto per la squadra di calcio della scuola e regolarmente aveva vinto premi per il nuoto. Era tutto ciò che suo fratello non era.

Il Signor Winston fece cenno a Paul di sedersi. L'ultima volta che era stato in quell'ufficio era rimasto sull'attenti, osservando intorno agli scaffali di libri che fiancheggiavano la stanza, la scrivania con il suo piano in pelle intarsiata, la sedia che scricchiolò quando il Signor Winston tornò a sedersi. In quella occasione si chiedeva quale fosse la sua punizione, una reclusione, il bastone, o entrambi. Il Signor Winston gli aveva fatto un sermone su come i bugiardi erano sempre stati scoperti alla fine. Andò avanti e avanti. A un certo punto a Paul veniva da ridere, ma sapeva che avrebbe fatto davvero arrabbiare il maestro. Invece aveva tenuta la testa chinata, dicendo nei momenti appropriati, "Sì, Signore, scusi, Signore".

Questa volta, però, Paul sedeva sulla poltrona di pelle e osservava i suoi piedi penzolare verso il pavimento.

I suoi pensieri andarono, per un momento, alla donna nella villetta, come era alta, quanto erano lunghe le sue gambe, rispetto alle sue gambe corte. Essendo assorto nei suoi pensieri si rese conto di essersi perso cosa aveva detto il vicepreside... "Mi scusi, Signore, cosa ha detto?"

"Sono sorpreso di vederti qui Paul. Non c'è bisogno che tu venga a scuola per il momento. Viste le circostanze."

Scegliere le parole era chiaramente uno sforzo per

l'insegnante.

"Voglio essere qui, Signore."

"Ma non dovresti stare con la tua famiglia? Tua madre avrà bisogno del tuo supporto, ne sono sicuro."

Paul sostenne lo sguardo dubbioso dell'insegnante. Avrebbe voluto dire che i suoi genitori non avevano mai cercato il suo supporto e dubitava che lo facessero ora. Al contrario avendo lui intorno gli avrebbe ricordato che lui era vivo e George no. C'erano molte altre cose che avrebbe voluto dire ma era sicuro che il vicepreside non avrebbe capito.

"Durante la pausa pranzo verrà il sergente detective che si sta occupando del caso di tuo fratello."

Di nuovo il tono del Signor Winston era privo di emozioni, come se stesse parlando di nulla di più di drammatico della perdita di una borsa o di un portafoglio.

"Viene per me?"

"No, ha in programma di rivolgersi a tutta la scuola."

"Va bene, grazie, Signore."

"Se non desideri partecipare all'incontro puoi stare fuori nel cortile, o se preferisci torna a casa."

Con ciò Paul fu congedato. Si alzò in piedi, brevemente consapevole che ora era ancora più intrigante per i compagni di classe indagare sull'avvenuta conversazione.

Le lezioni del mattino passarono senza eventi importanti. Doppia ora di matematica, seguita dall'inglese. Entrambi gli insegnanti fecero del loro meglio per evitare lo sguardo di Paul. Era chiaro che avrebbero preferito non fosse in classe. La sua presenza era associata al ricordo di un evento così crudo. La morte violenta di uno della loro classe, un ragazzo che pochi giorni prima era seduto di fronte a loro, che alzava sempre la mano per rispondere alle loro domande. Un adolescente che sembrava sinceramente interessato ai suoi studi, che era ben voluto e aveva un futuro luminoso.

Paul scelse di non tornare a casa durante la pausa pranzo e piuttosto che indugiare nel parco giochi, fece la fila con gli altri mentre entravano nella sala della scuola. il preside si alzò in piedi al centro del palco, il poliziotto alla sua sinistra, il vicecapo alla sua destra. Il poliziotto fu presentato come detective sergente Pearce. Paul non l'aveva mai visto prima. Era stata una poliziotta a venire a casa la domenica sera.

Il sergente investigativo si diresse verso la parte anteriore del palco. Nella sala della scuola tutti tacevano eccetto alcuni ragazzi che stavano sussurrando e indicando Paul.

"Ragazzi e ragazze," iniziò il sergente investigativo. "Conoscete tutti la tristissima notizia che uno dei vostri compagni di scuola è morto domenica sera. Stava andando in bicicletta lungo Beach Walk." Si fermò e guardò attraverso il mare di volti tutti fissi su di lui in attesa di sentire quello che avrebbe detto.

"Stiamo lavorando duramente per mettere insieme tutte le informazioni che potrebbero aiutarci a capire come e perché George Leigh è morto."

Lasciò che la dichiarazione facesse presa prima di continuare.

"Se qualcuno pensa di sapere qualunque cosa, anche se potrebbe sembrare insignificante, è necessario che si faccia avanti. Non importa se non eravate in spiaggia la domenica sera forse eravate lì in un'altra occasione e avete visto qualcosa fuori dell'ordinario. Metteremo degli avvisi in giro per la città per chiedere alla gente di farsi avanti con le informazioni.

Molti dei ragazzi si voltarono a guardare Paul. Lui li vide con la coda dell'occhio, mantenendo fermo il proprio sguardo in avanti, incentrato sul sergente investigativo.

"E c'è un'altra ragione per la quale mi trovo qui. Per favore ricordatevi che se uno sconosciuto cerca di parlarvi quando siete soli fuori - uomo o donna che sia - voi dovete allontanarvi. Se ritenete di dover dire qualcosa per non apparire maleducati, allora dite, *non mi è permesso parlare con estranei*, e proseguite diritto.

Uno dei ragazzi alzò la mano. "Mi scusi, sergente, ma un agente della polizia mi ha fermato l'altro giorno mentre stavo uscendo dall' edicola di Gage, ha cercato di parlare con me e quando sono scappato, mi ha gridato. Ma ho fatto la cosa giusta, vero? detective sergente."

Diversi ragazzi iniziarono a ridacchiare. Il ragazzo era Pip di un anno più avanti di Paul, descritto da alunni e insegnanti come '*il saputello*'.

"Non abbiamo bisogno di osservazioni furbe da

parte tua, Philip Southward. Ora vorrei che tutti voi facciate un applauso per ringraziare il detective sergente Pearce per averci dedicato il suo tempo oggi." Il preside fece cenno agli alunni di alzarsi in piedi. Ma prima che potesse iniziare l'applauso Pip aveva un'altra cosa da aggiungere.

"E se avessimo visto qualcosa in spiaggia signore? Avremmo bisogno di assentarci dalle lezioni per poter andare alla stazione di polizia, vero signore?"

Pip ricevette uno sguardo spaventoso dal preside, mentre il sergente disse, "Se qualcuno ha informazioni che vuole dare, per favore può venire alla stazione di polizia, dovete venire con un genitore, e questo naturalmente deve avvenire dopo le ore di scuola."

Gli alunni furono congedati. Perdute tutte le opportunità per evitare la scuola.

Il discorso di Pearce non aveva offerto nulla di inaspettato, sebbene Paul non sapeva davvero cosa si aspettasse. La disinvoltura o spavalderia o qualsivoglia altra cosa avesse, fino a quando il sergente finito di parlare, svanì, lasciandolo con una sensazione di peso alla bocca dello stomaco. Lui aveva una scelta, poteva sedere nel pomeriggio alla lezione di scienze e di storia o poteva seguire il suggerimento del Signor Winston per cui non era necessario che stesse a scuola. Mezz'ora dopo era in spiaggia e bussava leggermente alla porta della roulotte, sperando che Sean Murphy fosse in casa. Quando lui era con Sean poteva dimenticare le cose brutte. Parlarono della pesca, sul mare e sul funzionamento delle maree. Sean gli raccontò storie sul tempo in cui capitanava un enorme peschereccio, portando tonnellate di pesce ogni giorno.

"Che cosa hai dovuto fare?" gli aveva chiesto l'ultima volta che si erano incontrati.

"Qualunque cosa. Non puoi essere un capitano e aspettarti che qualcun altro faccia il tuo lavoro. Ho iniziato da giovane, imparando tutto."

"Sì, cosa hai dovuto imparare a scuola? Voglio dire cosa hai dovuto scrivere sul modulo di ammissione?"

Sean rise, e gli disse che era stato buttato fuori dalla scuola all'età di quattordici anni, si era unito a una flotta da pesca e non si era mai voltato indietro.

"Ma è una vita difficile per un ragazzo. Il mare può essere crudele. Tu pensi di essere responsabile quando sei uno skipper, ma imparerai che è la natura che ha il potere."

Da quella conversazione Paul aveva preso la decisione di fare la stessa cosa e ogni giorno che passava il suo piano cresceva sempre più definito nella sua mente. Era certo che Sean lo avrebbe capito. C'era anche una possibilità che Sean gli avrebbe permesso di condividere la roulotte per un po' fino a quando non avesse trovato posto su una barca e quindi avrebbe dato un addio a Bexhill per sempre.

CAPITOLO 14

7 LUGLIO
MARTEDÍ MATTINA

Giuseppe scese nel bar martedì mattina e trovò Mario in piedi sulla porta, un maglione di cotone poggiato sulle spalle e le chiavi della macchina in mano.

"Anne sta insistendo che mi prenda un paio d'ore di riposo. Ha ragione, ovviamente, dopo tutto abbiamo aspettato dieci anni per vederci."

Giuseppe fece un sorriso forzato. Trascorrere del tempo con suo cugino era bello se questa fosse stata una normale visita. Aveva pensato di provare tutto ciò che era diverso nella vita in Inghilterra come un modo per cancellare tutto ciò che era sbagliato nella sua vita in Roma, ma c'era stata poca normalità dal suo arrivo. Ora era più intenzionato a intervistare potenziali testimoni sulla morte di George Leigh che fare una passeggiata con suo cugino.

C'era anche il problema delle sigarette. Ogni volta che Mario ne accendeva una, Giuseppe si ricordava quanto gli mancava la nicotina, l'odore, persino la sensazione della sigaretta dentro la sua mano.

"Non ha senso che stiamo chiusi in casa con una giornata come questa," disse Mario. "Andremo a Hastings, faremo quattro passi lungo la passeggiata, ci farà venire l'appetito per il pranzo.

Anne doveva ancora trovare un pasto che piacesse a Giuseppe. Pungolava il cibo nel suo piatto, prendeva qualche boccone, poi si scusava; era pieno aveva mangiato troppi biscotti a colazione. Presto sarebbe rimasto senza scuse e avrebbe dovuto ammettere che il cibo inglese non si addiceva al suo stomaco.

Giuseppe salì sul sedile del passeggero della Hillman Imp, allungando le gambe nel vano piedi, calciò di lato un po' di involucri di caramelle.

"Ami ancora le tue caramelle," disse. "Non sono sorpreso che hai deciso di gestire un bar. Dolci ogni giorno, eh?"

Mario accese una sigaretta prima di uscire nel traffico. Lui non rispose finché non ebbero lasciato Bexhill e si erano avvicinati al campo da golf che segnava l'inizio del lungomare. West Marina Gardens separava la strada dal lungomare. Lungo tutta la strada, una fascia di erba verde ben tagliata, e ciotole verdi con fiori.

Ogni volta che Giuseppe pensava a suo cugino, lo immaginava circondato da spazi verdi. Era l'unico aspetto dell'Inghilterra che avrebbe potuto convincere Giuseppe a fare le stesse scelte che aveva fatto Mario anni prima.

Nonostante il sole splendente nessuno giocava a golf, ma mentre continuavano Giuseppe si guardò intorno e notò diverse persone che camminavano sul lungomare, che andava dal campo da golf fino a Hastings Old Town.

"L'area accanto al campo da golf, la chiamano Bo Peep," disse Mario rompendo il silenzio.

Giuseppe non rispose.

"La filastrocca Bo Peep," disse Mario.

"Mi dovrai spiegare."

"C'è una filastrocca inglese su Little Bo Peep,

dicono che secoli fa West St Leonards era popolare tra i contrabbandieri.”

“Non conosco le filastrocche inglesi.” Si sentiva irrimediabilmente irritato. Lo attribuì all’odore della sigaretta di Mario.

“Contrabbandieri. Nascondono e cercano, Bo Peep. Suppongo che abbia significato,” continuò Mario, ignaro del cipiglio sul viso di Giuseppe.

“Hai imparato la filastrocca inglese quando Christina e Flavia erano piccole?”

Mario scosse la testa. “Fu solo quando arrivò Stevie. Non c’era possibilità di essere un buon padre nel mezzo di una guerra mondiale.”

“Ovviamente, e per Anne partorire in un paese straniero. Molto difficile.” Continuarono il viaggio in silenzio, ma poi Mario disse, “A volte lascio che Stevie sieda sul sedile anteriore, questa è la ragione delle carte di caramelle. Ad ogni modo ricordo che eri tu quello goloso.”

“Lui è pieno di spirito.”

“Stevie?”

“Sì. Deve essere stato un momento difficile per tutti voi. Quando Flavia e Christina erano adolescenti.”

“Anne è una madre meravigliosa e nonna.”

“E moglie?”

“Certo. È tutto ciò che mi tiene in piedi nei miei giorni peggiori.”

“Hai ancora brutte giornate?” chiese Giuseppe.

“Non le abbiamo tutti?”

Fra loro cadde un silenzio finché non raggiunsero il molo di Hastings.

Mario entrò nel piccolo parcheggio che costeggiava la spiaggia e prese dal sedile posteriore una giacca da pioggia.

"Camminiamo da qui," disse Mario.

Subito dopo aver superato il molo il cielo si oscurò ed entro pochi secondi la pioggia stava cadendo pesantemente, abbastanza da farli correre al riparo. Mario indicò uno dei rifugi di legno e una volta lì, ebbero entrambi bisogno di riprendere fiato prima di parlare. Giuseppe si tolse la giacca bagnata di pioggia, ma come lo fece le gocce dai capelli scesero lungo la nuca bagnando il colletto della camicia.

"La tua meravigliosa estate inglese," disse Giuseppe. "La prossima volta che usciamo prenderò in prestito un ombrello."

"Non dirmi che a Roma non piove mai. Io sono nato lì, te lo ricordi?"

"Ma l'Inghilterra ora è la tua casa."

Mario fece una pausa prima di rispondere. "La mia vita è qui, il bar, la mia famiglia."

"E la tua famiglia in Italia? Non conta più?"

Erano passati dieci anni da quando Giuseppe aveva parlato faccia a faccia con suo cugino, in grado di guardare le sue reazioni piuttosto che indovinarle dall'altra parte del telefono.

"Per favore non ricominciare. È stato tanto tempo fa. Eventi che non possono essere annullati e i ricordi è meglio cancellarli."

"Tu eri solo un ragazzo. Non c'era niente che tu potessi fare e ancora ti incolpi."

Mario tentò di spazzare via un segno dal fondo dei suoi pantaloni, evitando lo sguardo di suo cugino.

Prese il suo pacchetto di sigarette, offrendone una a Giuseppe.

"Dovresti smettere," disse Giuseppe. "Come ho fatto io."

"E battere sempre le dita per tenerle occupate?"

"Mi aiuta a pensare."

"E le sigarette mi aiutano a rilassarmi." Mario fece qualche profonda tirata sulla sua sigaretta. "E tu e Rosalia? Mi dispiacque leggere la tua lettera con quella notizia. Anche se l'ultima volta che sei stato qui già supponevi che forse..."

"È stata colpa mia. Non le ho prestato abbastanza attenzione e senza attenzione un fiore appassirà e morirà."

Ora era il turno di Giuseppe di guardare da un'altra parte, sfregando il suo tallone su alcuni piccoli ciottoli che erano stati scaraventati nel rifugio dall'ultima tempesta.

"Quindi ci incolpiamo entrambi per questioni al di là del nostro controllo," disse Mario. "E che dire di questo caso - la morte di George Leigh? Non credo che tu abbia preso bene lo stare in pensione. Vorresti coinvolgerti in questo caso quando sei venuto qui per una vacanza."

"Vedrai quanto sarà difficile quando dovrai rinunciare al bar. Un giorno stai facendo quello che hai fatto per anni e il giorno dopo ti svegli e ti chiedi quale è il motivo per cui svegliarti. Sono in pensione. Non sono pagato come detective. Ma ciò non mi impedisce di essere un detective. È nel mio sangue. Forse come il bar è nel tuo?"

"Non è quasi la stessa cosa."

Giuseppe scosse il dito in disaccordo. "Ti ho guardato con i tuoi clienti. Loro sono i tuoi amici, tue sei al centro di una comunità."

"Non la vedo così, forniamo solo un servizio, e ascoltiamo quando abbiamo tempo."

"Anche i detective fanno la stessa cosa. Forniamo un servizio, e proteggiamo le persone. E dobbiamo trovare il tempo di ascoltare, perché quando ascoltiamo sentiamo ciò che non ci aspettiamo."

Mario si alzò, piegando la giacca bagnata sul braccio. "Dai, continuiamo la nostra passeggiata ora che ha smesso di piovere."

Rimasero al passo l'uno con l'altro tornando in silenzio fino a quando raggiunsero la fine del lungomare e l'inizio di Hastings Old Town.

"È bello avere il tempo di camminare e pensare," disse Giuseppe.

"Sei sempre stato un pensatore anche da ragazzo."

"Una vita fa, eh?"

"Ti sei potuto fare qualche idea sul caso? Nessuna idea sul modo in cui il ragazzo sia potuto morire?"

"Molti pensieri, pochissimi fatti. C'è ancora molta strada da fare prima di raggiungere la fine. Ma sono fiducioso."

"Bene, direi che abbiamo raggiunto la fine della nostra passeggiata o almeno il punto a metà strada. Rigiriamoci torniamo indietro e incrociamo le dita sperando che non piova più."

"Non credo che siamo venuti qui l'ultima volta, vero?" disse Giuseppe.

Mario si fermò davanti ad alcune strutture alte di legno, senza finestre ma persiane in alto, dipinte di nero, si levavano verso il cielo, ricordando a Giuseppe una fotografia che aveva visto in un libro di storia della scuola. L'immagine raffigurava tre uomini inglesi di epoca Vittoriana, che indossavano cappelli che erano alti e stretti che li facevano sembrare così strani.

"I pescatori li usano per appendere le reti," disse Mario. "Risalgono al 1800, penso che siano tipici di Hastings, almeno è quello che mi è stato detto."

Ormai era mattina inoltrata. La pioggia era diminuita. La maggior parte dei pescherecci erano già fuori, lasciando la spiaggia desolata. Rimasero in piedi per un po', respirando l'aria del mare, ascoltando lo stridio dei gabbiani. Un uomo corse giù per la spiaggia un po' distante da dove si trovavano. Quindi una barca si avvicinò alla riva il pescatore saltò fuori dalla barca, il mare gli arrivava in vita, afferrò una corda, gettò l'estremità all'uomo sulla spiaggia e insieme tirarono la barca sui ciottoli.

Giuseppe sentiva l'odore del pesce, poteva quasi sentirne il gusto: acidità salata di polpa bianca appena cucinata. Questo lo riportò indietro ai giorni di Anzio, quando si sedeva in uno dei ristoranti di pesce che fiancheggiavano il porto e assaporava una spigola appena pescata gettata in padella con un po' di olio d'oliva servita con niente altro se non una generosa spruzzata di limone.

Il lavoro dei pescatori qui non era così diverso da Anzio. Ma qui ai vacanzieri e alla gente del posto piaceva il pesce coperto di pastella mangiato in un foglio di giornale. Lui pensò a Rosalia e a cosa avrebbe potuto pensare delle usanze inglesi.

"Anche tu hai avuto brutte giornate," disse Mario, interrompendo i pensieri di Giuseppe.

"L'aborto spontaneo. Ha cambiato tutto."

"Tu avevi il tuo lavoro."

"Sì."

Giuseppe ricordò le discussioni, nelle quali Rosalia gli diceva spesso, che il lavoro di polizia era tutto ciò a cui pensava, che non sarebbe stato buono per nient'altro. Ora la sua teoria si stava dimostrando esatta, anche se quando paragonava la sua vita a quella di suo cugino Giuseppe sapeva che era stata meno noiosa. Mario e Anne avevano vissuto una piccola vita in una comunità ristretta. C'era poco che potesse succedere giorno dopo giorno per sconvolgere la loro routine. Già dopo due giorni Giuseppe era irrequieto, contento di poter fare affidamento su un membro della famiglia per risolvere un crimine.

Dal breve tempo che aveva trascorso con Christina sentiva che aveva la vitalità e l'energia che gli ricordavano la sua gioventù, quando si unì alla polizia per la prima volta ed aveva così tanto da imparare. Aveva una tale sete di conoscenza, poi ogni esperienza aveva solo aumentato il suo desiderio di saperne di più. Ogni caso, ogni individuo gli aveva insegnato qualcosa di nuovo. Lui non aveva fatto ipotesi e nel corso degli anni aveva capito che sebbene ci fossero alcuni modelli di comportamento tra criminali, c'erano anche molti che non si adattavano a nessuno, che erano unici nella loro motivazione. Il più spaventoso tra gli individui era quello che sembrava non avere una coscienza e nessun rispetto per l'autorità. Per loro non ci sono deterrenti.

Invece di ripercorrere il lungomare i cugini si fecero strada verso l'interno lungo le strade acciottolate di Hastings Old Town. Le nuvole di pioggia erano andate via, era ritornato il sole caldo, che aveva incitato le persone ad uscire. Mentre camminavano verso High Street, Mario indicò una fila davanti a un furgone che vendeva i gelati, sorrisi soddisfatti sui volti di bambini e adulti mentre si allontanavano con i loro cornetti e cialde.

"Assecondiamo il nostro debole per i dolci?" disse Mario sorridendo.

Niente poteva avvicinarsi al gusto del gelato italiano per Giuseppe, ma non c'era nulla di male nel provare qualche penny di gelato alla vaniglia di *Mr Whippy*. Infine, gli avrebbe dato una vera scusa se non poteva affrontare il pranzo di Anne.

Nonostante la loro conversazione lo avesse riportato nel passato, la passeggiata aveva dato a Giuseppe il tempo di riflettere sul caso. Sorrise a sé stesso mentre si rendeva conto che stava ancora pensando come un detective. Dopo tutto, la pensione era solo una parola.

CAPITOLO 15

7 LUGLIO
MARTEDÍ POMERIGGIO

Era passato da poco mezzogiorno quando Mario e Giuseppe tornarono al bar. Christina era seduta su uno sgabello alto al bancone e stava chiacchierando con Anne, che continuava ad essere distratta dai clienti. Mentre i cugini si avvicinavano Anne guardò il marito.

"Ti ha aggiornato con tutte le novità?"

"Ho iniziato," replicò Mario. "Tu sieti un po' nel retro, prendi una pausa. Posso pensare io a tutto per un po'."

"Devo preparare a entrambi un panino?" chiese Anne, asciugandosi le mani con il grembiule, prima di allontanare una ciocca di capelli dal suo viso.

"Abbiamo mangiato un gelato," disse Giuseppe, era evidente, nella sua voce che aveva apprezzato quel dolce estivo.

"Fortunati voi," disse Christina. Fece il gesto a Giuseppe di seguirla in uno dei tavoli posti all'esterno. "Possiamo parlare?"

Nel corso degli anni, la popolazione di Bexhill e dell'area circostante era aumentata. Un tempo Bexhill-on-Sea era poco più che un villaggio rurale. Poi, come in tanti altri luoghi, una volta arrivata la ferrovia, aumentarono anche le persone. In seguito, si svilupparono la cultura e gli intrattenimenti, grazie al generoso apporto di varie generazioni della famiglia De La Warr, che culminò con la costruzione del Padiglione De La Warr, un'espressione dell'architettura art deco costruito al centro del lungomare. Fortunatamente il padiglione fu risparmiato da una bomba che danneggiò molti degli edifici circostanti. Ma Bexhill aveva subito, dopo la guerra, un declino dei turisti giornalieri, così la famiglia Rossi aprì l'attività del bar, con l'intento di rendersi una parte centrale della comunità locale. Erano i clienti abituali che permettevano loro di progredire.

C'era abbastanza spazio sul marciapiede per il Bella Cafè per dare la possibilità a sedici clienti di sedersi fuori; quattro tavoli con quattro sedie ciascuno. I tavoli erano in uso solo nei giorni caldi e asciutti perché Mario non si era mai organizzato per mettere un baldacchino per ripararli dalla pioggia, nonostante sua moglie glielo ricordasse in continuo.

"Sono ritornata dalla Signora Leigh," disse Christina parlando a bassa voce.

Gli altri tre tavoli erano occupati. Una coppia di anziani si dividevano tra di loro un panino al formaggio. All'altro tavolo una donna di mezza età continuava a far cadere patatine sul marciapiede, ogni briciola spazzata via immediatamente dal suo terrier scozzese. Il terzo tavolo era stato preso da una giovane donna che era più intenta a dondolare la carrozzina che aveva accanto piuttosto che bere il caffè che sembrava destinato a rimanere intatto. Era evidente che nessuno era interessato alla conversazione tra Christina e Giuseppe.

"Qualcosa di utile?" chiese Giuseppe.

"Solo la conferma di qualche tensione all'interno della famiglia. Sembra come se il signor Leigh abbia un temperamento piuttosto nervoso."

"È facile arrabbiarsi quando siamo spinti al limite."

"Charles sembra felice che sto facendo quello che deve essere fatto per seguire il caso. Pensi che ci sia un caso? Voglio dire, pensi che qualcuno aveva intenzione di uccidere George?"

"Non va bene pensare questo o quello. Dobbiamo concentrarci sulla raccolta di fatti e parlare con tutti coloro che potrebbero sapere più di quanto sappiamo noi."

"Il proprietario della roulotte?"

"Esatto."

Dopo mezz'ora erano a Beach Walk. Quando si avvicinarono la porta della roulotte era chiusa. Non era facile vedere se qualcuno fosse dentro senza sbirciare attraverso il vetro. Giuseppe bussò alla porta, che fu aperta immediatamente rivelando un uomo di mezza età, con una barba nera e folta e capelli disordinati che incorniciavano una faccia rossastra.

"Sì?"

"Buongiorno, Signore," disse Giuseppe, "Possiamo entrare?"

"È passato molto tempo da quando sono stato chiamato signore." L'uomo indietreggiò e gli fece cenno di entrare.

Christina allungò la mano. "Siamo dell'*Eastbourne Herald*, stiamo solo cercando di raccogliere un po' di elementi." Fece una pausa, sperando in una risposta prima di rendersi conto che non aveva fatto la domanda. "L'incidente. Dovresti averlo visto. Penso che sia stato quasi uno shock."

Si guardò intorno, osservando l'ambiente circostante il più discretamente possibile. A un'estremità c'era disposto un divano con una coppia di logori cuscini imbottiti in un angolo. Suppose che il divano doveva funzionare anche come letto. Davanti al divano c'era un tavolino del tipo che si può piegare quando non è in uso. Ma in quel momento era in uso; coperto con un puzzle semifinito. Immediatamente davanti alla porta c'era quella che sembrava essere la cucina, una superficie piana con una piccola ciotola di detersivo riempita con stoviglie sporche e una bottiglia semivuota di whisky sui due fornelli a gas. Sotto c'era quella che sembrava essere una credenza improvvisata, con un pezzo di stoffa sfilacciata tirato sul davanti.

"L'ho preso qui sul posto." L'uomo, che parlava con accento irlandese, stava guardando Christina mentre scrutava intorno. "Incredibile ciò che la gente getta via, non è vero?"

Prese una pipa che si trovava in cima al puzzle. Giuseppe guardò Sean mentre prendeva un pacchetto di tabacco dalla tasca dei suoi pantaloni, riempiva la pipa, e poi fece diversi tentativi per accenderla. Il forte odore del tabacco da pipa riempì rapidamente la roulotte mentre l'irlandese sbuffava sulla sua pipa. Passarono minuti, nessuno parlava.

"Vedete che lo spazio qui è abbastanza stretto, non vi posso offrire da sedere e, temo non ci sia la possibilità di offrirvi un tè."

Giuseppe si fece avanti in modo che Christina potesse mettersi dietro di lui. "Domenica pomeriggio. Il ragazzo che è morto."

"Scusa," aggiunse Christina. "Dovremmo presentarci. Sono Christina Rossi e questo è mio zio, Giuseppe Bianchi."

"Sean Murphy. Niente di originale sul nome o sull' uomo," strizzò l'occhio e poi disse "Ora la stampa locale, assume anche stranieri?"

Non ebbero la possibilità di rispondere perché ci fu un tonfo improvviso sul lato della roulotte che li fece sussultare tutti e tre. Sean Murphy oltrepassò i suoi ospiti allontanandoli in modo da arrivare sul gradino della roulotte.

"Sparisci. Te l'ho già detto prima." Sean gridò e corse giù per la spiaggia verso un paio di giovani ragazzi.

"Un tipo abbastanza strano," sussurrò Christina, nonostante l'irlandese fosse ben lontano dalla roulotte.

"Non è inglese. Il suo accento?"

"Irlandese. Forse dal nord, non ne sono certa. Forse dovremmo guardare intorno mentre è fuori."

Giuseppe alzò un sopracciglio. C'erano protocolli in polizia ma sembrava che i giornalisti non seguissero le stesse regole. "Cosa speri di trovare?"

"Va bene, non ho intenzione di stravolgere nulla." Aprì una porta interna, che mostrò una specie di bagno; un bagno chimico e una ciotola in equilibrio su una cassapanca. Ritornando nell'area giorno principale indicò il puzzle.

"Sembra che il nostro amico si diverta con un puzzle o due."

Spostò la tenda frastagliata sotto il bruciatore del gas e vide una scorta di cibo in scatola e confezionato.

"Pensi che sia in vacanza?" Giuseppe rimase in piedi vicino alla porta guardando Christina che stava ancora cercando intorno.

"Ne dubito. A me sembra che questa sia la sua residenza permanente."

"Ancora qui?" Sean apparve sulla porta della roulotte, rosso in viso dalla corsa o dalla rabbia. "Bambini fastidiosi. Se non sono pietre è un calcio. Quando avevo la loro età mi avrebbero tirato l'orecchio se avessi infranto le regole. Non sono cattivi ragazzi, ma sono abbastanza sicuro che i loro genitori non sappiano dove sono la metà del tempo."

Christina vide due giovani ragazzi che risalivano la spiaggia, uno di loro che faceva la linguaccia mentre passa davanti la roulotte. "I bambini ti irritano?"

"No, neanche un po'. Non c'è nulla di male in loro, vivacità questo è tutto."

"Non ti senti angusto qui?" disse Christina.

"Ho tutto lo spazio di cui ho bisogno là fuori." Fece un gesto indicando la spiaggia. "Più di quanto riesca a gestire a volte."

"Sentirti solo? Nessuno con cui parlare. Nessun vicino."

"C'è lei." Sean indicò verso la villetta. "Sebbene non ci siamo mai scambiati una sola parola da quando sono qui."

"Da quanto tempo sei qui?"

"Guarda, ho già detto alla polizia quello che so dell'incidente che è esattamente nulla. Ero impegnato con questo." Indicò il puzzle.

"Ti hanno interrogato." Una affermazione di Giuseppe piuttosto che una domanda.

"Certo. Sono a pochi metri da dove è successo. È un problema con la polizia, gli piace fare domande ma non sono così entusiasti ascoltando le risposte."

Giuseppe senti qualcosa sfiorarlo e guardando in basso vide un gatto soriano che si era posizionato ai piedi dell'irlandese.

"Di nuovo affamato, vero?"

Il gatto gli rispose miagolando, avvolgendosi attorno alle gambe di Sean Murphy, con la coda che oscilla avanti e indietro.

"Se ti muovi un po', prenderò il cibo per questo parassita. Non è mio, ma tratta il posto come fosse il suo."

"Il suo nome potrebbe essere Tabitha," disse Giuseppe, ricevendo uno sguardo interrogativo dall'irlandese.

Sean tirò da parte la tenda a brandelli e tirò fuori una scatola di cibo per gatti già aperta. Prese un piattino dal lavandino, svuotò il cibo e l'appoggiò sul pavimento. Il gatto continuava a miagolare mentre mangiava imperturbabile come se non fosse al centro dell'attenzione.

"Abbiamo pensato che potresti aver visto o sentito qualcosa," disse Christina. "Stiamo cercando di supportare la famiglia, per aiutarli a scoprire cosa è successo al loro figlio. Sono sicura che ci vorrai aiutare il più possibile."

"Come ho detto, ero concentrato sul mio puzzle. È un diavolo di cosa. Uno dei più difficili che abbia mai fatto. Ma mi aiuta a rilassarmi. Dovreste provarlo qualche volta."

"Conoscevi il ragazzo? Almeno hai parlato con lui e suo fratello?" disse Giuseppe.

"Sì, ho parlato con loro. Coppia loquace, almeno a uno di loro piaceva chiacchierare, all'altro non tanto." Durante tutto il tempo che avevano passato nella roulotte, l'irlandese non aveva ancora guardato in viso entrambi. Si chinò e raccolse il gatto che aveva finito di mangiare e stava facendo uno spettacolo di pulizia, leccando la sua pelliccia e facendo le fusa.

"Christina, dobbiamo andare." Giuseppe prese Christina per il braccio, guidandola verso la porta. Quando Christina si voltò per dire arrivederci Sean era già seduto con il gatto in grembo, si stava concentrando sul puzzle incompleto.

CAPITOLO 16

7 LUGLIO
MARTEDÍ POMERIGGIO

Mentre si allontanavano dalla roulotte, Giuseppe fece cenno verso Rose Cottage.

"Ora che siamo qui..." disse incamminandosi verso la villetta, senza aspettare la risposta di Christina. Mentre si avvicinavano lui individuò un sentiero laterale che conduceva al giardino sul retro. Rose era nel giardino e stava stendendo il bucato.

"Buongiorno."

Rose rimase immobile con una molletta nella mano destra e una federa nella sua sinistra. Era come se si fosse congelata sul posto, i suoi occhi spalancati per la paura. "Scusi non intendevo spaventarla."

"Cosa state facendo nel mio giardino?"

Lei gli voltò le spalle, curvandole in avanti, le mani giunte davanti a lei.

"Lei è molto fortunata di vivere qui in Inghilterra, Così tanto verde, così tanti bei giardini. Lei deve faticare molto ogni giorno per mantenere tutto così perfetto," disse Giuseppe.

"Perché siete tornati qui? Vi ho già detto quello che so." Rose si girò verso Giuseppe. Aveva i cappelli raccolti in una stretta crocchia, ma oggi il vento aveva smosso le ciocche facendole sfuggire e ammorbidivano il suo viso.

"Per favore, continui a stendere il bucato. È una bella giornata per questo. Forse c'è sempre vento qui vicino al mare?" Guardò giù verso gli oggetti nel cestino dei panni, ogni pezzo piegato ordinatamente. Ogni pezzo appeso al filo era stato sistemato con precisione, mollette distribuite uniformemente, oggetti più grandi si alternavano a quelli più piccoli.

"A Roma non abbiamo giardini, solo appartamenti," continuò. "Ho un piccolo balcone, ma ogni volta che provo a far crescere un fiore muore."

Il suo tentativo di chiacchierare gli restituì l'immagine che aveva provato a cancellare così tante volte. In piedi sul suo balcone, guardava in basso la folla che si era radunata pochi istanti dopo l'accaduto.

"L'irrigazione è importante per avere la giusta risposta," disse Rose il suo tono si era un po' addolcito. "Un po' troppa e lo anneghi, troppo poca e lo fai avvizzire e morire."

"Possiamo venire dentro, solo per pochi istanti?" disse Giuseppe.

"Ve l'ho detto ieri. Non ho visto niente." Rose raccolse il cesto della biancheria, appariva incerta su quale dovesse essere la sua prossima mossa. E poi disse, "Suppongo di poter preparare una teiera," come se lei aveva bisogno di riflettere sull'idea prima di decidere.

Giuseppe e Christina attesero. Quindi mentre Rose camminava verso la porta sul retro della sua villetta la seguirono.

Una volta dentro Giuseppe notò di nuovo quanto ordinata e pulita era la villetta. La porta sul retro conduceva direttamente in cucina. Rose prese le pantofole da una piccola scarpiera scambiandole con le sue scarpe da esterno, Giuseppe stava sul tappetino della porta con Christina dietro di lui. Si chiese se avrebbe dovuto togliersi le sue scarpe. Era come se ci fosse un protocollo da seguire.

Un odore di candeggina emanava dalle ampie superfici di lavoro, il lavandino smaltato posto sotto la finestra, tutto pulito. Il bollitore era già posizionato sul fornello a gas Rose lo riempi dal rubinetto della cucina e lo rimise sul fornello accendendo il gas con un fiammifero. Dall'altro lato della cucina c'era un piccolo tavolo coperto da una tovaglia di plastica con al centro un vaso pieno di fiori appena tagliati.

Giuseppe guardò Rose mentre preparava tazze e piattini, versava latte in una brocca abbinata, quindi apriva la porta della dispensa. Sopra le spalle di Rose vide gli scaffali, ognuno pieno di conserve fatte in casa, pacchetti e lattine di cibo, abbastanza provviste per una famiglia e tuttavia c'era solo un cambio di calzature sulla scarpiera.

Rose aprì un pacchetto di biscotti di wafer rosa, sistemandoli sul piatto con uno schema incrociato tale che Giuseppe era preoccupato di prenderne uno per non sconvolgere tutto.

Era preoccupato per il tè, era una bevanda che non sarebbe mai stato in grado di digerire. Poteva quasi accettarlo con la fetta di limone ma con il latte lo trovava insopportabile.

Con la coda dell'occhio vide Christina avvicinarsi alla sua borsa a tracolla. Capì che avrebbe tirato fuori il taccuino. Scosse impercettibilmente la testa indicando che questo non era il momento di prendere appunti. Gli era chiaro che Rose Walker era un'anima sensibile che aveva bisogno di un approccio delicato.

Il tè fu versato e Giuseppe chiese che il suo restasse nero. Rose sorseggiò il suo alzando lo sguardo di tanto in tanto come se aspettasse che Giuseppe iniziasse la conversazione.

"Non ha molti vicini. Deve essere molto tranquillo vivere qui."

"Solo i treni."

"Certo, i treni. È molto tempo che vive qui?"

Rose si accigliò. "A mio padre piacevano i treni."

"Lavorava nelle ferrovie?"

Lei scosse la testa.

"E l'uomo della roulotte? L'ha incontrato?" Giuseppe fece un gesto vago verso la finestra.

"Non so chi sia. Non so nulla di lui." Le parole le uscirono di corsa.

L'osservazione era una dote che Giuseppe aveva perfezionato. Stimò l'età della donna intorno ai trenta anni. Più giovane della moglie di suo cugino, ma in qualche modo più logora. Anne riusciva a destreggiarsi tra le sue responsabilità: il bar, la gestione di una casa, l'essere una moglie, madre, anche nonna, pur rimanendo sempre calma e fresca. Rose al contrario, era pallida, i capelli tirati indietro dal viso facevano sembrare i suoi lineamenti stanchi. Ogni volta che portava la tazza alle labbra era un movimento preciso, come se avesse imparato a controllare il suo comportamento anche nei movimenti più comuni della sua vita.

"Questa è una villetta molto carina così pulita e ordinata."

Lei annuì e sorrise, le sue spalle si rilassarono un po'.

"Non deve essere facile con un ragazzo in casa. I ragazzi possono essere molto disordinati, vero?"

Il suo sorriso si spense, le sue spalle si irrigidirono di nuovo. Lui notò il suo respiro, lento e controllato, come se stesse contando.

"Ho visto i ragazzi entrare nella roulotte," disse lei, le parole le uscirono frettolosamente di bocca tra i respiri.

"I fratelli Leigh?"

"Non ha preso i biscotti." Rose spinse il piatto verso lui.

"Andavano spesso alla roulotte?" chiese Giuseppe.

"Li ho visti qualche volta, andavano in bicicletta. Cari ragazzi..." fece una pausa.

Giuseppe osservò che Christina si stava agitando sulla sedia.

"Dobbiamo andare. Le abbiamo già rubato abbastanza tempo," disse Giuseppe. "Grazie per il tè ed i biscotti."

"Sì, grazie," disse Christina, mentre Rose gli mostrava il corridoio. "Deve essere un momento difficile per lei con tutto ciò che sta accadendo proprio fuori dalla porta di casa sua."

Rose aprì la porta senza rispondere. Quindi, quando erano a metà del sentiero principale, aggiunse "Preferirei che non tornaste."

Lasciando la villetta, Christina si voltò per tornare indietro a riprendere la macchina, ma fu fermata da Giuseppe, che le mise una mano sul braccio.

"Guarda," indicò un poliziotto in uniforme che stava rimuovendo l'avviso che aveva visto il giorno prima sostituendolo con un altro. "Aspetta un momento finché non se ne sarà andato."

Lei gli lanciò uno sguardo interrogativo prima di seguirlo. Pochi minuti dopo il poliziotto salì sull'auto panda ed andò via.

"Vieni," disse Giuseppe, camminando verso il nuovo cartello senza aspettare di vedere se Christina lo stesse seguendo.

UN FATALE INCIDENTE È ACCADUTO IN
QUESTO POSTO SABATO 5 LUGLIO.
LA POLIZIA DI EASTBOURNE FA APPELLO AI
TESTIMONI PER FAVORE CHIAMATE 777555

Christina lesse le parole ad alta voce.

"Stanno confermando che è stato fatale e non è più un incidente," disse Giuseppe.

"Non ci sono testimoni, almeno nessuno che voglia parlare."

Prima che Giuseppe potesse rispondere avvertì in lontananza un suono e un lieve tremore sotto i suoi piedi. Quindi, alcuni istanti dopo apparve un treno. Si avvicinava lentamente. Giuseppe si trovava a pochi metri dal passaggio a livello, dai binari, e dal posto dove era stato trovato il corpo del ragazzo. Quando le carrozze gli passarono accanto era abbastanza vicino da vedere i passeggeri. Per valutare la visibilità che si aveva dal treno alzò la mano in segno di saluto e una ragazza che aveva la faccia premuta contro il finestrino immediatamente rispose al saluto.

"Bravo Giuseppe," disse ad alta voce. "Sei un genio."

“Hai avuto un'idea?”

“Sì, ho avuto un'idea. Vieni, faremo una passeggiata.”

CAPITOLO 17

7 LUGLIO
MARTEDÍ POMERIGGIO

Giuseppe attese che il treno passasse lungo il binario lasciando il passaggio a livello libero. Quindi fece segno a Christina di seguirlo, attraversarono dall'altra parte della linea ferroviaria seguendo il percorso del treno. Il percorso del treno verso Eastbourne si allontanava dalla costa nell'entroterra, la stazione più vicina a Beach Walk, era Norman Bay. Christina aiutò Giuseppe per scavalcare un reticolato messo per contenere un piccolo gruppo di pecore perché non fuggissero dal loro campo. Dopo una mezz'ora o giù di lì, arrivarono alla stazione. La biglietteria era lontana dall'altra parte dei binari, collegata da una passerella.

Giuseppe notò che Christina ebbe un leggero brivido, spostandosi dal sole caldo verso l'interno freddo della biglietteria. Indossava un vestito a trapezio di cotone senza maniche e si chiese per un attimo se fosse il caso di offrirle la sua giacca.

L'impiegato della biglietteria era in piena conversazione con un uomo anziano. I due uomini sembravano conoscersi e, le loro chiacchiere sembravano non avere nulla a che fare con l'acquisto di biglietti. Quando i due ebbero esaurito la loro conversazione l'anziano si allontanò lasciando che Giuseppe facesse un passo avanti. Christina stava da una parte ma Giuseppe notò che l'impiegato continuava a guardare verso di lei.

"Buongiorno," disse.

L'impiegato della biglietteria non rispose continuando a guardare Christina.

"Spero che lei possa aiutarmi," continuò Giuseppe.

"Destinazione? Singolo o ritorno?"

"Non voglio un biglietto."

L'uomo delle ferrovie lanciò un'occhiataccia a Giuseppe e poi guardò al di là di lui come se sperasse ci fosse un cliente più redditizio in fila dietro di lui.

"Vuole un biglietto?" l'impiegato indicò Christina.

"Vorremmo farle alcune domande sull'incidente accaduto accanto al passaggio a livello vicino Beach Walk, domenica."

L'espressione dell'uomo diventò di colpo impassibile.

"Un giovane ragazzo è morto. Forse la polizia è stata qui parlare con lei," disse Giuseppe.

"Non intendo essere scortese, signore. Se vuole acquistare un biglietto, allora sono a sua disposizione. Altrimenti temo di non poterla aiutare."

Durante la sua passeggiata lungo la ferrovia Giuseppe aveva immaginato i modi in cui un criminale poteva sfuggire dalla scena del crimine.

Paul Leigh aveva parlato di un uomo che stava pescando vicino alla riva. L'uomo aveva urlato contro di loro. E se l'uomo avesse fatto di più che urlare? Forse aveva minacciato George per qualche motivo provocando la morte del ragazzo. In tal caso l'uomo avrebbe avuto bisogno di fuggire dalla scena. Quale modo migliore di salire sul treno mentre era fermo al passaggio a livello? Avrebbe avuto la possibilità di confondersi con gli altri passeggeri e sedersi inosservato ed aspettare sino a quando il treno sarebbe stato finalmente autorizzato a procedere verso la stazione. Poi tutto ciò che avrebbe dovuto fare, era comprare un biglietto per proseguire il viaggio.

L'impiegato della biglietteria si alzò e si allontanò dallo sportello.

"Sto per pranzare. Panini con carne fredda oggi. Di solito è formaggio e marmellata, quindi la carne è un po' rara. E se conosco la mia signora avrà aggiunto una buona spruzzata di mostarda inglese."

L'impiegato sistemò il suo pranzo al sacco vicino allo sportello, prese un panino e gli diede un morso.

"Non vogliamo disturbare il suo pranzo. Forse lei non era di turno domenica," disse Giuseppe.

Giuseppe, fu distratto un momento dal pensiero di un panino fatto con formaggio e marmellata. Era certo che non si sarebbe mai abituato ai gusti inglesi.

"Lavoro tutti i pomeriggi," disse l'impiegato, prima di prendere un altro morso.

"Nessun giorno libero?"

"Lavoro anche nei miei giorni di riposo e se è domenica, allora la paga oraria è una volta e mezza. Ogni centesimo conta, lo sa no?"

Giuseppe annuì. "Se non c'è niente che può dirci, la lasceremo in pace a godersi il suo panino."

Era stata una visita sprecata. Giuseppe si girò e fece alcuni passi, poi si fermò quando l'impiegato disse, "C'è stato un uomo che ha comprato un singolo per Londra," quasi come se stesse parlando a sé stesso.

"Questo non sarebbe normale?"

"Mi è sembrato un po' strano, perché aveva ancora addosso i pantaloncini, sembrava fosse venuto direttamente dalla spiaggia."

"Le persone in vacanza, indossando spesso pantaloncini per la spiaggia questo non è insolito?"

L'impiegato annuì. "No, non tanto giusto. Ma di solito non ci sono uomini adulti che indossano i pantaloncini sul treno. Anche se al giorno d'oggi suppongo che tutto vada bene. Ma non erano i pantaloncini che mi infastidivano era il suo atteggiamento."

"Vada avanti."

"Venne proprio vicino alla griglia, fissandomi. Mi ha quasi dato i brividi."

"Si ricorda altro di lui, era alto o basso?"

"Più basso di lei, un tipo viscido, lineamenti sottili, uno sguardo come se odiasse il mondo e tutti quelli che vi abitavano. E gli mancava un dente, proprio qui." L'impiegato indicò i suoi denti anteriori. "Non c'è da sorprendersi se qualcuno gli avesse dato un pugno, e gli abbia fatto cadere il dente dalla bocca. Gli avevo chiesto se era in vacanza, se si fosse divertito e quasi mi aggredì. Era decisamente maleducato. Visto che stavo solo cercando di essere cordiale. Mi disse che non erano fatti miei quello che lui stava facendo."

"E non l'aveva mai visto prima? Non è qualcuno che di solito prende il treno in questa stazione?"

"Non l'ho mai visto prima in vita mia e non vorrei vederlo di nuovo." E con ciò l'impiegato sollevò il giornale, indicando che la conversazione era conclusa. Era il momento che finisse il suo panino.

Giuseppe non aveva visto se anche i giornali nazionali riportavano la morte di George Leigh. L'improvvisa morte di un giovane ragazzo in una piccola città di mare non era una notizia usuale. Se lo stesso incidente fosse accaduto ad Anzio, il posto balneare per molti romani, sarebbe stato in prima pagina. Ma a lui sembrava che i due paesi avessero una mentalità abbastanza diversa. Ovviamente, l'edizione settimanale dell'*Hastings Observer* ed *Eastbourne Herald* riportava come protagonista George Leigh nella pagina iniziale, ma Christina aveva spiegato che questi giornali uscivano settimanalmente solo il giovedì. Christina gli disse anche, che l'editore l'aveva pressata per avere maggiori informazioni sulla famiglia Leigh così da poter pubblicare un'esclusiva della *'prima persona sulla scena'*. Charles le aveva dato fino all'ora di pranzo di mercoledì, e le aveva detto di non entrare in ufficio fino a quando non avesse avuto qualcosa degno di una doppia pagina.

Mentre Giuseppe e Christina tornavano verso la sua auto costeggiando la linea ferroviaria fino a Beach Walk, Christina era silenziosa.

Dopo un po', Giuseppe disse, "Stai pensando?"

"Sono preoccupata. O meglio, non proprio preoccupata. Mi sento così combattuta."

Giuseppe aspettò che lei si spiegasse.

"Ho sempre desiderato di fare la giornalista. Dalla mia adolescenza, quando Flavia stava facendo tutte quelle cose folli. Riflettevo sempre su quanto di sbagliato ci fosse nel nostro modo di vivere."

"La tua famiglia?"

"No," lei disse, con enfasi, il suo viso si rilassò in un sorriso.

"Mamma e papà sono bravi, gestiscono il bar, si prendono cura di me, di Stevie..."

"E l'un l'altro?"

"Certo. No, sto parlando del resto, il pregiudizio, la povertà, la guerra."

"Ed essere una giornalista ti dà modo di far conoscere le tue idee?"

"Esattamente."

"Qual è il conflitto?"

"Ci sono cose che vorrei avere la possibilità di dire. Per quell'articolo, per esempio, quello a cui sto lavorando, sull'ingiustizia sociale. Adesso ho la possibilità di dire qualcosa di significativo, ma è collegato con circostanze così terribili. Mi sento come se stessi approfittando del dolore di una famiglia solo per ottenere il mio primo vero articolo firmato."

"Firmato?"

"Il mio nome sotto l'articolo."

Avevano raggiunto la macchina e Giuseppe era in piedi accanto ad essa di fronte al mare dando le spalle a Christina.

"Ci sono due cose che dobbiamo fare domani," aveva detto piano come se stesse parlando da solo. "Innanzitutto dobbiamo chiamare il detective incaricato di questo caso."

"Pearce?"

"Sì. Gli diremo che abbiamo più informazioni per lui. Gli chiederemo di incontrarci da qualche parte fuori dalla stazione di polizia."

"Perché fuori?"

"Dentro è il suo territorio, fuori possiamo essere più sullo stesso piano. Abbiamo informazioni, ma avrà anche lui informazioni. La polizia ha avuto quarantotto ore per indagare. Devono aver scoperto qualcosa."

"Se c'è qualcosa da scoprire." Christina si sentiva sconfitta.

"Certo se non hanno ancora risolto il crimine, allora le informazioni che abbiamo saranno ancora più importanti," disse Giuseppe con enfasi. "Ma prima di incontrare il detective sergente Pearce, se tuo padre mi presta ancora una volta la sua macchina, andrò di nuovo a trovare il nostro amico irlandese."

"Non vuoi che venga con te?"

"Prenditi del tempo per rivedere il tuo articolo. Una volta che apparirà la tua firma, Christina Rossi sarai molto richiesta."

"Sarà molto difficile," disse lei ridendo.

CAPITOLO 18

8 LUGLIO
MERCOLEDÍ MATTINA

La colazione per la famiglia Rossi di solito avveniva nella cucina posteriore del bar. Giuseppe optò per una passeggiata mattutina sul lungomare evitando del tutto la colazione ad eccezione di un bicchiere di succo d'arancia. Christina si sedeva raramente per mangiare la colazione preferendo invece muoversi in cucina con una ciotola di cereali nelle sue mani. Mario trovava il suo costante movimento così sconcertante che aveva optato per un passaggio anticipato nel bar, lamentandosi del fatto che sua figlia agitandosi gli faceva venire il mal di mare. Anne stava tenendo d'occhio Stevie, gli stava imburrando una seconda fetta di toast e la fece scivolare sul suo piatto proprio nel momento in cui aveva finito la prima.

I pensieri di Christina erano altrove. "Stevie, sbrigati e finisci i toast. Dobbiamo andare o faremo tardi." Lei capì, dallo sguardo di Anne, di aver usato un tono inutilmente troppo brusco.

Lei annuì a sua madre, accettando il velato rimprovero, e mise sullo scolapiatti la sua ciotola di cereali mangiata a metà. La scadenza di mezzogiorno che Charles le aveva fissato si avvicinava rapidamente. Giuseppe aveva suggerito un piano per riunire ulteriori informazioni sia dal detective sergente Pearce sia dall'irlandese che viveva nella roulotte. Forse sarebbero state sufficienti.

Comunque, avrebbe preferito non essere messa nella posizione di cogliere l'occasione per portare avanti la sua carriera a spese del dolore di una famiglia. Anche se sapeva cosa avrebbe detto Charles. *Vuoi fare la giornalista, o no?* o qualcosa del genere. E probabilmente aveva ragione. Aveva bisogno di temprarsi.

Per distrarsi un po', iniziò a pensare ai cani. La *'discussione sui cani'* era avvenuta attorno al tavolo della famiglia Rossi molte volte negli ultimi mesi. Stevie supplicava, Anne placava, Christina elencava tutti i motivi per i quali non poteva accadere e Mario faceva del meglio per starne fuori. Nessuno degli adulti era pronto ad ammettere che voleva un cane tanto quanto Stevie, ma la praticità e le esigenze del bar continuavano ad essere un deterrente.

Tuttavia, all'indomani dei recenti eventi, Christina stava arrivando all'idea che portare un cane nella famiglia Rossi sarebbe stato un diversivo perfetto per Stevie.

Da domenica sera, in un paio di occasioni, Stevie si era svegliato urlando. Christina era andata da lui rassicurandolo che era stato solo un brutto sogno. La prima volta che era successo Stevie si era aggrappato a lei, le sue lacrime le avevano inumidito la camicia da notte di cotone.

"Hey, cos'è tutto questo?" gli disse tenendolo stretto dondolandolo dolcemente avanti e indietro.

"C'era un uomo. Era alto come un gigante, e aveva una voce davvero forte. Continuava a gridarmi di andare via dalla spiaggia."

"Bene," disse lei, facendo la voce seria. "Posso dirti

che non ci sono giganti che ci possano tenere lontani dalla spiaggia. Come osa? E pensa che se ci fosse un gigante vorrebbe giocare agli schizzi con noi, così." Iniziò a solleticare Stevie e subito iniziarono a ridacchiare entrambi, i pensieri oscuri erano dimenticati.

Ma di nuovo, mentre andavano a scuola, mercoledì mattina Stevie aveva fatto capire che le sue paure non erano andate via.

"Zietta, Richard ieri ha alzato la mano in classe e ha chiesto alla maestra se era vero che George Leigh fosse stato davvero assassinato. Poi la maestra ci ha detto a tutti, che non dovevamo parlare con nessuno che non conosciamo, che non dobbiamo uscire da soli a giocare senza un adulto. Ma posso andare in giardino, vero?"

Christina cercò di non mostrare sul suo viso l'emozione che provava. Era terrificante pensare che ci potesse essere un assassino nella comunità locale. Qualcuno che potesse infliggere ferite così brutali su un giovane ragazzo, lasciandolo morire. Il suo istinto era di avvolgere le braccia attorno a Stevie tenerlo vicino a lei e non lascarlo mai fuori dalla sua vista. Ma lo avrebbe spaventato ancora di più.

La conversazione la rese determinata a parlare con la madre di William Selmon, l'amico di Stevie, a proposito del loro cane Beagle, Max. Aveva parlato con la signora Selmon qualche settimana prima quando Christina aveva notato William che si grattava le braccia. Christina riconobbe le piaghe rosse come un eczema, le aveva avute anche Flavia quando era giovane. La signora Selmon le aveva spiegato che le condizioni di suo figlio erano peggiorate da quando avevano preso Max.

"William ha insistito e insistito per prendergli un cane. Non avrei mai immaginato che avrebbe reso il suo eczema così grave," aveva detto la signora Selmon a Christina. "E non aiuta, il fatto che si rannicchi con lui la notte nonostante gli dica di non farlo."

Christina condivideva la preoccupazione della mamma di William e l'idea si era insediata nella sua mente. Se la signora Selmon stava cercando di riaccasare il cane allora questa poteva essere la soluzione perfetta per entrambe le famiglie.

Dopo aver salutato Stevie a scuola, Christina vide la signora Selmon e la salutò con la mano. Max stava tirando il guinzaglio tentando di saltare mentre Christina si avvicinava.

"Max stai giù," disse la signora Selmon, senza entusiasmo. "Oh, questo cane mi sta logorando. Ha troppa energia per me. Con tutto il caos che crea, lo spargimento dei peli in tutta la casa e l'eczema di William che sta andando di peggio in peggio. La maggior parte dei giorni sarei pronta per andare a letto già alle dieci in punto di mattina." Si passò una mano sulla fronte, spingendo indietro la sua frangia.

"Ha mai pensato di riaccasare Max?" disse Christina chinandosi per accarezzare il cane, che ora era molto più calmo.

"Ci penso ogni giorno," disse la signora Selmon, respirando affannosa. Christina notò un lieve sibilo.

"È che noi abbiamo promesso a Stevie un cane. Ma certamente lei non vorrà separarsi da Max. William avrebbe il cuore spezzato.”

“Con il cuore spezzato o no, non possiamo andare avanti così. Parlerò con lui stasera. È un bravo ragazzo, sono sicura che capirà. In caso gli prenderò un pappagallino. Sarà molto più facile. Inoltre, lui e Stevie sono buoni amici per cui William potrà continuare a vedere Max di tanto in tanto.” Fece una pausa, prese un respiro profondo prima di continuare. “Almeno questo è quello che dirò a William,” disse lei facendo l’occhiolino.

CAPITOLO 19

8 LUGLIO
MERCOLEDÍ MATTINA

Mentre Christina stava parlando, con la signora Selmon, della possibilità di diventare la nuova proprietaria del cane, Giuseppe aveva lasciato presto il bar, per dirigersi, come previsto, verso Beach Walk. Trovò Sean Murphy seduto sui gradini, un mucchio di lenze uscivano dalle sue mani.

"Buongiorno."

Sean Murphy non alzò lo sguardo, rimase concentrato sulle lenze.

"Posso aiutarti in questo? Anche se sembra che te la sai cavare bene da solo."

Questa volta l'irlandese alzò lo sguardo lasciando cadere la lenza in un telone steso ai piedi delle scale della roulotte.

"Sei tornato a fare ancora il ficcanaso?"

Giuseppe si accovacciò e raccolse un pezzo di lenza, esaminando con ammirazione il groviglio di piccoli nodi a un'estremità di essa. "Hai scelto un posto molto tranquillo in cui vivere."

"Posso pensare a posti peggiori in cui nascondersi." Sean raccolse la sua pipa che era accanto a lui poggiata sul gradino della roulotte. L'accese soffiando il fumo verso Giuseppe, che fu contento per la possibilità di inspirarlo.

"Non ti stai nascondendo, vero?" disse Giuseppe. Era un'affermazione piuttosto che una domanda.

"La visione chiara dell'orizzonte."

Giuseppe aspettò che l'irlandese si spiegasse.

"Ecco perché ho scelto questo posto, niente tra me e il confine del mondo."

"A volte un bambino che calcia un pallone?"

Sean alzò lo sguardo su Giuseppe. "Non mi occupo di adolescenti."

"E hai una famiglia nelle vicinanze? O amici?"

Sean ignorò la domanda, continuando a dipanare le lenze.

"Ai ragazzi piace parlare con te. Paul Leigh ha detto che hai scacciato via un uomo che stava urlando contro di lui e suo fratello."

"Scommetto che da dove vieni le spiagge sono molto più belle," disse Sean facendo capire chiaramente che voleva deviare la conversazione.

"Hai stretto amicizia con quei due fratelli, eppure hai scelto di non aiutare a risolvere il caso dell'omicidio di uno di loro – avvenuto accanto alla tua roulotte."

"Omicidio? Ne sei sicuro, veramente?"

Giuseppe scrollò le spalle e attese sperando che potesse aver innescato nell'irlandese un senso di responsabilità e che gli avrebbe detto quello che doveva aver visto quel giorno.

"Qui la gente non vede di buon occhio gli estranei," disse Sean.

"Tu sei un estraneo?"

"Io e te entrambi. Qui non troverai gente che dà il benvenuto a uno straniero che interferisce nelle loro cose."

Giuseppe si accovacciò per sedersi sulla spiaggia

prima di rendersi conto che i suoi arti non glielo avrebbero permesso. Stentò prima di rimettersi di nuovo dritto.

"L'età, eh?" disse. "Arriva per tutti noi. Almeno lo fa se viviamo così a lungo."

L'uomo stava iniziando a irritare Giuseppe. I suoi modi erano volgari, le sue battute di cattivo gusto.

"Prendi quella donna nella villetta," continuò Sean. "Non si vedono molte persone del posto, che le stendano una mano in segno di amicizia. La cittadina è così, le persone si chiudono nei loro ranghi. L'ho già visto."

"Non hai allungato la mano verso di lei?"

"Da quello che posso vedere le piace starsene per conto proprio. Non posso biasimarla." Sean lasciò cadere la lenza e si alzò in piedi e guardò direttamente Giuseppe.

"Ritornerò," disse Giuseppe.

"Puoi tornare tutte le volte che vuoi. Non ci sarà niente di più che io ti possa dire."

Giuseppe si voltò e tornò indietro lungo la strada dove aveva parcheggiato la macchina di suo cugino, avvertendo lo sguardo dell'irlandese su di lui e chiedendosi cosa fosse così desideroso di nascondergli.

Un paio di ore dopo, con lievi borbottii, Giuseppe stava cercando di trovare una posizione comoda sul sedile del passeggero della macchina di Christina. Christina non gli prestò attenzione, era interamente focalizzata sulla guida lungo la trafficata Marsh Road verso Eastbourne ed il loro incontro con il detective sergente Pearce.

Quando Giuseppe aveva telefonato alla stazione di polizia presto quella mattina lo avevano messo in contatto con Pearce. Giuseppe aveva avvertito la cautela nella voce del detective. C'erano domande inespresse, e pause nelle risposte di Pearce. *Lui vorrà sapere cosa c'è in questo caso che mi sta spingendo ad interessarmene.*

Pearce aveva acconsentito a un incontro, anche se con riluttanza, suggerendo che questo avvenisse all'estremità del lungomare di Eastbourne. Con Pearce in testa i tre iniziarono a camminare lentamente sul promontorio fino a Beachy Head. Mentre salivano sopra la collina il vento si era sollevato con forza, che Giuseppe definiva da congelamento, mentre la descrizione di suo cugino sarebbe stata sicuramente essere 'fresco'. Giuseppe si tirò su il bavero della giacca, rigirandosi vide Christina che prendeva una sciarpa di cotone dalla borsa a tracolla, e se l'avvolgeva intorno alle spalle.

"Si sta godendo le vacanze?" chiese Pearce, girandosi a metà verso Giuseppe.

"Per ora ho messo da parte le mie vacanze."

Il sergente investigativo borbottò qualcosa.

Le uniche altre persone a scegliere Beachy Head in un giorno così burrascoso erano accompagnatori di cani. Giuseppe guardò una coppia in lontananza. I cani - un Labrador e uno Scottie - prestavano poca attenzione ai loro proprietari che a turno li chiamavano.

"Questo è un punto pericoloso, dovrebbero tenerli lontani dal bordo," disse Pearce.

"Gli inglesi e i loro cani. Penso che vi piacciano più i vostri animali domestici che le persone."

"Forse ha ragione." Pearce indicò un segno che era a meno di cinque metri dal bordo della scogliera. "Avvertono del 'pericolo'; eppure, è il pericolo che attira le persone qui."

"Cosa intende dire?"

"È un posto per suicidarsi." Pearce indicò il bordo della scogliera. "Sembra che sia più popolare del Golden Gate Bridge."

Tutti e tre sbirciarono oltre lo strapiombo guardando le onde che si infrangevano sugli scogli sottostanti. "Nel corso degli anni, ho avuto a che fare con alcuni casi di questi Immagino che anche a lei ne siano capitati."

"In tutto il tempo che sono stato nella polizia ho imparato che è molto difficile capire le menti umane..."

"Ma ha risolto un sacco di crimini, quindi saprà tutto delle menti criminali," disse Pearce.

"Cosa rende un uomo cattivo? È qualcuno che vuole qualcosa che non può avere ma decide di averla tuttavia?"

"Rapina?"

"Sì, anche crimini di passione, crimini per invidia, gelosia o l'avidità al loro centro."

Si allontanarono dal bordo della scogliera, ritirandosi su una panchina posizionata sul lato del sentiero.

"E poi ci sono uomini che non sono criminali e lottano così tanto con la vita che scelgono di metterle fine, come i suoi suicidi," continuò Giuseppe.

"Non i miei suicidi. Non li comprendo più di lei."

"Possiamo concentrarci sul motivo per il quale siamo qui?" il tono di Christina era risentito. "È già abbastanza brutto che dobbiamo discutere di una tragedia senza contemplarne una miriade di altre."

I tre rimasero seduti in silenzio per un po' a guardare i proprietari dei cani che avevano recuperato i loro animali ribelli, li avevano riassicurati ai guinzagli e stavano tornando al parcheggio.

"Allora cosa ha per me? Qualche idea per convincere la gente a parlare?" Pearce rivolse la sua domanda diretta a Christina, ma fu Giuseppe a rispondere.

"Sta trattando la morte di George Leigh come un omicidio?" chiese Giuseppe.

"Ora sappiamo per certo che non è stato un incidente. L'autopsia ha confermato che è altamente improbabile che le lesioni siano state causate dalla caduta del ragazzo dalla sua bicicletta. Sembra ci siano stati due distinti colpi alla testa. Il secondo colpo è stato quello che ha causato un'emorragia al cervello, e di conseguenza la sua morte."

"Può essere stato coinvolto un veicolo?"

"Non possiamo esserne sicuri," disse Pearce. "Non c'erano tracce di pneumatici o segni di frenata, ma siamo aperti a tutte le ipotesi." E rivolgendosi a Christina "Sicuramente non ha visto una macchina vero?"

Lei scosse la testa e poi, "Abbiamo parlato con un uomo interessante a cui piace fare i puzzle."

Il sergente investigativo annuì. "Sean Murphy,

l'irlandese nella roulotte. Ho fatto anche io una chiacchierata con lui, per quello che possa essere stato utile."

"In Italia ho incontrato molte persone strane," continuò Giuseppe, "Ma un uomo che vive in una roulotte e gli piace fare puzzle penso che questa sia una nuova esperienza per me."

"Avete detto di aver parlato con la famiglia Leigh?" chiese Pearce.

"Loro sono distrutti," disse Giuseppe.

"Certo, lo sono sicuramente. Perdere un figlio è il peggior incubo per i genitori."

"Ma penso che siano anche distrutti per un altro motivo." Giuseppe guardava le sue dita mentre parlava. "La madre è in lutto, il padre è arrabbiato e il ragazzo..."

"Ricorda che sono inglesi." Christina attirò la loro attenzione. "Viviamo ancora all'ombra degli atteggiamenti vittoriani in questo paese, con la folle idea che i maschi non dovrebbero piangere o mostrare qualsiasi emozione. Questo sarebbe segno di debolezza. Penso che sia malsano dover soffocare tutti i tuoi sentimenti. Meglio fare come gli italiani che gemono e urlano."

Il sergente investigativo mormorò qualcosa che nessuno dei due riuscì a sentire.

"Io non ho mai pianto o urlato," disse Giuseppe. "Forse non sono talmente italiano come pensavo."

"E la signora Rose Walker? Cosa ne pensate di lei?" Pearce provò a rifocalizzare. "Da quello che ho sentito su di lei è vaga come la nebbia marina che circonda questo caso."

"Pensa che sia vaga? Io dico che ha paura."

Pearce guardò interrogativamente Giuseppe, che poi continuò. "Io l'ho percepito dai suoi occhi, dai suoi modi. Lei è ossessionata da qualcosa, da qualcuno."

"Io non ho parlato con la donna, la mia poliziotta l'ha interrogata domenica subito dopo che l'ambulanza aveva portato via il ragazzo e poi di nuovo quando la signora Walker è venuta alla stazione di polizia."

"Lei è chiusa in sé stessa. Tenta di domare le sue paure controllando tutto ciò che le sta intorno: la sua casa è così pulita come anche il suo giardino."

"Sta facendo molte deduzioni dal comportamento di qualcuno a cui piace tenere in ordine la casa. Mi chiedo cosa potrebbe pensare se venisse nella mia." Pearce scoppiò a ridere scatenando un colpo di tosse. Giuseppe guardò il detective sergente infilarsi una mano nella tasca della sua giacca, solo per ritoglierla pochi secondi dopo. Giuseppe suppose che Pearce stesse per estrarre un pacchetto di sigarette prima di ricordarsi che avrebbe dovuto smettere.

"Lei potrebbe essere colpevole di qualcosa. Forse non raccontandoci appieno tutta la storia?"

Pearce si alzò indicando che era ora di andare "Torniamo giù?"

"Ha un piano per le sue indagini?" Giuseppe disse, supponendo che qualunque fosse stato il piano di Pearce era improbabile che lo avesse condiviso con uno sconosciuto, un estraneo inoltre straniero.

"Stiamo proseguendo le indagini."

"Certo. Una morte violenta in una piccola comunità. Molte persone avranno paura sino a che non troverete la persona responsabile. Questo è il motivo per il quale mi sto interessando. Trovare il motivo è la chiave che apre molte porte, poi il percorso è lungo per capire il crimine e il criminale."

"Per favore non mi dica come devo svolgere il mio lavoro, Signor Bianchi. Sono un detective, probabilmente, da lungo tempo quanto lei."

Per un po'i tre camminarono in silenzio mentre stavano dirigendosi verso il parcheggio. A entrambi i lati del sentiero si alternavano aree di erba con cespugli di ginestre, un paradiso per conigli, visto le pile di escrementi sotto i piedi. Dal promontorio verso ovest si vedeva Selsey Bill, una penisola costiera a circa una ottantina di chilometri. La visibilità era talmente chiara che potevano scorgere il faro di Dungeness, a ottanta chilometri nell'altra direzione.

Il sole estivo aveva ingiallito gran parte dell'erba con chiazze spoglie qua e là create da un costante calpestamento. Giuseppe rallentò il passo rimanendo dietro gli altri due ed ebbe un momento per riflettere sull'acuta discrepanza di tale bellezza e tanta tragedia. Un posto dove era possibile vedere il meglio di ciò che la vita ha da offrire e tuttavia anche un luogo per quelli che non provano altro che disperazione.

Alla fine, Giuseppe ruppe il silenzio. "La sua squadra ha controllato la stazione ferroviaria?" mantenne il tono più indifferente possibile sapendo che il sergente investigativo si sarebbe irritato se avesse capito che l'italiano stava cercando di segnare punti.

"Norman's Bay?"

"Sì, abbiamo parlato con il bigliettaio. Ci ha parlato di un uomo che ha comprato un biglietto per Londra."

"Non è insolito un uomo che compra un biglietto del treno in una biglietteria." Pearce non nascose il sarcasmo nella sua voce.

"Vogliamo solo aiutare. Non stiamo cercando di interferire," disse Christina.

"E allora cosa c'è riguardo l'uomo? Pensate che ci entri qualcosa?" disse Pearce.

"L'impiegato disse che l'uomo non era un frequentatore abituale, ma anche che i suoi modi erano aggressivi. Forse bisognerebbe fargli più domande?" disse Giuseppe.

Pearce annui in segno di riconoscimento. "Manderò un agente per interrogare l'impiegato. Vediamo se riusciamo ad ottenere una testimonianza utile da lui."

Raggiunsero il parcheggio e Giuseppe allungò la mano verso il sergente investigativo. "Spero che abbia successo nella sua indagine."

Non era una corsa al traguardo, ma Giuseppe ne era certo voleva ancora partecipare anche se non poteva più competere su un piano di parità.

CAPITOLO 20

8 LUGLIO
MERCOLEDÍ POMERIGGIO

Era metà pomeriggio quando Christina tornò al bar, era stata in ufficio per scrivere l'articolo per Charles. Lo aveva sbattuto sulla sua scrivania e aveva lasciato l'ufficio prima che lui avesse il tempo di leggerlo. 'Incidente mortale per un ragazzo del luogo' era il titolo che aveva scelto, anche se era molto probabile che Charles lo avrebbe cambiato. Sapeva che il pezzo che aveva scritto era buono. C'erano abbastanza demoni che la inseguivano nel suo cervello, quindi se poteva liberarsi di quello che minava la fiducia in sé stessa forse poteva iniziare ad andare avanti.

Nello scrivere il pezzo si era attenuta ai fatti, dando poco spazio ai dettagli sul suo coinvolgimento e una spoglia menzione sulla famiglia Leigh. Era il suo modo di cercare di proteggerli da un'ulteriore invasione nella loro privacy una volta che la stampa nazionale avesse avuto in mano la storia. Fu sorpresa che non avessero ancora fatto un articolo sul caso. Dopo tutto, ogni morte violenta di solito provocava una raffica di articoli moderatamente politici se la polizia stesse facendo tutto il necessario per mantenere le strade sicure, e quant'altro. Se avesse dato qualche indizio sulle percezioni che sia lei che Giuseppe avevano avvertito quando avevano visitato i Leigh avrebbe dato troppi appigli ai suoi colleghi giornalisti meno scrupolosi per ficcare il naso.

Troppo spesso aveva visto in alcuni dei giornali nazionali articoli piuttosto scurrili ed era certa che avevano poca o nessuna base di verità. Poteva sembrare ambiziosa ma era determinata a lasciare il segno senza chinarsi a tali bassezze.

Nelle ultime sere aveva preso a guardare fino a tardi il notiziario notturno. Nessun altro aveva guardato la televisione dal suo arrivo. L'apparecchio era stato messo sulla credenza in salotto e sembrava così fuori posto, come un intruso indesiderato. Le indagini sull'assassinio del presidente Kennedy erano ancora in corso. Il presidente Johnson, per sollecitare risposte, aveva istituito una commissione che doveva riferire in breve tempo. Il presentatore aveva parlato delle ripercussioni di un atto così terribile, poi aveva continuato a parlare dell'incidente aereo avvenuto il mese scorso in cui Edward Kennedy era stato gravemente ferito. Sembrava che la famiglia fosse maledetta. Le notizie che la riguardavano più da vicino, erano quelle che parlavano delle circa trecento persone che erano rimaste ferite quando i Beatles erano tornati a casa a Liverpool dopo il loro tour americano tutto esaurito. Christina adorava la musica dei Beatles ma non riusciva ad immaginare di urlare, piangere e tirarsi i capelli solo per essere vicino a loro. C'erano così tante cose nel mondo e nelle persone che la lasciavano disorientata.

Giuseppe era seduto davanti al bar quando lei arrivò. Dopo aver sentito un po' di freddo durante la camminata precedente attraverso Beachy Head, ora

Christina aveva troppo caldo. Il vento era calato durante il pomeriggio, e le esili nuvole erano state sopraffatte dal sole. Lei sorrise mentre si avvicinava, notando che Giuseppe indossava ancora la giacca.

"Non è ancora abbastanza caldo per te?" disse lei, tirando su una sedia e sedendosi accanto a lui.

Giuseppe aveva gli occhi chiusi, le mani incrociate in grembo. Si chiese, per un momento, se dormisse. Quindi aprì gli occhi e la guardò ma, dovette socchiuderli alla luce del sole.

"Ho lasciato gli occhiali da sole in casa," disse. "Tuo padre dovrebbe mettere un ombrellone. In Roma molti bar li hanno."

"La mamma sono anni che gli dice la stessa cosa. Può essere che tu avrai più fortuna."

"Charles è felice ora?"

"Ne dubito. Ho lasciato l'articolo sulla sua scrivania e ho tagliato la corda. Lui ha il resoconto dell'accaduto, ora dipende da lui se lo stampa."

"Lo stamperà. Ne sono sicuro. Ha un'esclusiva. Un reporter dell'*Eastbourne Herald*, la prima persona sulla scena. Questo farà vendere sicuramente i suoi giornali."

Christina sospirò. "Odio il modo in cui mi fa sentire. Sotto molti aspetti."

"Non pensarci più. Dobbiamo concentrarci." Si chinò in avanti e iniziò a battere le dita contro il bordo della tavola.

"*Noi*? Mi hai iscritto nella tua squadra investigativa?" disse lei, sorridendo.

"Un assassino, forse è da qualche parte qui tra noi. Non è una situazione di cui sorridere."

"Hai ragione. E sono preoccupata per Stevie."

"Tua madre è andata a prenderlo a scuola per portarlo a casa. Sai che sarà al sicuro. La polizia risolverà il crimine."

"Non c'è davvero altro che possiamo fare?"

Giuseppe chiuse di nuovo gli occhi, segno che la conversazione era finita, almeno per il momento.

Christina entrò dentro e dopo pochi minuti arrivò Anne con Stevie che portava in mano la cravatta della scuola e la faceva roteare in giro come un lazo.

"Stevie, vai e togli la tua uniforme, poi chiedi a tuo nonno di darti del latte e dei biscotti. Io ho bisogno di parlare con tuo zio Giuseppe," disse Anne seguendo suo nipote di sopra.

Qualche istante dopo tornò indicando a Christina di seguirla fuori.

"Che cos'è?" disse Christina, indicando la lettera che la madre stava tenendo in mano.

"È arrivata nella posta di questa mattina. Ho pensato di doverla mostrare a Giuseppe, vedere cosa ne pensa."

"Prendo qualcosa da bere per noi," disse Christina, entrando e tornando alcuni secondi dopo con tre bicchieri di limonata.

Giuseppe stava leggendo la lettera, poi la posò giù sul tavolo e bevve.

"Chi la manda, mamma?"

Anne prese la lettera e la lesse ad alta voce.

Cara Anne

Spero che non ti dispiaccia se ti sto scrivendo. So che è passato molto tempo da quando abbiamo condiviso tante cose.

Si tratta di mia sorella, Barbara. Tre mesi fa è uscita dall'appartamento che abbiamo condiviso e da allora non l'ho più vista né sentita.

Continuavo ad aspettare una telefonata o una lettera, anche una cartolina. Quindi visto che il tempo passava senza notizie, mi sono chiesto se avesse avuto un incidente. Mi sono rivolto alla polizia, ma mi hanno solo detto di controllare negli ospedali. Sembra che se sei un adulto puoi decidere di cambiare vita senza avvertire nessuno e non c'è niente che i tuoi cari possano fare.

Ti starai probabilmente chiedendo perché ho deciso di scriverti ora.

Abbiamo passato dei bei momenti insieme, vero? Sei sempre stata così gentile con noi. Anche tua madre. E conosco il male che hai dovuto sopportare e la tristezza di perderla poco dopo la fine della guerra. Così doloroso, era una donna speciale.

Sento di essere in una specie di limbo fino a quando non saprò cosa è successo davvero a Barbara.

Ho avuto modo di pensare ai tempi più belli che abbiamo trascorso insieme e mi chiedevo se potevi trovare un pomeriggio per venire a Londra, potremmo incontrarci in un bar vicino alla stazione, forse solo per un po'.

Per favore dì che verrai.

Il tuo.

Matthew Harding

"Chi è Matthew Harding?" chiese Christina.

"Matthew e sua sorella Barbara, hanno vissuto con noi per un periodo, durante la guerra."

"Sfollati?"

Anne annuì. "Mancavano pochi giorni alla dichiarazione di guerra. I treni carichi arrivavano qui a Bexhill e Hastings. Migliaia di bambini. Il governo la chiamò operazione Pied Piper. I notiziari ne erano pieni. Dissero che dalle stazioni principali di Londra i treni partivano ogni nove minuti pieni zeppi di bambini e gestanti."

"Non riesco a immaginarlo." Christina stava cercando di immaginare Stevie, inviato su un treno verso una destinazione sconosciuta, senza la certezza di quando sarebbe potuto ritornare. "Mi fa sentire male pensarci."

"Mi ricordo che i più piccoli sembravano atterrati su uno strano pianeta con gli occhi spalancati le mani strette alla loro borsa. Un'etichetta per il bagaglio era stata apposta su ogni cappotto con il loro nome, era come se fossero pacchi spediti da una città all'altra non una figlia o un figlio amato da qualcuno. Avevano tutti una piccola borsa con sé, alcuni avevano cartelle e pochi miseri effetti personali non molto più di un cambio di vestiti, spazzolino da denti, e una manciata di sapone."

"E tu eri lì quando sono arrivati?"

"Mamma mi portò alla stazione per salutare il treno quando arrivava. Le avevo già detto che non avevo intenzione di condividere la mia camera da letto con uno sconosciuto."

"Cosa ti disse tua madre?"

"*Farai quello che è necessario. Tutti noi lo faremo.*" Anne raccontò, l'accenno di un sorriso sulle sue labbra.

Mentre madre e figlia stavano parlando Giuseppe ascoltava ma non disse nulla.

"E tua madre ha scelto Matthew e Barbara," chiese Christina.

"Mi ricordo i due in piedi sulla pensilina, le loro mani legate strettamente, la testa bassa cercando di non guardare nessuno. Probabilmente speravano di non essere scelti da una nuova famiglia, così potevano tornare sul treno e tornare a casa." Anne sorrise, poi continuò. "Comunque, mamma scelse loro e li portammo a casa. All'improvviso, ho dovuto condividere tutto la mia camera da letto, i miei libri."

"C'era il razionamento, vero? Come avete fatto per il cibo?"

"Alcuni pasti consistevano in poco più di alcune fette di pane e marmellata fatta in casa."

"Caspita, mamma, deve essere stato un momento così difficile. Quanto tempo hanno vissuto con te?"

"Poco meno di due anni e quando alla fine tornarono a Londra, era una città bombardata."

"Ma siete rimasti in contatto?"

"All'inizio Matthew aveva scritto abbastanza spesso." L'espressione di Anne era malinconica. "Mi ricordo ancora il suo viso. Era più giovane di me di qualche anno, e ad essere sincera con te penso che abbia avuto una piccola cotta per me."

Christina notò che sua madre stava arrossendo.

"Mi disse che stavano aspettando di essere ospitati insieme a così molte altre famiglie. Ma poi la corrispondenza è finita, ad eccezione di uno scambio di biglietti di auguri di Natale e di compleanno."

"Adesso mi ricordo. Gli mandavamo cartoline di Natale," disse Christina. "Ci facevi firmare i nostri nomi. Un anno ho disegnato un po' di agrifoglio accanto al mio nome e mi hai lasciato colorare le bacche con un pennarello che macchiò tutto quando chiusi il biglietto troppo velocemente. E Matthew era più giovane di te?"

"Matthew ne aveva dodici quando vennero a stare con noi, Barbara ne aveva solo dieci. Poco prima che la guerra finisse mi ero arruolata nel servizio Infermieristico Militare. Matthew era troppo giovane, per unirsi e quando ha compiuto il suo diciottesimo compleanno la guerra era finita. Poi, naturalmente, sono andata in Italia per lavorare nell'ospedale dell'esercito. Gli scrissi quando tuo padre e io ci siamo sposati e quando tu e Flavia siete nate. Una volta che ci siamo sistemati di nuovo qui a Bexhill, con il bar, gli chiesi di venirci a trovare. Ma le loro vite facevano il loro corso. Ed io capii.

"Ed ora sua sorella è scomparsa?"

"Dalla lettera, sembra che si sia trasferita mesi fa e non ha più dato sue notizie da allora."

"Perché pensa che tu lo possa aiutare?"

"Avrei dovuto scrivergli più spesso. Ho la sensazione che le loro vite non siano state semplici. Barbara era un soggetto così divertente, un po' sognatrice, si inventava sempre delle storie. Si inventava di tutto sui suoi genitori, diceva che vivevano in una grande casa con i servitori. Matthew cercava sempre di riportarla giù sulla terra."

"E ora all'improvviso Matthew ti sta scrivendo?" Giuseppe stava riguardando di nuovo la lettera.

"Non so cosa pensare," disse Anne. "Cosa faresti?"

"Forse è ora che io inizi a godermi le vacanze. Una visita a Londra, una giornata fuori."

Christina guardò Giuseppe, chiedendosi cosa ci fosse dietro questa decisione improvvisa.

"Andresti a Londra a trovare Matthew per me?" disse Anne. Giuseppe fece un piccolo cenno del capo come se stesse ancora considerando la questione.

"Sapresti sicuramente porre le domande giuste. E se Christina, viene con te potresti goderti un giro turistico mentre sei lì."

"Vivo a Roma, conosco la vita di città."

"Ma tu potresti vedere Buckingham Palace, la Casa del Parlamento, La Torre di Londra."

"Quando noi abbiamo il Colosseo e la Basilica di San Pietro e duemila secoli di storia?" Giuseppe mantenne un'espressione seria per un momento poi si aprì in un sorriso prendendo la mano di Anne nella sua. "Sto scherzando con te, certo che lo farò. Christina può stare attenta che non mi perda. E insieme vediamo cosa possiamo fare per aiutare il tuo amico."

Più tardi quella sera, Christina aspettò che tutti fossero andati a letto per andare nel salotto e chiudere la porta. Accese la televisione e per alcuni momenti non c'erano immagini, solo un suono ronzante e uno schermo nero e linee bianche che sfarfallavano. Abbassò il sonoro e attese. Poi emerse un'immagine un presentatore seduto a una scrivania, vestito formalmente con giacca e cravatta. Lei alzò il volume e sentì che parlavano della guerra in Vietnam. C'erano stati più morti e ancora più soldati giovani americani dovevano essere inviati a combattere. Christina cercò di immaginare come potevano sentirsi i giovani che arrivavano in un tale posto e scoprivano cose che non avrebbero mai immaginato. Tutto questo era molto lontano dalle sue cognizioni. Forse per diventare una brava giornalista, avrebbe dovuto mettersi non solo nei panni di altri, le cui vite erano così diverse dalla sua ma nelle loro menti, anche per cercare di immaginare le loro emozioni le loro paure.

Lei continuò a stare seduta con il volume disattivato, fino a che sullo schermo comparve la fine trasmissioni. I programmi erano terminati per quel giorno. Era ora di andare a letto.

CAPITOLO 21

9 LUGLIO
GIOVEDÍ MATTINA

Il mattino seguente Giuseppe era pronto alla porta d'ingresso del bar, stringendo un ombrello che aveva preso in prestito da Mario. Christina uscì dal bagno e andava giù per le scale per incontrarlo. Indossava un abito che Giuseppe non aveva visto prima. Una tunica di cotone rosa indossata sopra una camicetta gessata, sopra il braccio un impermeabile di un tessuto rilucente, blu pallido.

"Sei vestita da città," disse Giuseppe.

"King's Road, Chelsea."

Lui alzò il sopracciglio.

"Mary Quant. Bazaar. *'Il'* posto per la moda. Non che io possa permettermi qualcosa."

"Ah," disse lui.

"Ma è meglio che ti avverta, non sono brava al mattino presto," disse Christina.

"Sto bene senza colazione, ma dovrai sopportarmi mentre sistemo la mia faccia, quando siamo sul treno. Altrimenti spaventerò le persone."

"La tua faccia?"

"Il mio trucco."

Una volta sul treno Christina prese il posto vicino al finestrino, prese uno specchio dalla borsetta e procedette ad applicare il trucco. Giuseppe diede un'occhiata agli oggetti che prendeva dalla sua borsa per cosmetici.

"Se ci saranno delle sbavature dovrò risolverle quando arriveremo nei bagni della stazione," disse Christina, più a sé stessa che a Giuseppe. Ci furono poche o nessuna possibilità di conversazione durante il viaggio in treno perché Giuseppe restò con gli occhi chiusi per la maggior parte del tempo.

Al loro arrivo a Victoria Christina indicò l'uscita dalla stazione.

"Facciamo prima la visita per mamma, così ce la togliamo di mezzo, prima di andare in giro per la città?"

"Siamo qui per vedere se possiamo aiutare l'amico di tua madre. Lui non è qualcosa da togliersi di mezzo."

"Hai ragione, scusa."

"Conosci la strada dove è la casa di quest'uomo?"

Lei agitò una A-Z di Londra, sfogliò le pagine e mostrò quella con la loro destinazione.

"Dovremo prendere la Victoria line e cambiare a Oxford Circus. Hai problemi con la metropolitana?"

"Gli inglesi non hanno il monopolio dei treni della metropolitana."

"Scusa - di nuovo. Stai bene? Sembri infastidito."

"La mia mente è altrove."

"È tornata a Beach Walk?"

"Forse."

"Cerca di lasciarlo alle spalle per alcune ore. Combattiamo la nostra battaglia attraversando questo gruppo di persone per comperare i nostri biglietti."

Con i biglietti della metropolitana acquistati

Christina e Giuseppe si diressero verso la pensilina che era piena di viaggiatori. Rimasero lontani dal bordo quanto più possibile.

"Odio la metropolitana." Christina stava afferrando il braccio di Giuseppe un po' troppo saldamente. "Sai quel flusso di aria calda che passa attraverso il tunnel proprio quando sta arrivando il treno? È come una bestia feroce che ci sta succhiando tutto l'ossigeno. Quasi mi aspetto che butti fuoco."

"Il treno?" Giuseppe non era certo di aver capito.

"Ignorami. Sto realizzando che potrei anche dimenticare Fleet Street, non sarò mai una ragazza di città."

All'arrivo del treno ci fu una grande spinta in avanti quando quasi tutti sulla pensilina si mossero contemporaneamente. Christina e Giuseppe si infilarono dentro la carrozza giusto in tempo prima che le porte si chiudessero.

Giuseppe aveva una teoria secondo la quale l'interno di una metropolitana era il luogo perfetto per studiare l'umanità. Non aveva mai espresso la sua teoria, ma era contento di metterla in pratica ogni volta che si presentava l'opportunità. Qui c'era una concentrazione di persone in un posto affollato cosa che dava spazio per l'osservazione. In ogni occasione che aveva preso la metropolitana aveva notato che la maggior parte delle persone preferiva fare tutto il possibile per evitare il contatto visivo con uno sconosciuto. Potevano fissare un giornale, guardare fuori dal finestrino all'interno di un tunnel, oppure tenere lo sguardo sul pavimento. Guardandosi intorno notò quanto gli abiti delle altre giovani donne rispecchiassero ciò che indossava Christina. Era come se ci fosse un tema comune. Anche il trucco che aveva applicato così sapientemente quella mattina, il rossetto bianco, l'eyeliner spesso e nero, ed il mascara. Anche la sua pettinatura. Suppose che le giovani donne si stavano ispirando a qualche pop star o stella del cinema. Non aveva notato nulla di simile tra le donne italiane, non lo stile dei vestiti o il trucco, ma allora le aveva guardate così raramente.

Mentre Giuseppe rifletteva su queste cose Christina era focalizzata sulla mappa sotterranea esposta sul lato della carrozza.

"La prossima fermata è la nostra," disse tirando il braccio di Giuseppe.

Il treno della metropolitana si fermò e si fecero strada attraverso le persone che erano raggruppate intorno alla porta.

"Dai, da questa parte." indicò un cartello che indicava il passaggio che dovevano prendere per connettersi con la linea Bakerloo.

Dieci minuti dopo erano usciti nell'aria fresca, anche se stava piovendo molto. "Benvenuti a Londra," disse Christina mentre Giuseppe apriva il suo ombrello e quasi lo infilava negli occhi di un passante.

"Attento amico," disse l'uomo prima di correre oltre.

"Il tempo inglese - perché non sopporti?" disse Giuseppe, l'uomo si voltò indietro per capire se la domanda fosse diretta a lui.

"Non è che abbiamo scelta," rispose Christina.

"C'è sempre una scelta."

Tentarono di camminare uno accanto all' altro con Giuseppe che cercava di tenere l'ombrello sopra entrambi. Più volte l'uno o l'altro di loro dovettero spostarsi per schivare dei pedoni in arrivo.

"Eccoci. Proprio come avevo memorizzato il percorso."

Ora stava piovendo forte, la A- Z nascosta in modo sicuro nella tasca del suo impermeabile.

Si fermarono davanti ad un portone di un palazzo a tre piani, al piano terra c'era una merceria con sopra due appartamenti. Sul lato del negozio c'era un ingresso stretto con una porta in una rientranza che forniva un po' di protezione dalla pioggia. Da un lato dell'ingresso un cartello scritto a mano mostrava due nomi, un campanello per suonare accanto a ciascuno. Lei premette il cicalino corrispondente al nome di Harding e attesero.

"Non sa che saremmo arrivati?" chiese Giuseppe.

"No, non c'era un numero di telefono solo un indirizzo."

"Quindi probabilmente potrebbe essere uscito."

"Sì, probabilmente ma penso che meritiamo un po' di fortuna, non pensi?"

Stavano in piedi guardando in su gli appartamenti in alto.

"Dovrei andare nel negozio? Chiedere se lo hanno visto, se è a casa?" disse Christina. Quindi una delle finestre al piano di sopra si aprì, un uomo si sporse.

"Aspetta un minuto, sto scendendo."

"Salve," rispose Christina. "Sono Christina Rossi e sono qui con mio zio Giuseppe. Mia madre ha ricevuto tua lettera."

Udirono chiudere la finestra, poi qualche istante dopo un clic e la porta si aprì, rivelando un uomo dal viso magro sulla trentina, con indosso una camicia a quadri aperta al collo e jeans da operaio.

"Venite dentro," disse indietreggiando mentre entravano nell' ingresso cupo. Giuseppe guardò il pavimento mentre la pioggia gocciolava dalla giacca e dall'ombrello e Christina tendeva una mano bagnata verso l'uomo.

"Matthew Harding?"

"Sono io. Venite su, mi dispiace che non ci sia l'ascensore."

"Bagneremo dappertutto," disse Giuseppe guardando la scia di passi che si lasciava alle spalle.

"Non è un problema," disse Matthew facendogli con la mano il gesto di seguirlo.

Arrancò avanti a loro per tre rampe di scale, fino a quando raggiunsero un piccolo pianerottolo. Indicò una porta ad un'estremità del pianerottolo. "Il bagno, se ne avete bisogno. Lo divido con Moira, ma lei è fuori tutto il giorno. Parrucchiera, brava donna."

Si voltò verso una porta verde scuro, inserì la chiave nella serratura e le diede una spinta. "Si attacca sempre con il tempo umido."

Entrarono in uno stretto corridoio che conduceva a una stanza più grande allestita con un divano ad una estremità e un angolo cottura dall'altro. La stanza era buia, con una finestra all'altezza della spalla affacciata sugli appartamenti vicini. L'unica fonte apparente di calore, per i giorni più freddi, erano due barre elettriche. Un tavolo pieghevole era stato spinto contro il muro sotto la finestra.

"Volete un tè?"

Giuseppe scosse la testa per rifiutare e Christina parlò per entrambi. "No, stiamo bene veramente, grazie comunque."

"Come sta tua madre? Spero stia bene. Tu sei proprio come lei, per come la ricordo io." Il suo tono era di scuse, come se avesse detto più di quanto intendesse.

Indicò ai suoi ospiti il divano, mettendosi su una delle sedie di legno accanto al tavolo. "Scusate non è così comodo. Ha perso le molle - un po' come me." Tentò un sorriso, ma essendo forzato lo fece sembrare triste.

"Mamma mi ha mostrato la tua lettera. Si è dispiaciuta di non poter venire, ma lei doveva restare lì al bar, è molto spesso affollato."

"Il bar, ovviamente." Matthew guardò il pavimento come se fosse momentaneamente sopraffatto dall'emozione. Poi prese un profondo respiro e disse. "Fortunatamente non siete venuti prima, ho appena finito il mio turno."

"Hai iniziato presto?"

"Sono un postino. Inizio la mattina presto ma tutto fatto all'ora di pranzo."

"Tu e tua sorella avete vissuto con la mamma durante la guerra, è vero?" Christina non riusciva a decidere cosa la mettesse a disagio, se Matthew Harding o se era l'odore di umido che pervadeva l'appartamento.

"Tua nonna fu molto gentile con noi. Mi addolorò quando seppi che era morta."

Giuseppe osservava l'uomo mentre parlava,

concentrandosi sulla sua espressione e il linguaggio del corpo, piuttosto che sulle sue parole, alcune delle quali aveva difficoltà a capire.

"E tua sorella? La mamma mi ha detto che sei preoccupato per lei."

"Sciocca idea, veramente, aver scritto a tua madre." Matthew si sporse sulla sedia, si coprì il viso con le mani. "È solo che sono passati tre mesi e non ho sentito niente, nessuna lettera, né cartoline." Parte della tensione nel suo corpo si rilassò mentre parlava di sua sorella.

"Penso che ora accetterò quella tazza di tè, se è possibile," disse Christina.

Matthew riempì il bollitore e lo mise sul gas. Mentre lui in piedi gli girava le spalle, Christina trascorse alcuni momenti a pensare guardandosi intorno. La stanza era scarsamente arredata; una piccola credenza con portatile marrone scuro messo su un'estremità che sembrava appartenere al diciannovesimo secolo. Accanto c'era una ciotola di mele. Non c'erano quadri sui muri e nessun ornamento. Il disegno geometrico della carta da parati era ingiallito, intorno al battiscopa, in alcuni punti macchie di muffa. Su un lato della stanza un vecchio stendibiancheria in legno. Appesi due camicie un paio di calzini e un canovaccio, sembrava che fossero stati lì per giorni. La casa di un uomo senza traccia dell'influenza di una donna.

"Tua sorella viveva qui con te?"

In quel momento il bollitore era pronto, un forte fischio penetrante ruppe il silenzio. Per i momenti seguenti Matthew si occupò di riempire una teiera, posarla su un vassoio. Quando stava versando il tè sembrava come se avesse dimenticato la domanda di Christina.

Poi disse, "Mia sorella adorava Bexhill. La prima volta che lei vide il mare ci corse dentro, con le scarpe e i calzini ancora ai piedi. Tua nonna le urlò, ma nulla l'avrebbe fermata."

Quindi, all'improvviso, lui iniziò a singhiozzare, prendendo grandi boccate d'aria. Rimase in piedi come se il dolore gli stesse portando via la sua capacità di muoversi. Christina gli stava accanto dandogli una pacca sulla schiena, mentre Giuseppe si chiedeva; come si poteva essere affezionati, come quest'uomo e sua sorella, al ricordo di essere entrati a bagnarsi i piedi nel freddo canale della manica.

Rimasero un'altra mezz'ora fino a quando Matthew si fu ripreso un po' la conversazione rimanente fu incentrata poco più che a chiacchiere. Per tutto il tempo Giuseppe si stava chiedendo perché Anne avesse mai pensato che loro potessero essere di aiuto.

Mentre se ne stavano andando Christina disse, "Suppongo che non hai una foto di tua sorella che tu possa darmi?" Matthew lasciò la stanza tornando con una piccola foto in bianco e nero e la consegnò a Christina.

"Grazie, potrebbe essere d'aiuto, non si sa mai."

"Dai i miei saluti a tua madre," fu la sua frase di commiato.

Un po' più tardi, quel pomeriggio si erano rifugiati dalla pioggia persistente in un bar pieno di vapore. "La foto è inutile," disse Giuseppe, "è di anni fa quando era solo una ragazza."

"Ci sarà una somiglianza, non ti pare? Concesso che potrebbe aver cambiato la sua pettinatura, anche il colore dei capelli, ma i lineamenti del suo viso non saranno cambiati. Forse qualche ruga qui e lì. Il suo viso è familiare in qualche modo. Penso che la mamma mi abbia mostrato le foto di loro tre quando vivevano insieme a Bexhill. Quello che non capisco è perché sparire e non contattare suo fratello? Lui dice che erano uniti - buoni amici. Se è vero, allora perché andarsene senza dire nulla e abbandonarlo?"

"Lui ci ha parlato molto poco di sua sorella. Era come se non volesse parlare di lei e tuttavia la lettera a tua madre suggerisce il contrario. Forse l'ha uccisa e seppellita in giardino."

"Non sei serio, vero? E un pensiero così cupo. Comunque, non ha un giardino. E se l'avesse eliminata, perché dovrebbe chiederci di aiutarlo a trovarla?"

"Doppio bluff."

"Sono colpita." Christina batté le mani facendo sì che le persone a un tavolo vicino la guardassero.

"Dalla mia esperienza di investigatore?"

"No dal tuo inglese. Doppio bluff non è una frase comune, vero? Dai sfidiamo il tempo. Ti ho promesso un po' di visite turistiche."

Giuseppe guardò fuori il cielo grigio intervallato da nuvole nere ancora pesanti di pioggia.

"Va bene, prometto che non prenderemo un autobus scoperto."

CAPITOLO 22

9 LUGLIO
GIOVEDÍ POMERIGGIO

Non era un autobus scoperto, ma affollato quello che li portò a Charing Cross. Erano stati fortunati a trovare due posti vicini, non appena ebbero preso l'autobus il conduttore ad ogni fermata e per tutto il percorso avvisava *'Solo posti in piedi'.*

Era impossibile dire se Giuseppe fosse silenzioso a causa del *'terribile tempo inglese'* oppure se stesse riflettendo sulla conversazione che avevano avuto con Matthew Harding. Almeno durante il viaggio in autobus non aveva chiuso gli occhi - o lei non se ne era accorta. Invece, sembrava studiasse i passeggeri con una tale intensità che lei stava aspettando che qualcuno potesse risentirsi.

Nonostante la pioggia, che ora era più di una doccia estiva, Christina garantì a Giuseppe che la via migliore per vedere Buckingham Palace, era avvicinarsi camminando per il Mall.

"Possiamo far finta di essere della nobiltà," lei scherzò, cercando di rompere il silenzio. In vista della stazione di Charing Cross, afferrò il braccio di Giuseppe e lo tirò fuori dal suo posto. "Questa è la nostra fermata."

Anche se aveva smesso di piovere, passando sotto i rami del viale alberato del Mall si erano completamente bagnati.

"Forse riaprire l'ombrello?" Propose Christina,

dopo le gocce di pioggia che l'avevano inondata da un ramo particolarmente grande.

"Cosa ne pensi? Impressionante, eh?" Indicando il Palazzo.

"La tua Regina vive lì?"

"Qualche volta. Quando è in casa issano una bandiera diversa, non la Union Jack. Così oggi sembra che lei sia fuori. Peccato speravo di essere invitata a prendere un tè." Dando una gomitata a Giuseppe nelle costole, ricambiata con un sorriso.

"Dove andiamo dopo?"

"Dovunque ti piaccia. Potremmo andare a piedi fino a Hyde Park Corner e poi a Piccadilly. Che te ne pare?"

Lui annuì ed accelerò il passo.

"Non c'è fretta, abbiamo tutto il resto della giornata."

"Non mi piace camminare lentamente."

Poco dopo avevano raggiunto Piccadilly Circus.

"Andiamo a prendere un caffè prima di andare da un'altra parte?" lei disse, indicando un bar che esponeva un cartello Vero caffè italiano. "È il sorriso più ampio che abbia mai visto da quando sei arrivato."

Una volta dentro e ordinato il caffè, scelsero un tavolo in un angolo. Stavano suonando una canzone italiana e Giuseppe iniziò a canticchiare mentre con le dita batteva il ritmo contro il bordo del tavolo.

"Conosci questa canzone?"

"Mia madre la cantava quando cercava di farci addormentare."

"Tua madre e la mamma di papà erano sorelle,

vero? Papà non parla mai molto di nessuno di loro. Lei era mia nonna ma non so praticamente nulla di lei o di mio nonno."

"Erano brave persone. Gran lavoratori."

"Quando Flavia ed io eravamo piccole chiedevamo a papà di portarci in Italia. Ogni estate gli chiedevamo e ogni estate rispondeva con la stessa frase. '*Costa troppo. Mettete da parte i soldi e un giorno potrete andare da sole, quando sarete più grandi.*'"

Giuseppe abbasso lo sguardo sulla mezza tazza di caffè. "Flavia ha creato molti problemi per la tua famiglia, per te."

"Tutte le famiglie hanno problemi."

"Ma senti la responsabilità di Stevie? Deve essere molto difficile per te."

"Non ne hai idea." Per un momento Christina si sentì pronta a condividere alcuni dei pensieri oscuri che aveva avuto su sua sorella, come si era sentita quando Flavia le aveva rubato Tony. Invece guardò lontano da Giuseppe e non parlò.

"Stevie ti ama moltissimo," disse Giuseppe.

"Per lui è una confusione. Per lui sono sua zia, ma a volte dimentica che sono solo la zia. Sai l'altro giorno mi ha chiamato mamma."

"Che cosa ha detto Anne?"

"Non gliel' ho detto. Ad essere onesta preferirei che anche tu non ne parlassi. Probabilmente direbbe che devo cambiare il modo in cui tratto Stevie, ma per l'amor del cielo ha solo sei anni. È destinato ad essere confuso visto che sua madre non vuole quasi aver a che fare con lui. Comunque cambiamo argomento."

Lei svuotò la tazza allontanandola da lei, "Che ne

dici di parlare di papà? Tutti questi anni lontano dalla famiglia. Devono essergli mancati. Deve essere mancato non vederlo. Voi eravate molto uniti quando eravate ragazzi, vero?"

"Abbiamo passato dei bei momenti insieme. Gite a Santa Marinella - una delle spiagge vicino Roma – nuotando, raccogliendo ricci di mare dalle pozze rocciose."

Lui si sedette meglio sulla sedia e ridacchiò. "Una volta scivolò su una roccia e cadde. Aveva cinque o sei anni. Iniziò a urlare e piangere, faceva tante storie. Lo shock pensai. Mi alzai e risi di lui. Questo lo fece arrabbiare, così lui allungò una mano per colpirmi e cadde di nuovo."

Entrambi risero, poi Christina strinse il braccio di Giuseppe. "Pensi di poterlo convincere a tornare con te, per un po'?"

"C'è il bar a cui pensare."

"Lo so, ma potrei prendermi un paio di settimane di riposo per occuparmi di tutto. Sarebbe formidabile per mamma e papà trascorrere una vacanza."

"Una visita in Italia non sarebbe una vacanza per tuo padre."

"Perché lui è nato lì?"

"A causa di cose che sono successe molto tempo fa, prima che tu nascessi."

"Quali cose? Lì incontrò la mamma. Deve essere stata una bella cosa."

"Sì, certo. È esatto."

"E Rosalia?"

Giuseppe spinse via la sua tazzina con veemenza, urtando la zuccheriera al centro della tavola e facendo spargere in tutte le direzioni, piccoli cristalli bianchi.

"L'hai più sentita?"

Quando Rosalia lo lasciò Giuseppe scrisse una lunga lettera a suo cugino difendendo sua moglie, dicendo che essere la moglie di un poliziotto era difficile. Aveva lavorato per molte ore non era mai a casa e quando era a casa la sua mente era sempre su un'indagine in corso. La storia era 'non era colpa di lei'.

Nelle lettere successive emersero maggiori dettagli, sebbene gran parte di ciò doveva essere intuito leggendo tra le righe. Rosalia proveniva da una famiglia benestante era abituata alle cose belle. Un poliziotto italiano era ben pagato, ma non abbastanza per comprarle pellicce e gioielli e la villa sulla spiaggia che lei bramava. Lei scelse di andare a vivere con un amico la cui proprietà comprendeva un ormeggio privato. Non vi era alcun suggerimento di inopportunità nessuna menzione del nome dell'amico ma Christina era convinta che fosse un 'legame sentimentale'. Aveva visto le foto del loro matrimonio Rosalia era una vera bellezza e Christina poteva immaginarla sdraiata su uno yacht a prendere il sole, servita e riverita da uno splendido Romeo italiano.

Christina fu riportata al presente quando la cameriera passò di fretta raccogliendo le tazze vuote e pulendo il tavolo.

"Che ne dici di un altro caffè? Ora abbiamo trovato il caffè originale, meglio sfruttarlo." Christina non aspettò la risposta, prese il borsellino andò al bancone e ordinò, questa volta aggiungendo all'ordine due pastarelle.

"Immagino che preferiresti non parlare di Rosalia. Scusa non avrei dovuto tirare fuori questo argomento," disse tornando al suo posto.

"Non siamo in contatto, lei vive la sua vita io vivo la mia. Spero sia felice."

"Divorzierai?" Christina era certa che se Mario fosse stato seduto accanto a lei in quel momento le avrebbe dato una tirata d'orecchio per la sua impertinenza.

"I voti del matrimonio sono benedetti da Dio, non puoi annullarli solo perché cambi idea."

La cameriera arrivò con caffè e pastarelle e per un attimo i due rimasero in silenzio. "Cambiamo argomento ora, pensavo: facciamo finta che tu sia un detective," disse Giuseppe, avendo finito la sua pastarella in due bocconi.

"Facciamo finta di niente. Non saprei da dove iniziare."

"Abbiamo già iniziato. Immagina di scrivere un rapporto sul caso per il detective sergente Pearce. Un riassunto."

"Ci sarebbe poco o niente." Christina distolse lo sguardo verso una madre e una bambina sedute al tavolo vicino. La bambina persisteva nel conficcare il dito nella zuccheriera, ma ogni volta che la bambina si avvicinava sua madre scacciava la sua mano.

"Rose Walker. Sean Murphy," disse Christina, con più certezza di quanto suggerisse la sua espressione. "Entrambi sanno più di quanto stanno dicendo."

"Sì. Niente altro?"

"C'erano vetri rotti sul luogo. Ci ho quasi messo sopra la mano quando mi sono accovacciata accanto a George. Forse vale la pena controllare che tipo di vetro?"

"Forse."

"Non molto per andare avanti, vero?"

"Siamo solo all'inizio. Ma ricorda, mentre continuiamo tu sei un giornalista che deve pensare come un detective. Poni domande su tutto."

"Adesso tocca a me," disse Christina. "Volevi venire a Londra per prendere le distanze dall'indagine, vero?"

"Non è il mio caso. Non potrà mai essere il mio caso. Sono solo un detective italiano in pensione."

"Stai parlando come se stessi ancora convincendo te stesso."

"Forse è proprio così."

"'C'è un altro motivo per cui vuoi essere coinvolto?"

"Vedi. Saresti un buon investigatore." Giuseppe accennò un sorriso.

"Vuoi parlarne?"

"Un ragazzo morì. Non ho potuto indagare sull'accaduto perché è successo dove vivo, proprio in strada sotto il mio appartamento. In effetti non si è verificato alcun incidente. Ma il medico legale decise che si era trattato di un incidente."

"E tu la pensi diversamente?"

"Sì."

"OK, fine delle conversazioni serie per ora. È tempo di altre visite turistiche. Andiamo." Christina spinse via la tazza e si asciugò le briciole di pastarella dalla bocca. "Questa volta ti garantisco che ti piacerà."

Guardare l'evidente godimento di Giuseppe mentre sorseggiava il suo caffè italiano le aveva fatto venire in mente un'idea. Aveva sentito sua madre parlare di un quartiere di Londra che le persone chiamavano *'Little Italy'*. Anne le aveva spiegato che dopo la guerra molte famiglie italiane si stabilirono lì, creando un'enclave, popolando la zona con gelaterie italiane e negozi a conduzione familiare dove era possibile acquistare ogni prelibatezza italiana, il miglior olio d'oliva, tutti i tipi di salame e ogni forma di pasta.

"Va bene, ora dobbiamo prendere l'autobus numero 38," disse Christina. "E ti garantisco che l'esperienza di questo shopping ti farà sorridere."

"Tanto spazio di sopra." L'autista gridò mentre salivano.

Christina scelse un posto vicino al finestrino premendo il naso contro il vetro schizzato di pioggia, che le permise comunque una chiara visione della strada sottostante. Per tutta la vita la priorità di sua madre e suo padre era stato il bar. C'erano state pochissime volte in cui erano riusciti a passare una giornata insieme in famiglia. Il periodo delle vacanze scolastiche di solito significava che le ragazze trascorrevano giorni in spiaggia o nei boschi. Più tardi, una volta diventate adolescenti passavano spesso la giornata sdraiate sulle terrazze del Bathing Pool, sperando che uno dei ragazzi si accorgesse di loro. Di solito i ragazzi erano troppo impegnati a mostrare le loro abilità subacquee per notare un paio di ragazze ridacchianti. Anche se un'estate Flavia era stata insieme a due ragazzi contemporaneamente. Li aveva illusi fino a quando non si era annoiata e aveva detto loro di sparire dalla sua vita.

"Puoi essere crudele quando decidi di farlo, lo sai," aveva detto Christina a sua sorella dopo aver visto le facce sconsolate dei due ragazzi.

"Diventi più forte. La vita è crudele, abituati," fu tutto ciò che disse, assicurandosi che la sua risata fosse forte abbastanza per farla sentire ai ragazzi.

L'autista dell'autobus frenò di colpo, mentre un ciclista gli tagliava la strada, facendo sbattere a Christina la testa contro il finestrino.

"Stai bene? Forse non dovresti sederti così vicino al vetro?"

"Nessun danno," disse Christina massaggiandosi la fronte. "Gelato italiano, ecco la cosa che prenderò appena arriveremo."

Ricordava un giorno in cui tutti e quattro erano venuti a Londra per una rara giornata in famiglia. Doveva avere dieci o undici anni, Flavia un paio di anni più piccola. Non riusciva a ricordare se i genitori avevano chiuso il bar per quel giorno o se qualcuno se ne era occupato per loro. Ma si ricordava l'eccitazione di stare tutti insieme. Avevano preso il treno a Bexhill e Mario aveva detto alle ragazze che potevano avere la più grande coppa di gelato che riuscivano a trovare. "Con una ciliegia in cima?" avevano chiesto, con l'acquolina in bocca al solo pensiero.

Dopo essersi riempiti di gelato, andarono a Trafalgar Square. Flavia cercava disperatamente di fare una scalata su una delle statue di leoni e sua madre le disse di non essere così sciocca, a quel punto Flavia ebbe uno scatto d'ira e suo padre gli promise una pezza di torta alla crema nel tentativo di calmare gli umori.

Con i forti ricordi nella sua mente, continuava a guardare fuori dal finestrino, ma non vedeva niente.

"Non perderemo la nostra fermata?" la domanda di Giuseppe la riportò al presente.

"Suona il campanello, svelto. La prossima fermata è la nostra."

Per le strade trafficate tra i negozi di specialità gastronomiche italiane, i pensieri di Christina erano di nuovo nel Sussex, in particolare a Beach Walk.

"Giuseppe che ne dici se non ti fossi ritirato? Il ragazzo che è morto vicino al tuo appartamento. Potresti convincerli a riaprire il caso?"

"Era tempo di andarsene."

"Bene questa volta non andremo via. Penso che una volta tornati dovremmo riprendere di nuovo le redini."

"Redini?"

"Continuare ad essere coinvolti qualunque cosa dirà il detective sergente Pearce. Non abbiamo la stessa responsabilità della polizia nei confronti della comunità in cui viviamo? Ci saranno persone troppo spaventate per lasciare i loro figli lontani dalla loro vista per paura di cosa gli succederà."

"Oggi sono in vacanza. Domani..."

Giuseppe spalancò la porta della salumeria.

Christina lo guardò scrutare gli scaffali, pieni di pasta, riso di ogni tipo: per risotti per insalate, vasetti di peperoni, bottiglie di olio di oliva verde intenso, e ricche salse rosse. Accatastati in pile sul pavimento del negozio bustine di grissini e biscotti amaretti.

Christina si avvicinò a uno degli scaffali e prese un pacchetto di caffè macinato Lavazza.

"Penso che abbiamo la risposta alle tue preghiere," disse consegnandolo a Giuseppe.

Lui si voltò verso il bancone del negozio dove c'era un'esposizione di caffettiere. "E uno di queste, credo," disse sorridendo.

"Direi che in questo momento il nostro problema non è cosa comprare, ma quanto possiamo trasportare."

Due ore dopo erano di nuovo a Victoria Station, con le braccia appesantite da buste di cibo italiano.

"Abbastanza per farti andare avanti fino a quando non torni a casa?" disse Christina mentre si portavano in avanti per salire sul treno.

"Forse."

CAPITOLO 23

9 LUGLIO
GIOVEDÍ SERA

Mentre Anne aspettava che Christina e Giuseppe tornassero da Londra, continuava a rileggere la lettera di Matthew. Era stata sorpresa di sentire sue notizie, e quella riguardante la scomparsa di Barbara era più che inquietante. Si sentiva in colpa di aver chiesto a Giuseppe di andare al suo posto, eppure, non riusciva ad affrontare il pensiero di fare un viaggio a Londra. Aveva sempre odiato le grandi città, così tante persone, così tanto rumore. Nelle rare occasioni in cui erano andati fuori per una giornata in famiglia non vedeva l'ora di tornare alla relativa tranquillità di Bexhill.

La routine quotidiana del bar le si adattava meglio. Di mattina si dedicava ai clienti e alle colazioni fritte. Nel corso degli anni erano state fritte innumerevoli fette di pancetta e cotto vassoi di uova in ogni modo possibile - fritto, strapazzato, in camicia, a volte anche frittate. Era affascinante vedere come le persone gustavano le loro uova. A volte Anne sfidava Mario a ricordarsi a quali dei loro clienti abituali piacevano le uova gocciolanti, e tutte le altre varianti. Era un gioco scherzoso che conservava per i giorni neri di Mario.

Dall'arrivo di Giuseppe, ad Anne erano tornati in mente i primi giorni in cui aveva conosciuto suo marito. A quel tempo i giorni neri di Mario erano frequenti. Sembrava felice di frequentarla, era allegro, poi la volta dopo che si incontravano era come se fosse diventato un'altra persona. Lei si ripeteva mentalmente tutte le conversazioni avute, ansiosa di aver detto qualcosa per farlo arrabbiare. Poi il malumore passava e lui era di nuovo il suo Mario. Lei non gli aveva mai fatto domande su questo, anche dopo il matrimonio. Poi erano arrivate le bambine, si erano trasferiti in Inghilterra e la nuova vita aveva preso il sopravvento. Suo padre era l'unica persona alla quale aveva confidato i malumori di Mario. Lui le ricordò che la guerra aveva cambiato le persone. Mario poteva aver visto i compagni fatti a pezzi. Anne non aveva bisogno di ricordare. Aveva visto i risultati terribili del conflitto nell'ospedale militare. Giovani che avevano perso gli arti, che urlavano tutte le notti, non dal dolore ma dagli incubi dai quali non potevano fuggire.

Nel corso degli anni si era così abituata ai malumori di suo marito che ora li notava appena. Ma nei giorni scorsi osservando i cugini in piedi fianco a fianco, Anne provò una fitta di disagio. Forse suo marito portava ancora il peso del suo passato più di quanto si rendesse conto. Giuseppe aveva due anni di più tuttavia sembrava più giovane. Aveva le spalle larghe, era muscoloso e alto mentre Mario aveva sviluppato una leggera curvatura. Entrambi avevano folti capelli scuri entrambi con un'infarinatura di grigio, ma il pallore della pelle di suo marito, le occhiaie intorno ai suoi occhi lo facevano sembrare sfinito. Solo adesso si rese conto di quanti di questi cambiamenti fossero passati inosservati durante gli anni in cui le ragazze stavano crescendo. A modo loro, ognuna delle sue figlie gli avevano dato preoccupazioni. Ma era stata Flavia a dargli più angoscia.

Quando Flavia aveva raggiunto l'età per avere le sue opinioni, sembrava intenzionata a farlo notare in ogni occasione. La maggior parte dei pasti si concludeva con una discussione. Quando Flavia alla fine annunciò che stava andando via di casa, l'unico pensiero di Anne era di sollievo.

E poi c'era Stevie. Era chiaro per lei che Christina era diventata per lui più simile a una madre che a una zia. Anne non sapeva decidere come si sentiva al riguardo, o anche se ci fosse qualcosa che potesse fare per cambiare la situazione.

Mentre chiudeva il bar, puliva i tavoli e spazzava, ebbe un'idea. Avrebbe preparato un té speciale per quando Giuseppe e Christina sarebbero tornati da Londra. Fino ad ora non c'era stato praticamente nessun cibo inglese che potesse tentare Giuseppe di pulire il piatto. Ma lei sapeva che lui aveva un debole per i dolci, così decise di fare delle focaccine con crema e marmellata, così come alcuni biscotti di pasta frolla.

La cucina al piano inferiore sul retro del bar era sempre stata il centro della casa, persino quando le ragazze erano piccole. Ma questa sera aveva deciso di apparecchiare il tavolo da pranzo nell'appartamento al piano di sopra. Rimosse le carte e i faldoni e stese una tovaglia, sistemando le focaccine e i biscotti di pasta frolla sopra il supporto per torta a tre livelli che non usava dal giorno di Natale. Sentì dei passi sulle scale e la voce di Mario. "Sei in preparativi per domani? Sento odore di cottura al forno."

"Vieni su e vedrai."

"La migliore tovaglia, eh? Bene non avrai problemi a tentarlo con quelle focaccine alla frutta, sembrano deliziose." Mario andò a prendere un pizzico di pasta frolla ma Anne gli batté sulla mano.

"No, eh?"

"Come pensi che sia andato l'incontro con Matthew?"

"Mi sento ancora male per non essere andata io da sola."

"Non dovresti star male. Hai dato a Giuseppe la possibilità di distrarsi, di fargli pensare qualcosa di diverso dal povero George Leigh."

"Forse se tu passassi più tempo con tuo cugino..."

"Non cominciare, Anne."

"Sto solo dicendo..."

"So cosa stai dicendo. Devi solo lasciarmi gestire le cose a modo mio. Io non sono un parlatore, non lo sono mai stato. Tu più di tutti dovresti saperlo. Siamo stati sposati abbastanza a lungo per te per sapere tutto quello che mi riguarda."

"Non tutto, direi," disse Anne, prendendo le sue mani nelle sue.

"Non ora, Anne." Lui tolse la sua mano, poi le toccò la spalla per scusarsi. "Stevie sta ancora giocando in giardino. Lo chiamerò gli farò il bagno e gli darò la cena. Ti lascio finire di preparare le cose per quando torneranno."

Poco dopo le sei Anne sentì aprire la porta d'ingresso e la voce di Christina. "Veniamo con regali." Christina mise due borse della spesa ai piedi di Anne. Giuseppe la seguì con un'altra borsa e un pacco.

"Sento l'odore dell'Italia senza nemmeno aprire una sola borsa," disse Anne, sollevando un pacchetto di amaretti da una delle borse.

Giuseppe prese il pacchetto di caffè e scartò la caffettiera.

"OK, ho capito." Anne portò la caffettiera in cucina, divise i pezzi e li sciacquò sotto al rubinetto. "Immagino che non vorrai una focaccina fatta in casa adesso che hai tutto questo delizioso cibo italiano da gustare?"

"Una vera tazza di caffè e una focaccina inglese. Non riesco a pensare a niente di meglio," Giuseppe disse sorridendo.

"Mario sta leggendo una favola a Stevie per farlo addormentare. Ho pensato che fosse meglio non dare a Stevie qualcos'altro di cui preoccuparsi, quindi lo abbiamo fatto cenare prima."

Un po' più tardi, una volta che i piatti erano pieni di focaccine e biscotti e le tazze venivano riempite di fresco caffè, Anne si rivolse a Christina. "Prima di parlarmi della tua giornata, voglio chiederti di Stevie. Ha avuto incubi vero?"

"L'hai sentito, allora? Ho cercato di rassicurarlo ma è convinto che l'uomo nero sia fuori per prenderlo. Non so cosa stiano dicendo ai bambini a scuola, ma qualunque cosa sia, non è di aiuto."

Giuseppe raccolse le briciole rimaste sul piatto, costringendo Anne a spingere il supporto della torta verso di lui.

"Ho pensato al modo perfetto per distogliere la sua testa da tutto questo," continuò Christina. "Anche se sono sicura che non sarò molto ben vista quando vi dirò di cosa si tratta."

Mario allontanò la sedia dal tavolo, prese una sigaretta dal pacchetto che era accanto alle sue piatte e l'accese. "Faresti meglio a dircelo, prima che finiamo per pensare al peggio."

"Un cane." Christina raccontò la sua conversazione con la signora Selmon e come era finita con l'accordo di avere Max *in prova*.

"Oh, Christina," disse Anne. "Abbiamo già abbastanza da preoccuparci senza avere un cane chiassoso."

"Non è chiassoso, ma vivace. È ancora giovane, sono sicura che si calmerà." Fece una pausa, cercando di dominare la sua enfasi, poi continuò. "Ci sono tante cose che dovremo comprare. Una delle prime cose sarà una specie di cancello, così non entra nel bar ogni volta che apriamo la porta della cucina sul retro."

"In caso potrei scovare alcune di quelle vecchie coperte che abbiamo messo nel soppalco," disse Anne che sembrava stesse accarezzando l'idea. "Le potremo utilizzare per coprire il divano e il sedile dell'automobile se lo devi portare da qualche parte." Raccolse i piatti vuoti, deponendoli sul portello di servizio. "Comunque abbiamo tempo per pensare al cane e fare piani adeguati. Per ora mi piacerebbe sapere com'è andata con Matthew."

"Non ho ancora capito perché ti abbia scritto, mamma," disse Christina. "Forse aveva bisogno di contattare qualcuno e gli sei venuta in mente."

"Forse ha ancora una cotta per te," disse Mario lanciando un'occhiata di traverso a sua moglie.

"Ora sei solo sciocco," disse Anne, arrossendo un po'. "Pensi che ci sia qualcosa che possiamo fare per aiutarlo? Ti ha detto qualcosa di più su Barbara? Ha detto perché se n'è andata?"

"Ci ha dato questa," disse Christina consegnando a su madre la foto di Barbara.

"Oh, ora mi riporta indietro. Da questa foto puoi vedere che ragazza timida era. La paura nei suoi occhi non è mai andata via per tutto il tempo che era con noi. L'unica volta che la sentii ridere fu quando l'avevamo portata in spiaggia. La prima volta è corsa direttamente nel mare, senza togliersi scarpe e calzini." L'espressione di Anne era malinconica.

"Matthew ci ha detto la stessa cosa," disse Giuseppe.

La loro conversazione fu interrotta da un bussare alla porta principale che colse tutti di sorpresa. Mario scese le scale, tornando pochi istanti dopo con la signora Selmon e un Max molto eccitato che tirava il guinzaglio. Sembrava che la signora Selmon avesse colto al volo l'opportunità che William si trovasse dai lupetti ed aveva deciso di fare visita al bar, carica delle cose di Max.

Abbiamo iniziato ad addestrarlo ma non ha ancora capito niente," spiegò la signora Selmon. "Adora comunque i suoi giocattoli. È felice di passare ore a correre e recuperare una palla."

Christina stava immaginando cosa stesse pensando sua madre. Nessuno aveva tempo di passare ore a lanciare una palla per Max che la prendeva.

"Spero che tu non stia pensando che Giuseppe possa dare una mano con Max," disse Anne una volta che la signora Selmon era andata via. "Non so neanche se gli piacciono i cani."

"È solo una prova, ricordati," disse Christina.

"E chi è in prova? Max o noi?" disse Mario accarezzando le orecchie del cane.

Christina attirò il cane verso di lei. "Bene, conosco un bambino di sei anni che quando si sveglierà, domani e ti incontrerà penserà che sia il giorno di Natale."

CAPITOLO 24

10 LUGLIO
VENERDÍ MATTINA

Il mattino seguente fu chiaro che non era di aiuto avere un cane di cui occuparsi visto il già frenetico programma. Mancava solo mezz'ora prima che dovessero uscire di casa, Stevie era ancora in pigiama, più intento a rotolarsi per terra con Max che a vestirsi. Ci fu un po' di agitazione e nervosismo finché Christina non riuscì a fare entrare Stevie nell'uniforme della scuola. Non aveva avuto la possibilità di guardarlo mentre lui faceva colazione, ma era abbastanza sicura che avesse dato la maggior parte dei suoi cornflakes a Max.

Alla fine, erano pronti.

"Voglio tenere il suo guinzaglio," disse Stevie. Senza aspettare una risposta, agganciò il guinzaglio al collare di Max e si lasciò tirare dal cane verso la porta sul retro.

"Non può venire a scuola con te Stevie. Dovrà restare qui."

La collera che Christina si aspettava fu fortunatamente evitata dall'arrivo di Giuseppe con il suo utile suggerimento. "Verrò con voi. Così, Christina, puoi tornare al lavoro, Stevie può andare a scuola ed io ritorno a piedi qui con Max."

Tenere un eccitato cane da caccia sul sedile posteriore della macchina, insieme ad un ancor più eccitato Stevie, si era rivelato troppo per Christina.

"Devi far stare seduto e fermo Max, Stevie, altrimenti finiremo per avere un incidente."

Con Giuseppe che borbottava ancora per la mancanza di spazio, Christina cercò di ignorare i passeggeri per concentrarsi sul breve tragitto in auto per la scuola.

Parcheggiando accanto al cortile emise un sospiro di sollievo. Una volta fuori dalla macchina Stevie andò avanti in pochi istanti con Max che tirava il guinzaglio.

"Sono sicura di aver visto Rose Walker a scuola ieri," disse Christina a Giuseppe. "Pensi che suo figlio frequenti la scuola? Pensiamo che abbia anche un figlio?"

"Non riesco proprio a capirla."

Prima che Giuseppe potesse rispondere Christina gli diede un colpetto sul braccio. "Sembra che il detective sergente Pearce abbia seguito il tuo consiglio." Fece un gesto verso un nuovo poster che era stato appuntato su uno dei pali vicino all'ingresso del cortile della scuola, il poster riportava un'immagine di un identikit di un uomo dalla faccia sottile, una fronte bassa, con la bocca leggermente aperta che mostrava il dente davanti mancante.

"È basato sulla descrizione che ci ha fatto l'impiegato della biglietteria."

Giuseppe annuì. "L'impiegato deve aver parlato con la polizia e hanno deciso che valeva la pena indagare." Mantenne la voce bassa mentre molte altre madri si erano radunate accanto a lui volendo avvicinarsi abbastanza al poster per osservarlo da vicino.

Sotto l'immagine c'era scritto:
AVETE VISTO QUEST'UOMO?

Le donne guardarono il poster, poi sembrarono più intente a fissare Giuseppe. Stavano dimostrando di essere affascinate dal bell'italiano in mezzo a loro. Christina ascoltò le chiacchiere tra le donne a portata d'orecchio. Quindi una delle madri disse, "Non penso che dovremmo lasciare che i nostri figli frequentino la scuola. Non prima che la polizia abbia trovato quest'uomo. Chissà cosa altro potrebbe fare."

Giuseppe fece un passo avanti. "Signore, cercate di ricordare, avete visto quest'uomo? I vostri figli hanno visto quest'uomo? A Beach Walk, forse a pesca?"

"Vuol dire che si è nascosto in mezzo a noi, in attesa di uccidere qualcun'altro?" esclamò una donna.

"Cosa sta facendo la polizia? Vorrei proprio saperlo," disse un'altra donna.

Christina spinse Giuseppe da una parte lontano dalla folla di donne che ora stavano accalcandosi una con l'altra e sembravano sempre più turbate.

"Guarda, è Paul Leigh, laggiù all'incrocio."

Christina alzò una mano per salutare, ma Paul stava guardando nella direzione opposta.

"Parliamo con lui prima che vada a scuola," disse Giuseppe.

Mentre parlavano Christina stava dando un'occhiata a Stevie, che stava facendo del suo meglio per incoraggiare Max a camminare, tirando il guinzaglio ogni volta il cane puntava le zampe. Lei li raggiunse quando arrivarono all'ingresso del cortile.

"Ben fatto, Stevie. Lasciami prendere Max ora, e

corri a unirti ai tuoi amici."

"Max sarà qui oggi pomeriggio, dopo la fine della scuola?"

"Vedremo." Non poteva promettergli di più. Prese il guinzaglio di Max, poi alzò lo sguardo e vide William Selmon in piedi su un lato del cortile. Lui si guardava intorno, ma fu solo quando Stevie lasciò il guinzaglio di Max, che gli fece un cenno di saluto.

"Ricordati, William potrebbe non voler parlare di Max. Potrebbe sentirsi triste per averlo lasciato andare."

"Io sono allergico, zia?"

"No, Stevie, non lo sei. Ma questo non significa che puoi avere Max nel tuo letto con te. Ha il suo letto."

Stevie le lanciò una breve occhiata interrogativa, poi corse nel cortile. Mentre si giravano per andarsene, Paul Leigh stava avvicinandosi a loro.

"Ciao, come va?" Non appena Christina aveva parlato avrebbe voluto non averlo fatto, o almeno avrebbe voluto aver scelto le sue parole con più attenzione. Paul scrollò le spalle e passò davanti a loro.

"Paul, un momento per favore." L'autorità nella voce di Giuseppe fece fermare il ragazzo. "Noi speriamo che tu possa aiutarci."

"Devo andare in classe."

"Questo poster." Giuseppe indicò l'immagine dell'identikit.

"Sì."

"Che ne dici, assomiglia all'uomo che hai visto in spiaggia quel giorno? Quello che stava pescando e che ha urlato contro te e tuo fratello?"

"Forse," disse Paul, senza guardare il poster, ma guardando lontano da Giuseppe verso il cortile. "Devo entrare adesso."

"Hai molti amici qui a scuola?" continuò Giuseppe.

Paul scrollò le spalle di nuovo, evitando lo sguardo di Giuseppe e Christina.

"È per questo che tu e George siete andati a far visita alla signora Walker? Perché sei amico di suo figlio?"

Sembrava che Paul non fosse dell'umore giusto per comunicare. Li superò, mentre si avvicinava all'ingresso del cortile.

"Non ho fatto niente di male." Le sue parole uscirono come un borbottio, rendendo difficile per Giuseppe capire cosa stesse dicendo.

"Non hai alcun problema," aggiunse Christina.

"Papà ha detto che non devo più parlare con il tipo nella roulotte. Non so perché, Lui è OK. Era il capitano di una nave, sai."

"Chi era?"

"L'irlandese. Si chiama Sean. Sa tutto del mare e delle maree, dice a quali conchiglie bisogna fare attenzione. Ha promesso di parlarmi dei diversi tipi di esche. Hai bisogno di conoscerne diversi tipi per la pesca in mare, sai?"

Il suono della campanella della scuola segnò la fine della loro conversazione. Avevano ottenuto poco o niente di più da Paul. Forse dovevano lasciar fare alla polizia. Dopotutto erano loro ad occuparsi del caso.

CAPITOLO 25

10 LUGLIO
VENERDÍ MATTINA

La giornata del detective sergente Pearce era iniziata male. Sua moglie aveva organizzato una cena con i loro vicini della porta accanto, ed era convinta che lui non gli avesse detto che avrebbe potuto lavorare fino a tardi. Prima che lui uscisse per andare al lavoro, non si parlavano, e come risultato si era dimenticato il pranzo sul tavolo di cucina. Non c'era tempo di tornare a casa, e si rifiutò di comprare i panini, quindi tutto ciò che poté fare, fu ripiegare su un pacchetto di digestivi che teneva nel cassetto della sua scrivania, non erano nemmeno digestivi al cioccolato.

Guardò fuori dal suo ufficio attraverso la parete divisoria in vetro. Avrebbe voluto poter descrivere la scena come un turbinio di attività. Invece era più come guardare una manciata di spettatori che sono arrivati presto per un'esibizione al Bandstand e non sanno come ingannare il tempo. Bailey stava sbadigliando fissando a vuoto dalla finestra, Albright stava spostando pezzi di carte sulla sua scrivania come se fossero pezzi degli scacchi, e il membro più giovane della squadra stava girando il cucchiaino nel suo tè da così tanto tempo che avrebbe potuto fare un buco nel fondo della sua tazza. Solo la poliziotta Foster sembrava che fosse concentrata, sfogliando diverse cartelle di manilla disposte sulla sua scrivania.

Erano passati cinque giorni e la pratica dell'incidente era ancora scarsa di dettagli. La squadra aveva ricevuto diverse chiamate da quando era uscito l'articolo sull'*Herald*. Alcuni dei chiamanti erano stati sul treno, ma avevano avuto poco da aggiungere alla documentazione esistente. Uno di loro voleva sapere cosa stesse facendo la polizia riguardo l'eccesso di velocità. Si supponeva che il ragazzo fosse stato investito da un'auto, anche se non c'era mai stata la presenza di un'auto sulla scena.

La poliziotta Foster aveva avuto a che fare con molti dei chiamanti ringhianti cercando di calmarli.

"Voi supponete di controllare la legge e l'ordine, vero? Se le persone se ne possono andare in giro pensando solo a sé stesse senza curarsi degli altri, allora dovrebbero essere rinchiuse." Aveva detto una signora piuttosto irata.

"È esattamente quello che faremo quando troveremo il colpevole, signora," rispose, mantenendo il tono educato e obiettivo.

Foster raccolse un elenco delle chiamate e passò il dettaglio al DS Pearce.

"Che cos'è questo?" chiese chiamandola nel suo ufficio. "Ti era stato chiesto di segnalare qualsiasi cosa rilevante per l'incidente."

"Sì, signore."

"Quale parte della parola '*rilevante*' ti sta confondendo?"

"Non sono confusa, signore."

"Non mi interessano gli impiccioni che pensano che il nostro lavoro consista nel risolvere tutti i problemi in città."

"No signore, scusi signore."

Pearce non riusciva a capire Foster. Lei era sveglia, intelligente, ma a volte lui coglieva uno sguardo che gli faceva pensare che la sua sottomissione fosse parte di una finzione. La storia era, che lei aveva sempre desiderato unirsi alle forze di polizia, seguendo suo padre nei ranghi in uniforme. Essendo il capo della polizia, probabilmente aveva tirato alcune corde per farla entrare, o forse lei l'aveva fatto con i propri meriti. Ma comunque fosse, Pearce era sicuro che lei non lo voleva prendere in giro.

"Allora." La voce rimbombante insieme al botto forte quando batté il pugno su una delle scrivanie vuota, per richiamare l'attenzione di tutti. "Perché questo caso ha ancora domande e nessuna risposta? Eh? Ditemelo."

I tre agenti lo fissarono, chiedendosi se dovessero rispondere.

"Albright. Tu per primo. Che cosa hai per me?"

Albright si alzò, estrasse il taccuino dalla tasca della divisa, girò una pagina cercando di farsi coraggio e leggendo le parole esattamente come gli erano state dette. "Due interviste, signore. Tutti e due con i passeggeri del treno."

"E?"

"Ehm, niente, signore. Loro non hanno visto nulla."

"Lo definirei scontato. Hanno subito gli occhi aperti solo quando vogliono infilare il naso negli affari degli altri." Batté di nuovo il pugno sul tavolo. "Foster. Dimmi qualcosa che non conosco già."

"Abbiamo creato un identikit, signore. Dopo aver ascoltato l'impiegato della biglietteria. Abbiamo messo manifesti vicino alla scuola, oltre a diversi altri nei dintorni di Eastbourne, Pevensey Bay, e a Beach Walk."

"OK, bene, è già qualcosa suppongo. E il tipo della roulotte?"

"Sean Murphy non è ancora venuto signore. Devo fargli un'altra visita? Ricordargli che deve venire alla stazione di polizia?"

Prima che Pearce potesse rispondere il telefono interno squillò e Foster rispose. Il resto della squadra attese che finisse la chiamata.

"Ebbene? disse Pearce.

"C'è il signor Bianchi alla reception signore, dice che vorrà vederlo per quanto riguarda delle informazioni pertinenti alla inchiesta.

"Dammi la forza."

"Non è stato lui a suggerirci di interrogare l'addetto alla biglietteria signore?"

Pearce non rispose, ma gesticolò. "Visto che sei così intelligente, è meglio che tu venga con me. Renditi utile prendendo appunti. E voi due." Pearce si rivolse agli altri due agenti. "Portatemi qui Sean Murphy."

"Sì, signore," risposero all'unisono.

Quando Pearce entrò nella sala interrogatori, l'italiano era seduto, con le spalle alla porta, una mano sul tavolo, le sue dita sembrava stessero scandendo un motivo. "Ha detto all'ufficiale di turno che ha delle informazioni per me," disse Pearce.

Pearce si sedette, mentre Foster rimase in piedi. Prese un taccuino dalla tasca della sua uniforme e rimase in piedi con la matita pronta.

"Allora, cosa ha da dirmi? Qualcosa di nuovo da quando ci siamo visti l'altro giorno? Non c'era bisogno di venire, mi poteva telefonare." Il tono di Pearce era cauto.

"La sua squadra ha parlato con l'addetto alla biglietteria. Ho visto il nuovo poster a scuola questa mattina. Spero che le arriveranno più informazioni."

"Lei non è venuto qui per congratularsi con il mio poliziotto artista, vero?" Pearce non nascose la sua irritazione.

"Mi chiedevo se aveva parlato di nuovo con l'irlandese che vive nella roulotte?" Giuseppe continuò.

"Non ancora, sono stato alla scuola martedì e il giorno dopo una coppia di giovani ha telefonato. O meglio i loro genitori hanno chiamato."

"Avevano informazioni utili?"

"Sembra che a Sean Murphy piaccia parlare con i ragazzini. Forse è troppo amichevole?"

"Non c'è nulla di male nell'essere amichevoli."

"Forse no."

Il breve incontro che Pearce aveva avuto con Sean Murphy domenica sera aveva fruttato poco o niente. Non si sarebbe meravigliato molto se avesse qualcosa da nascondere, ma tuttavia non era ancora certo che avesse a che fare con la morte del ragazzo Leigh. L'irlandese era il tipo di uomo che pensava di essere furbo e di poter confondere le autorità.

"Sappiamo che l'irlandese ha parlato con i ragazzi Leigh in diverse occasioni." Giuseppe stava attento a mantenere il suo tono misurato.

Pearce si alzò spingendo la sedia indietro, in modo

che si ribaltò. Foster si inchinò per raccoglierla nello stesso momento lo fece anche Pearce e quasi si diedero una testata.

"Quando lei parla dicendo 'noi' spero che non stia pensando di essere stato arruolato nelle forze di polizia di Eastbourne, signor Bianchi. Le siamo grati per il suo aiuto, ma deve ricordarsi sempre che prima di tutto si tratta di un'inchiesta della polizia."

"Certo, sergente detective. Io parlo di me e della signorina Christina Rossi la reporter che lavora per l'*Eastbourne Herald*. Lei è particolarmente interessata in quanto è stata la prima sulla scena."

L'italiano stava giocando con lui, Pearce ne era certo, stava cercando di dimostrare un punto. Bene, non gli avrebbe certo consentito di avere la meglio su di lui.

"E i ragazzi che hanno contattato la stazione. Anche loro dicono di aver incontrato lo sconosciuto?" chiese Giuseppe. "Il soggetto del suo nuovo poster?"

"Non ancora non l'hanno fatto. Ma, come sa, l'identikit è stato affisso solo oggi. Così, c'è la possibilità che possa innescare un ricordo." Pearce studiò Giuseppe. Era seduto sulla sedia, con le gambe allungate fino a quando il tavolo lo permettesse, le sue dita continuavano a tamburellare un ritmo.

"Melodia preferita o qualcosa del genere?" disse Pearce.

Giuseppe smise di tamburellare e tirò indietro la mano. "Scusi, è un'abitudine, mi aiuta a pensare. L'impiegato alla stazione di ferrovia vi ha spiegato che lo straniero ha comprato un biglietto per Londra il pomeriggio dell'incidente? Inoltre, era molto scortese."

"Non è esattamente molto per andare avanti, vero?" L'italiano stava sprecando il suo tempo, ne era sicuro, eppure…

"Lei pensa che sia lo stesso uomo che è stato duro con i fratelli Leigh? Sgridandoli e il resto?"

Giuseppe annuì. "Sergente Detective tutto questo è poco o niente perché sia un motivo di omicidio. Capisco che se uno della mia squadra mi portasse questa idea, gli direi di non farmi perdere tempo. Capisco, inoltre che io sono solo uno spettatore, non un membro della sua squadra, e nemmeno un inglese."

Pearce sentiva che l'italiano voleva dire qualcosa.

"Posso chiederle se c'è qualcos'altro che può dirmi sulla scena del crimine? Qualcosa che i suoi uomini hanno trovato e che li ha sorpresi?"

Pearce unì le mani come se stesse pregando, e poi disse, "Non so quanto di questo dovrei condividere con lei. Lei è stato un detective una volta, ma non lo è più e sicuramente non in questa forza di polizia."

"Penso che il detto sia, *'Una volta detective, per sempre detective.'* No?"

"C'erano diversi frammenti di plastica rossa. Probabilmente del catarifrangente posteriore di una bicicletta. Naturalmente noi abbiamo la bici di George Leigh e il suo catarifrangente era abbastanza rotto. Ma c'erano troppi pezzi per essere solo di una bicicletta. Ma c'erano anche vetri. Piccoli pezzi, tra i ciottoli."

"Non è insolito trovare vetri rotti su una spiaggia vero? Le persone sono trascurate con le bottiglie. Ho avuto lo stesso problema sulle nostre spiagge sabbiose. Anche pericoloso, per le persone alle quali piace camminare a piedi nudi."

"Forse, ma i vetri erano proprio lì, accanto al corpo del ragazzo."

"Molto interessante, sergente detective, anche Christina ha parlato del vetro. Lei quasi ci metteva la mano sopra. Posso chiederle quali saranno le sue prossime mosse?"

"Quell'irlandese sa più di quello che sta raccontando, sono sicuro di questo. Se sarà necessario glielo scrollerò di dosso."

"Penso che lei abbia ragione, sergente detective. Qualcuno deve tremare, ma il mio istinto mi dice che non è Sean Murphy. Ma restiamo fiduciosi fino alla risoluzione del crimine."

Mentre Giuseppe si alzava e si avvicinava alla porta dell'ufficio, Pearce iniziò a scarabocchiare su un pezzo di carta.

"Il mio numero di telefono di casa," disse Pearce, porgendolo a Giuseppe. "Dopo tutto, non tutto succede durante le ore di lavoro."

"Grazie."

Pearce non riusciva a capire l'italiano. Chiuse la porta dell'ufficio e fissò i documenti che erano sulla sua scrivania, sperando che gli offrissero delle risposte.

CAPITOLO 26

10 LUGLIO
VENERDÍ SERA

Reginald Pearce desiderava che una volta tanto potesse tornare a casa, sdraiarsi su una poltrona e che sua moglie lo stesse ad ascoltare. E se i suoi desideri si fossero mai esauditi, pregava che fosse successo in questo giorno piuttosto che in un altro.

Aveva un problema, Betty gli ricordava costantemente '*Il lavoro si ferma dietro la porta di casa.*' Ma la vita coniugale non avrebbe dovuto riguardare la condivisione? altrimenti qual' era il fine?

Si tolse le scarpe nel corridoio, appese il cappotto e attese. Betty appariva sempre pochi istanti dopo che lui era entrato dalla porta principale. "Oh, sei tu," diceva come se si aspettasse qualcun altro. Ogni giorno lo stesso.

A peggiorare le cose questa sera avrebbe dovuto fingere di essere interessato alle insensate conversazioni a tavola con i vicini. Betty Pearce aveva reimpostato l'orario sul timer per il pranzo per assicurarsi che suo marito fosse tornato dall'ufficio. Di conseguenza la coscia di agnello arrosto era troppo cotta, le verdure bollite in una poltiglia poco appetitosa.

Alla fine dopo il dessert di crostata con crema pasticcera, fu offerto il caffè e per fortuna rifiutato. Reginald vide i vicini sulla soglia ed emise un udibile sospiro di sollievo mentre li osservava camminare lungo il sentiero principale.

Sperando di potersi godere una sigaretta, invece si versò poco whisky, si sedette nella sua poltrona e chiuse gli occhi. Aveva rimproverato la sua squadra per non aver fornito risposte, quando sapeva in cuor suo di essere il responsabile. Lui era il sergente dopo tutto. E quando c'era un errore era lui l'uomo al vertice che alla fine ne doveva rispondere.

Immaginava cosa dicevano di lui alle sue spalle. Pensavano tutti che avesse un cuore di pietra. Non era una sorpresa, perché lui gli aveva detto spesso che non c'era posto per l'emozione nel lavoro della polizia. In verità, tuttavia, quando aveva visto il ragazzo Leigh sdraiato sulla strada, aveva sentito una stretta allo stomaco. Ogni morte era una tragedia, ma quando era solo un giovane ragazzo, con la sua vita tutta davanti a lui... la rabbia che voleva dirigere verso l'autore di tale crimine, la riversava sulla sua squadra. Probabilmente non era giusto, ma allora la vita era stata raramente giusta con lui.

A prima vista, il matrimonio di Reginald e Betty Pearce non era mai stato basato sul romanticismo. Nessuno dei due era malleabile. Lui era cresciuto nel rigido regime di un padre che vedeva i suoi figli per un'ora al giorno, poco prima di coricarsi. Sua madre teneva lui e suo fratello puliti e ordinati, ben nutriti e soprattutto ben educati ma, oltre a ciò, non c'erano mai stati slanci di tenerezza.

Come avvocato suo padre aveva guadagnato molto, ma lui non amava spendere, di conseguenza, la casa d'infanzia di Reginald era spaziosa ma aveva un disperato bisogno di riparazioni. Le finestre rovinate dal vento quasi costante sul lungomare di Eastbourne. Poi, ogni volta che pioveva lui e suo fratello dovevano correre fuori al capanno per prendere due secchi di latta per posizionarli sotto le gocce, uno sul pianerottolo e l'altro vicino alla porta d'ingresso. Il rumore delle gocce di pioggia che colpivano il metallo era logorante. Al punto da sentirlo anche molto tempo dopo che la pioggia era cessata.

Erano quei ricordi che lo avevano spinto, quando lui e Betty si erano sposati, e visto che il suo salario da agente glielo consentiva a insistere sulla scelta di una casa moderna.

"Sarà pure moderna ma non c'è spazio per respirare," si era lamentata Betty in molte occasioni.

Lei era cresciuta in campagna, figlia unica di una famiglia di agricoltori. Durante il loro corteggiamento, Reginald si rese conto che la casa di famiglia di Betty era più una piccola azienda agricola che non una fattoria. Ai genitori di Betty era stata data la terra come parte del programma di risistemazione durante la depressione del 1930, quando con la disoccupazione aumentata nelle città, venne offerta agli uomini la possibilità di riqualificarsi.

Reginald e Betty parlavano raramente di quei primi giorni in cui c'era stata tenerezza in abbondanza e anche il romanticismo. Forse era stato il lavoro di polizia che gli aveva tolto tutto questo.

"Devo preparare una bevanda calda?" disse Betty, tornando dalla cucina dopo aver ripulito il tavolo e impilati i piatti pronti a lavarli.

"Non riusciamo a fare progressi con il caso. Il ragazzo che è stato ucciso a Beach Walk," disse Pearce.

Betty si sedette di fronte a lui ma non disse nulla.

"So che non ti piace che io parli di lavoro, ma a volte..."

"Latte caldo o preferiresti il tè?" disse lei.

"Potresti starmi solo a sentire per una volta?" alzò la voce, pentendosi immediatamente di averlo fatto.

Betty tornò in cucina, lasciando aperta la porta del salotto. Reginald sapeva che lo stava ancora ascoltando, sebbene non si aspettasse risposta.

"C'è una giovane donna, una giornalista. Viene fuori che suo zio è un detective in pensione di Roma."

I rumori dalla cucina confermavano che Betty stava lavando e asciugando i piatti, mettendo tutto via e asciugando le superfici. La routine era sempre quella. Una volta che la cucina era pulita e in ordine, lei preparava i suoi panini per il giorno successivo e quindi approntava il tavolo della colazione. Poi tornava in salotto tirando fuori la borsa coperta di arazzi da dietro la sua poltrona e iniziava a lavorare a maglia. Una volta all'anno riuniva tutti i maglioni e cardigan che aveva creato e li donava alla chiesa per il loro bazar di Natale. Oltre a ciò, ne sapeva poco di come si svolgevano le giornate di sua moglie mentre lui era al lavoro. Non si era mai fermato a chiedersi se si sentiva sola, se lei aveva speranze e sogni oltre a essere la moglie di un poliziotto.

Si versò un altro whisky, poi si sedette di fronte a sua moglie, prendendo il giornale dal tavolino, prima di rimetterlo giù di nuovo. Non era dell'umore giusto per leggere tutti i problemi nel mondo quando c'erano problemi nella sua comunità che dovevano essere risolti. L'uomo irlandese nella roulotte lo preoccupava. Albright lo aveva interrogato quel pomeriggio alla stazione, ma ancora non era riuscito a ottenere molto da lui. Eppure, Reginald era certo che sapesse più di quando diceva.

"Hai detto che la giornalista era lì, ha trovato lei il corpo?" disse infine Betty. "E suo zio - bene, se ha lavorato per le forze di polizia Italiane deve essere in gamba, non credi?"

Reginald la osservò mentre continuava a lavorare a maglia. Il clic ritmico dei ferri e il ticchettio dell'orologio del nonno erano gli unici suoni nella stanza. Non alzò lo sguardo quando alla fine lei parlò.

"Non vederli come una competizione. Usali a tuo vantaggio."

Aspettò che continuasse sorpreso della sua intuizione.

"State cercando entrambi la stessa cosa, vero? Vuoi scoprire come è morto il ragazzo - bene, è la stessa cosa che vogliono il tuo italiano e sua nipote. Non importa per quella povera famiglia Leigh chi trova le risposte a condizione che qualcuno lo faccia."

Reginald si trattenne dal rispondere. L'unica risposta che fu tentato di fare fu un bacio sulla guancia di sua moglie.

"Quando vuoi, ci prepari quel drink prima di andare a letto," lui disse, prendendo il giornale. Ora era pronto a leggerlo. Dopotutto ci sarebbero state anche storie felici tra notizie ne era sicuro.

CAPITOLO 27

11 LUGLIO
SABATO

Mancava solo una settimana prima che i bambini di Bexhill e quelli delle aree circostanti si cominciano per le vacanze estive. Negli ultimi anni, per celebrare la data, molte famiglie del luogo si erano riunite per un falò in spiaggia. Nessuno ricordava come fosse nata l'idea ma era diventata un'occasione in cui si presentavano centinaia di persone, molte per un picnic e alcuni con fuochi d'artificio.

Da quando Mario e Anne avevano aperto Bella Cafè circa diciotto anni fa, generazioni di famiglie erano diventati clienti abituali. La coppia conosceva la maggior parte dei residenti i quali, negli ultimi anni, avevano affidato a loro due l'organizzazione della festa del falò.

Il falò si teneva di solito vicino a Beach Walk. Dopo della morte di George Leigh, c'era una forte sensazione che i festeggiamenti non dovessero aver luogo. Mario e Anne ne avevano discusso diverse volte. Quindi quando Anne sollevò l'argomento con Christina, ricevette una risposta chiara. "Non pensare nemmeno al riguardo quest'anno mamma. Alcune persone hanno il terrore di andare in spiaggia di giorno, figuriamoci di sera. E dubito che la polizia sarà felice con le persone che calpestano la scena del crimine."

Durante la colazione del sabato mattina, fu Christina a parlare della festa.

"Stevie mi ha chiesto, ieri sera, quando lo stavo mettendo a letto. Gli ho detto che ora ha max a cui pensare. Alla maggior parte dei cani non piacciono i fuochi d'artificio."

"Cosa ha detto?"

"Mi ha detto che Max non è la maggior parte dei cani. Poi ha detto che Tony aveva promesso di vederlo alla festa e che gli avrebbe portato i bastoncini con le stelline scintillanti."

"Quando gli ha parlato Tony del falò?"

"Sembra che si sia presentato a scuola all'ora di ricreazione. Stevie gli ha parlato di Max, e Tony ha promesso di venirci a trovare per poter portare fuori Max insieme. Onestamente, mamma, Tony sta davvero rendendo le cose difficili, contraddicendomi ogni volta e non è d'aiuto il fatto che Stevie lo idolatra."

"Mi dispiace che tu abbia a che fare con tutto questo, tesoro. Vuoi che parli con Tony?"

"Non penso che farà molta differenza. Comunque, ho detto a Stevie che questo anno non ci sarà nessun falò, quindi non c'è niente di cui dobbiamo preoccuparci. E se sono le stelline scintillanti che vuole, allora gliele comprerò io."

"Sono d'accordo con te. Sarebbe sbagliato fare il falò, questo anno. Andrò a fare visita a Patricia Leigh, rassicurarla che non stiamo andando avanti con questo. Sarei dovuta andare prima a farle visita, per fargli le mie condoglianze."

Un po' più tardi quel giorno, con una torta al cioccolato fatta in casa e alcuni fiori del suo giardino, Anne bussò alla porta di casa Leigh.

In pochi istanti la porta si aprì e fu trascinata in casa da una Patricia Leigh senza fiato, prima che a malapena avesse avuto il tempo di dire "*Salve*".

"Grazie al cielo sei venuta. Devo mostrarlo a qualcuno." Si aggrappò al braccio di Anne tirandola verso le scale. "Stavo riordinando la stanza di George ed eccoli lì." Notò che la mano di Patricia tremava mentre apriva la porta della camera da letto. Per Anne era sconcertante entrare nella camera da letto di George Leigh. Era come essere nel suo spazio privato senza il suo permesso. Diede un'occhiata intorno, i poster che ricoprivano il muro, i modelli del Dr Who che coprivano la parte superiore della cassettiera. Poi il suo sguardo si posò sul letto ben fatto cosparso di diari.

Patricia raccolse uno dei diari e glielo porse.

"Aprilo, guarda cosa ha scritto."

"Patricia queste sono le parole private di George non mi sembra giusto leggerle." Lei rimise il diario sul letto, senza aprirlo.

"Non ne sapevo nulla. Vorrei non averli mai trovati, non li avessi mai letti," Gemette Patricia. Poi con un movimento improvviso tirò il copriletto da un lato mandando tutti i diari sul pavimento.

"Cerca di non arrabbiarti lascia, che ti dia un sorso d'acqua."

Patricia si lasciò cadere sulla sedia di vimini accanto al letto di George, il dolore si era raddoppiato.

"Scendiamo entrambe di sotto e farò una tazza di tè."

In cucina Anne riempì il bollitore, aprì gli armadietti per cercare tazze e piattini. Patricia si sedette con le mani sul viso, dondolando avanti e indietro sulla sedia. Lasciando in infusione il té Anne si sedette e tese la mano verso Patricia.

"Ti farebbe bene parlarne?"

Patricia allontanò le mani dal viso fissò Anne con aria assente "Lui stava studiando le persone."

"Studiando le persone?"

"Suo padre ed io pensavamo che George fosse un tipico adolescente. Abbiamo sempre saputo che era più intelligente di suo fratello, sicuramente portato per l'università. Ma tutti questi scritti, sulle emozioni, sul modo in cui le persone pensano. Usando parole che capisco a malapena. Ci sono anche poesie."

Era difficile capire cosa stesse dicendo Patricia, gran parte era confuso, come se stesse ancora analizzando le implicazioni di ciò che aveva trovato.

"Significa che George era un'anima sensibile, è sicuramente una buona cosa," disse Anne.

"Ma ha tenuto tutto per sé. Sembra che fossi troppo occupata per accorgermene."

"Non hai mai avuto la sensazione che fosse infelice?"

"No, non infelice. Almeno non penso. Ma suppongo che non lo saprò mai adesso."

Si coprì il viso con le mani e iniziò a piangere, le lacrime scorrevano tra le sue dita bagnando le maniche del cardigan.

"Nessuno di noi sa realmente, cosa succede davvero nella testa di un ragazzo, nemmeno i genitori," disse Anne, pensando a Stevie. "Non ti devi incolpare."

Rimasero sedute per un po' in silenzio. E quindi Patricia prese un fazzoletto dalla tasca e si asciugò il viso. "Aiutate ad organizzare la festa dei falò in spiaggia ogni anno vero?" La domanda colse Anne di sorpresa.

"Sì, ma abbiamo ritenuto che sarebbe sbagliato tenerla quest'anno. Ero venuta anche per dirti questo. Non vogliamo fare nulla che possa turbarti. Sono sicura che tutti la pensano così. Hai già abbastanza da affrontare." Anne fece una pausa, chiedendosi se avrebbe dovuto aggiungere altro.

"Ho trovato in una pagina del diario dell'anno scorso, quello che George aveva scritto il giorno dopo il falò," Patricia continuò. "Aveva scritto che era stata una delle migliori serate della sua vita, gli era piaciuto tanto vedere tutta la comunità unita e come c'erano sorrisi sul volto di tutti, illuminati dal calore del falò ed i colori vivaci dei fuochi d'artificio. Aveva usato delle belle parole. Che tipo di madre sono che non conoscevo nemmeno mio figlio." Iniziò a piangere di nuovo. Quindi si alzò in piedi, spostandosi verso la finestra della cucina, voltando le spalle ad Anne.

"Oh, Patricia. Mi dispiace davvero tanto. Che momento terribile per te. Sei stata in grado di fare piani per il suo funerale?

Patricia scosse la testa. "La polizia non rilascerà il suo corpo, non ancora. È per questo che voglio che andiate avanti con la festa del falò. Sarà una commemorazione per George. Tutti lo ricorderanno nel posto dove ha perso la vita, ma so anche, che una volta lì era stato felice."

"Sei sicura? Con tutto quello che è successo..."

"È quello che George avrebbe voluto. Sarò lì cercando di vedere tutto con gli occhi di George. Guarderò i sorrisi, vedrò i colori e ricorderò il mio prezioso ragazzo."

Mentre consumavano una seconda tazza di tè Anne ascoltò mentre Patricia parlava un po' di più di George.

"Avevamo tali speranze per lui. Robert e io, bene, non abbiamo fatto molto con le nostre vite, ma George aveva la possibilità di fare qualcosa di più, di essere qualcuno speciale."

Anne stava per chiedere di Paul. Era come se Patricia avesse dimenticato di avere ancora un figlio che era vivo e doveva affrontare la morte di suo fratello. Stava cercando di trovare le parole giuste quando Robert Leigh aprì la porta sul retro. Portava una borsa di tela, che aprì, svuotando il suo contenuto sul tavolo di cucina. Fagiolini, lattuga e una manciata di patate piccole.

"Non c'è molto pronto nell'orto, questi dovrebbero andare bene per un pasto o due," lui disse.

"Anne è stata così gentile da farci visita," disse Patricia.

Robert alzò gli occhi su Anne, poi si sedette, togliendosi gli stivali, facendo cadere piccole zolle di terra sul pavimento della cucina mentre tirava i lacci.

"Abbiamo parlato del falò sulla spiaggia," continuò Patricia, un accenno di cautela nella sua voce.

"Per favore non dirmi che è ancora nell'aria," dice Robert, guardando Patricia.

"Io ho detto a Anne che dovrebbero andare avanti."

"Dio mio. Queste persone non hanno rispetto? Nostro figlio è morto e terranno una festa proprio lì, proprio dove è morto."

"Bene, io ci andrò," disse Patricia con un'espressione di sfida mentre affrontava lo sguardo di suo marito.

Proprio in quel momento la porta sul retro si aprì di nuovo. Paul stava in piedi sulla porta aperta, come se fosse diviso in due, pensava se entrare o voltarsi e andarsene.

"La signora Rossi è venuta a parlare del falò in spiaggia," disse Patricia.

Anne osservò lo sguardo di avvertimento che passò tra Robert e suo figlio e poi Paul disse, "Per me va bene."

"E pensi che sia quello che George vorrebbe? Se fossi morto tu, e giacessi tu steso nelle pompe funebri, pensi che George sarebbe felice di andare ad una festa?" Robert puntò il dito contro Paul.

Quindi Robert si rimise gli stivali e spinse Paul passando. "Prenderò la cena al pub." Era la sua frase di saluto mentre sbatteva la porta d'ingresso.

CAPITOLO 28

18 LUGLIO
SABATO

La mattina della festa del falò Christina tirò indietro le tende della sua camera da letto e vide un cielo blu intenso. Sembrava che il giorno sarebbe rimasto limpido e luminoso, senza pericolo di pioggia che avrebbe rovinato l'organizzazione dell'evento. Ma a metà mattina si erano raccolte le nuvole, non nuvole relative al tempo atmosferico, ma discussioni travagliate dietro molte delle porte chiuse della città.

L'unico poster che pubblicizzava l'evento era quello che Anne si era affrettata a disegnare e affiggere alla finestra frontale del Bella Cafè. Durante la settimana precedente Christina aveva parlato con alcune madri quando aveva lasciato Stevie a scuola ed erano unanimi nel non voler andare all'evento. Col passare dei giorni, anche il sentimento della comunità locale era diventato sempre più vivido.

"Non va bene che la polizia abbia solo affisso quell'identikit," disse una donna, con la sua voce forte per attirare l'attenzione. "Agitare una faccia di fronte a noi non farà uscire improvvisamente il tizio vero?"

Dall'ultima volta che Giuseppe era stato alla stazione di polizia aveva parlato poco del caso. La maggior parte delle mattine faceva lunghe passeggiate sul lungomare di Bexhill, spesso non tornando fino a metà mattina.

"Sto cercando di convincere Mario a camminare

con lui," raccontò Anne a sua figlia mentre lavano i piatti. "Dice che Giuseppe vuole essere solo anche se non sarei sorpresa che sia solo una scusa."

"Mamma sai cos'è successo a papà in Italia? Perché non vuole mai tornare per una visita, una vacanza?"

Anne studiò il viso di sua figlia, ma esitò prima di rispondere.

"Tuo padre non ne vuole parlare, neanche con me. È stato qualcosa che è successo prima che mi incontrasse."

"Durante la guerra?"

"Onestamente non lo so, tesoro. Ma qualunque cosa sia, penso che sia la ragione per cui si trova in imbarazzo a passare del tempo con suo cugino."

"Perché zio Giuseppe lo sa?"

"Credo che avere Giuseppe qui, ricordi a tuo padre tutto ciò che ha cercato di dimenticare."

"Sembra che abbiano molto in comune allora."

"In che modo?"

"Quando eravamo a Londra, ho chiesto a Giuseppe di Rosalia."

"Questo è un argomento che è meglio lasciar perdere."

"Lo so, è decisamene detestabile parlarne. Ma c'è qualcos'altro," Christina fece una pausa, chiedendosi se condividere ciò che le aveva detto Giuseppe.

"A proposito dell'aborto spontaneo?"

"No, mi ha detto il motivo per cui ha lasciato le forze di polizia."

Anne smise di lavare i piatti si tolse i guanti di gomma e attese che sua figlia continuasse.

"Un ragazzo è morto davanti al palazzo di

Giuseppe proprio sotto il suo balcone."

"Dio mio, che cosa terribile." Anne tirò fuori una sedia e si sedette, sporgendosi leggermente in avanti, come se le notizie di Christina l'avessero lasciata senza fiato.

"È successo quando Giuseppe era ancora detective, ma non gli fu permesso di indagare, il caso è rimasto irrisolto perché secondo il medico legale è stato un incidente."

"E Giuseppe pensa che ci sia dell'altro?"

Christina annuì, unendosi a sua madre al tavolo di cucina.

"Quindi è per questo che ha lasciato presto la polizia," disse Anne.

"Penso che sia anche il motivo per cui è così desideroso di aiutare a risolvere questo caso."

"Questo ha senso."

Madre e figlia si tennero per mano per alcuni istanti, senza parlare.

Fu Christina a rompere il silenzio. "Sai che nessuno ha intenzione di venire stasera, vero mamma?"

Anne tornò al lavandino, rimettendosi i guanti di gomma. Finì di lavare i piatti, mettendoli tutti nello scolapiatti, prima di sciacquare il lavandino per diversi minuti.

Mario stava coprendo il primo turno del mattino nel bar. Colse l'opportunità di un momento di pausa senza clienti ed arrivò nella cucina sul retro.

"Tutto bene voi due?" disse. "Non ci sono problemi vero?"

"Stavamo solo parlando."

"A proposito della festa dei falò? Forse avrai più fortuna di me a spiegarlo a Giuseppe."

"A causa dei Leigh?"

"No, non sembra capire l'idea. Continua a parlare di Guy Fawkes, dicendo: '*Pensavo che faceste i falò a novembre, per la ricorrenza del giorno di Guy Fawkes che cercò di far esplodere il vostro Parlamento.*'"

"Bene questo evento sarà una commemorazione, un modo di ricordare," disse Anne. "E io sono determinata ad andare avanti. Lo dobbiamo alla famiglia Leigh. Se Patricia pensa che possa aiutare, è il minimo che possiamo fare..."

Christina nutriva dubbi sull'evento, e non solo per quanto riguardava la vicenda di George Leigh. Tony aveva telefonato al bar il venerdì sera, insistendo sul fatto che Stevie avrebbe dovuto avere la possibilità di stare alzato fino a tardi per vedere i fuochi d'artificio.

"Pensaci Chrissie. Tutti i suoi compagni di scuola saranno lì e lui si sentirà tagliato fuori quando glielo racconteranno lunedì mattina e tutto quello che potrà dire sarà, *dovevo andare a letto*. Dai al ragazzo la possibilità di crescere, non puoi tenerlo come un bambino per sempre."

Christina era così irritata dai commenti di Tony che mise giù il ricevitore senza rispondere. Forse c'era qualche verità nell'accusa di Tony, ma non c'era nulla di male nel voler mantenere Stevie al sicuro. I ricordi della scoperta del corpo di George Leigh le davano ancora gli incubi. I peggiori erano quando la faccia di George veniva sostituita da quella di Stevie e poi si svegliava sudata, spaventata, aveva paura di richiudere di nuovo gli occhi nel caso il sogno tornasse.

Tuttavia, ora che era arrivato il giorno, si era convinta che l'evento fosse qualcosa di positivo su cui concentrarsi. Un'opportunità per la comunità di mostrare supporto alla famiglia Leigh. Se i genitori di George erano abbastanza coraggiosi da prenderne parte, era giusto che tutti gli stessero accanto, glielo dovevano.

"Stamattina farò qualche visita, cercherò di ottenere sostegno," disse, mettendo le sue braccia attorno alla vita della mamma." Non ti preoccupare, mamma, sono sicura che andrà bene, o almeno per quanto può esserlo, dato le circostanze.

Molte delle persone con cui aveva parlato durante le visite in città erano indecise nella loro risposta. 'Ci penserò' era stata la risposta in generale.

Aspettò fino a dopo pranzo per dirlo a Stevie, nel tentativo di contenere la sua eccitazione che sarebbe diventata incontrollabile fino alla sera.

"Ma ti sarà permesso di rimanere sveglio per i fuochi d'artificio se prometti di provare a dormire questo pomeriggio. "Gli disse, poco speranzosa che sarebbe stato in grado di mantenere la sua parte dell'accordo, anche se lo avesse accettato.

"Come posso andare a dormire di giorno? Il sole splenderà attraverso la finestra della mia camera da letto e terrà i miei occhi aperti."

"Non lo sai fino a quando non ci provi. Dai, chiudiamo le tende e poi puoi fingere che sia notte."

"Ma posso vedere il sole attorno ai bordi. Guarda." Indicò il lato delle tende, dove la luce del sole stava creando motivi sulla carta da parati.

"Bene, sarà un peccato se Tony porta quelle girandole e non hai la possibilità di divertirti con loro." Lasciò il commento sospeso, spostandosi verso la porta della camera da letto e poi girandosi vide Stevie stringere gli occhi e mettersi le coperte sul viso.

Un paio d'ore dopo emerse Stevie, il viso arrossato e gli occhi ancora pieni di sonno. Il solo argomento ora era se Max li avrebbe accompagnati a Beach Walk.

CAPITOLO 29

18 LUGLIO
SABATO

In casa Leigh non c'erano state discussioni. In effetti, non c'era stata praticamente nessuna conversazione da quando Patricia aveva espresso il desiderio che la festa dei falò andasse avanti. Suo marito, le aveva rivolto poco più di due parole, solo quando era stato necessario. Paul era rimasto fuori il più possibile, tornando a casa giusto in tempo per il tè e poi uscendo immediatamente di nuovo per rincasare quando era buio, fuggendo direttamente nella sua camera da letto.

Nel profondo, Patricia sperava in qualche modo che l'impasse si sarebbe risolto e che il marito si sarebbe avvicinato al suo modo di pensare. Ma mentre si sedettero uno di fronte all'altro al tavolo della colazione e lui sollevò il giornale in modo che lei non potesse vedere la sua espressione, si rese conto che stavano ai lati opposti. Non era la rabbia, che provava adesso, ma una forte tristezza che stava come un grumo di piombo nello stomaco. Spinse via il piatto, dopo avere preso solo un morso della fetta di pane tostato, ora probabilmente sarebbe finito come cibo per gli uccelli.

"Non sei l'unico a soffrire, lo sai?" Cercò di trovare le parole per scuotere il marito dal suo silenzio.

Senza rispondere, lui piegò il giornale e lo mise sul tavolo. Quindi prese il suo piatto vuoto, la tazza e il piattino li mise sullo scolapiatti e lasciò la stanza. Pochi istanti dopo lei sentì sbattere la porta d'ingresso.

Fu solo quando sentì che suo padre era uscito di casa che Paul uscì dalla sua camera da letto ed entrò in cucina.

"Non ti ho visto molto in questi ultimi giorni." Patricia era al lavandino e parlava senza girarsi a guardare il figlio. I suoi occhi continuavano a riempirsi di lacrime e detestava che suo figlio la vedesse piangere. "Stasera vieni con me? A Beach Walk."

Paul scosse la testa, prima di rendersi conto che sua madre non avrebbe visto la risposta. "Sto andando ora alla spiaggia, probabilmente starò laggiù per aiutare a finire il falò."

Patricia continuò a lavare i piatti, usando la manica per asciugare le lacrime che continuavano a scorrerle sulle guance. Aveva perso entrambi i figli, e senza figli chi era lei? George era andato via per sempre, ma Paul... Si asciugò le mani e si diresse verso il salotto, in piedi accanto al caminetto guardando di nuovo le foto dei suoi ragazzi. *Vi ho mandato nel mondo per trovare la vostra strada. Avrei dovuto tenervi vicino a me, tenervi al sicuro.*

Mentre Paul stava andando in bicicletta verso la spiaggia, sua madre stava cercando di raccogliere le emozioni e la forza di uscire di casa, per andare ad un evento e commemorare la vita di suo figlio. L'anno scorso in questo periodo entrambi i suoi figli e suo marito erano con lei. Erano allegri, tutti in attesa di una divertente serata fuori.

Forse leggere il diario di George ancora una volta avrebbe aiutato. Si sedette sul suo letto per un po' mentre sfogliava le pagine del diario dell'anno scorso fino a quando non trovò l'inizio della festa dei falò. Lo lesse ad alta voce, cercando di memorizzare le sue parole, sperando di poterle ripetere nella sua mente mentre avrebbe guardato i volti felici di tutte le persone alla festa. Le persone che avevano ancora le loro famiglie, che non avevano le loro vite divelte.

Dalla morte di George la gente aveva inviato lettere e biglietti, oltre a piccoli doni, spesso lasciati alla porta. La comunità cercava di sistemare le cose nell'unico modo possibile dimostrando il suo sostegno. Erano stati piccoli cestini di frutta, mazzetti di fiori di campo, aveva persino ricevuto focaccine appena sfornate. All'inizio Patricia non li toccava, lasciando che Robert portasse i regali in casa, conservandoli nella dispensa in modo che sua moglie non si confrontasse con loro.

Subito dopo l'incidente, voleva dare la colpa a qualcuno. Avrebbe voluto essere difronte al colpevole, battere le mani sul suo petto, urlare le parole più offensive che riusciva a trovare. Ma poi nei giorni seguenti, si rese conto che sapere chi aveva causato la morte di suo figlio non avrebbe fatto grande differenza. Non lo avrebbe riportato indietro.

Non era mai stata una persona religiosa, ma ora desiderava avere un qualche tipo di fede a cui aggrapparsi. Aveva persino visitato la chiesa locale, seduta nella parte posteriore, a fissare l'altare, in attesa di sentirsi confortata. Il prete l'aveva vista e si era seduto accanto a lei.

"Mi dispiace molto per la tua perdita," disse. "C'è qualcosa che posso fare per aiutare?"

"Puoi dirmi perché il tuo Dio ha portato via mio figlio. Qual è lo scopo di dare a qualcuno una vita e poi toglierla quando è ancora un ragazzo?"

Il prete le prese la mano. Non parlò per un po' e alla fine lasciò andare la sua mano e disse: "Pregherò per te e la tua famiglia." E quello fu tutto.

Ora, seduta nella camera da letto di George, ricordava la conversazione con il prete e si domandava che cosa avrebbe fatto George. Non il George che pensava di conoscere ma quello che aveva scoperto dai suoi scritti, il ragazzo che vedeva la bontà nelle persone e il piacere nelle più piccole cose. Forse un giorno sarebbe tornata in chiesa e avrebbe cercato il prete e lo avrebbe ringraziato per le sue preghiere.

Uscendo dalla camera da letto, camminò lungo il corridoio, sostando per un momento fuori dalla camera di Paul. Lei andava raramente nella sua stanza tranne che per lasciare i suoi vestiti puliti in una pila sulla cassettiera. Aveva rinunciato a dirgli di riordinare la sua camera da letto. Era sempre disordinata, le scarpe gettate sul pavimento, calzini e mutande sporche lasciati cadere dove erano stati tolti.

Gli aveva chiesto in continuazione di portare giù i suoi vestiti sporchi e metterli nella pila di lavaggio nel retrocucina, ma le settimane passavano senza risultato, quando aveva finito i vestiti puliti, arrivava con una manciata di panni sporchi che avevano bisogno di essere smacchiati prima di sembrare di nuovo presentabili.

Aprì la porta e rimase in piedi per un momento, avvertendo che c'era qualcosa di diverso. Un paio di calzini sporchi giaceva sul pavimento accanto al letto, ma non c'era traccia delle pantofole o delle scarpe da ginnastica di Paul. Un cassetto era parzialmente aperto, i maglioni spinti a un'estremità. Estrasse completamente il cassetto, tirò fuori tutti i maglioni e li appoggiò sul letto, poi li ripiegò prima di rimetterli di nuovo nel cassetto. Il pullover verde preferito di Paul non era tra le pile. Lei cercò di ricordare cosa indossava quando l'aveva visto prima. Non l'ho visto prima, non mi sono nemmeno voltata. Aprì anche il secondo cassetto e trovò sola una maglietta quando di solito ce ne erano sei o sette.

Sentendosi sempre più a disagio, rimase in piedi accanto al letto cercando di determinare cos'altro poteva mancare. La borsa da viaggio che usava per i suoi libri di scuola, di solito poggiata sul pavimento sotto la finestra, non c'era.

Si avvicinò alla finestra. Le tende erano ancora chiuse. Le tirò indietro e un pezzo di carta svolazzo sul pavimento. Si fermò per raccoglierlo, riconoscendo la scrittura di Paul.

Mamma, stasera starò da un amico. Forse per qualche notte.

Ti voglio bene mamma e mi dispiace.
Paul

Si sentiva quasi svenire per la tristezza. Suo marito non le parlava, suo figlio maggiore non poteva sopportare di stare con lei, e il suo prezioso ragazzo George se n'era andato per sempre.

Si sedette sul pavimento e pianse.

CAPITOLO 30

18 LUGLIO
SABATO

Anne aveva trascorso il pomeriggio per preparare un cesto con involtini di salsiccia, panini, patatine e torta. Appena arrivarono le cinque, mise il cartello chiuso sulla porta del bar, lasciando indicato quando avrebbero riaperto.

Arrivando a Beach Walk le sembrò che il tentativo di Christina di persuadere le persone a partecipare fosse riuscito. C'erano tante persone del posto che affollavano la spiaggia come gli anni precedenti. Forse anche di più.

Alcune famiglie avevano portato sedie a sdraio, molte avevano portato solo coperte che avevano steso sui sassi, prima di svuotare i cestini da picnic pronti per una festa. Nonostante quello che alcune delle madri avevano detto a Christina, durante la settimana, molti uomini avevano preparato un falò, alto circa tre metri e mezzo, costituito da pezzi di legnetti presi in giro, nonché da rami raccolti nei boschi che si estendevano a nord di Bexhill.

La tradizione, prevedeva che il falò si accendesse alle sette, con i primi fuochi d'artificio intorno alle otto. Fino ad allora, le famiglie che erano sedute vicine le une alle altre si scambiavano cibo- un pasticcio di maiale per un rotolo di salsiccia; un panino al formaggio per uno al prosciutto. I bambini correvano da un picnic all'altro, raccogliendo una manciata di prelibatezze, prima di correre verso la riva del mare dove formavano dei piccoli gruppi. Dopo aver mangiato, trovavano la posizione migliore e scommettevano su chi poteva lanciare un sasso il più lontano o chi poteva fare una scia di pietra sull'acqua.

Stevie aveva vinto sul portare Max, e Mario aveva fatto la predica a Christina perché aveva ceduto facilmente.

"Finirai per rovinare il ragazzo."

"Cosa vuoi dire, finirò per rovinarlo? Tu e mamma lo viziate altrettanto."

"I bambini hanno bisogno di limiti, e Max sarebbe molto più felice in casa."

"Max potrebbe esserlo, ma poi avremmo dovuto sopportare le lamentele di Stevie per tutta la sera."

A Stevie furono date istruzioni rigorose su come tenere Max lontano dal falò e gli fu detto che una volta che i fuochi d'artificio fossero iniziati, se Max fosse stato turbato in qualche modo, Christina l'avrebbe portato dritto a casa.

La famiglia Rossi scelse un posto a metà della spiaggia.

"Se il vento si alza, almeno il fumo non soffierà nella nostra direzione," disse Mario annuendo verso la bandiera a brandelli incastrata in cima alla catasta di legna. "Che bandiera è quella, comunque? Non la riconosco."

"Penso che sia ora che ti metta gli occhiali," disse Anne con un lieve rimprovero. "Non è per niente una bandiera, sono un paio di pantaloni vecchi."

Solo quando risero si resero conto di essere stati

fino a quel momento lontani, ognuno immerso nei propri pensieri. Anne era preoccupata per la famiglia Leigh, disse a Christina che era certa che quando avrebbe avuto inizio l'evento, sarebbe stato troppo per loro per farcela. Mario era stato in ansia per Max e Christina aveva paura di vedere Tony.

"Spazio per un altro?" Senti la voce di Tony prima di vederlo, mentre si districava da un gruppo di persone che avevano scelto di sedersi troppo vicino al punto scelto dalla famiglia Rossi per il picnic.

"Hai portato le mie girandole?" Stevie balzò in piedi, afferrò la mano di Tony e lo tirò verso il resto del gruppo. "Guarda, questo è Max."

"Felice di conoscerti, Max," Tony si accovacciò e prese una delle zampe del cane fingendo di stringergli la mano.

"Guarda, zietta. Max sa come stringere la mano."

"Spero che tu abbia portato il tuo picnic?" Christina non si trattenne dall'essere schietta. Anne trasse un respiro ma la risposta di Tony fu ridere e sedersi accanto a Stevie e Max.

"Ho delle girandole per te, come ho promesso. Ma devi aspettare che sia un po' più scuro, altrimenti non saranno così evidenti."

"Mamma, guarda, c'è Patricia Leigh," disse Christina, indicando una donna che stava scendendo lungo la spiaggia da sola. Era vestita in modo abbastanza formale, con un cappotto color cammello e scarpe da ginnastica, abbigliamento che sembrava del tutto inappropriato per un falò sulla spiaggia. Aveva i capelli raccolti in una crocchia stretta e portava in mano quello che sembrava un piccolo libro.

"Povera donna, le vado a parlare." Anne lasciò gli altri e mentre si avvicinava a Patricia la gente si voltò a guardare.

Christina guardò mentre le due donne si salutavano. Non riusciva a sentire la conversazione, ma dall'espressione di sua madre intuì che stava cercando di convincere Patricia Leigh a non girarsi per fare ritorno a casa. Anne aveva il braccio attorno a Patricia e sembrava rassicurarla. Christina distolse lo sguardo da sua madre, scrutando la folla per vedere se riusciva a individuare il signor Leigh o Paul, ma non c'era traccia di loro.

"Laggiù c'è il consigliere Rogers," disse Mario. "Cercherò di parlare con lui."

"Papà, questa dovrebbe essere una serata libera per te, e tu ti preoccupi ancora per il lavoro."

"Devo scoprire questi cambiamenti che il consiglio sta pianificando riguardo il lungomare. Devo sapere se ci potranno essere delle ripercussioni sul nostro bar."

"Tu ti preoccupi troppo."

"Qualcuno lo deve fare."

Mentre si allontanava, notò che Giuseppe aveva trovato un posto solitario su uno dei frangiflutti. Stava scrutando tutti i visi tra la folla e Christina immaginò che stesse ancora cercando qualcuno che poteva corrispondere alla descrizione del pescatore inafferrabile; l'unica persona che potrebbe essere ancora in grado di fare luce sugli eventi che hanno continuato a preoccupare la comunità.

Anche se il sole non scompariva completamente

fino alle 21:00 sarebbe stato abbastanza buio prima che si accendessero i primi fuochi d'artificio. Per motivi di sicurezza, i fuochi d'artificio venivano sempre portati giù sul bordo dell'acqua e accesi lì, ma assicurandosi prima che tutti i giovani si fossero trasferiti abbastanza lontano da evitare incidenti. In tutti gli anni in cui si era tenuto l'evento, c'era stato un solo incidente quando il vecchio signor Bantam stava per far accendere alcuni razzi che erano stati posizionati nelle vecchie bottiglie di latte. In qualche modo era riuscito a inciampare, precipitando sulle bottiglie e facendole cadere, di conseguenza i razzi erano diretti verso la spiaggia, piuttosto che verso l'alto. Ebbero tutti appena il tempo di indietreggiare, ma tuttavia avevano rischiato grosso.

Ma la squadra incaricata dei fuochi d'artificio quest'anno non correva rischi. Qualcuno aveva portato un megafono e poco prima delle ore 20:00 aveva annunciato alla folla in attesa che i primi fuochi d'artificio sarebbero stati accesi dopo dieci minuti.

"Per favore, state bene indietro e mamme e papà, se riuscite a tenere strette le mani dei vostri figli, allora possiamo evitare qualsiasi sfortunata disavventura," erano le istruzioni.

Alcuni dei bambini avevano formato i loro gruppi, scambiandosi dolci e altre prelibatezze. Stevie aveva fatto girare Max in tondo, seguendo le chiare istruzioni di Christina che non si doveva muovere dal suo fianco, e questo stava diventando sempre più difficile da eseguire.

"Riesci a fermarlo, Stevie? Mi fai venire le vertigini," disse Christina.

"Posso andare a salutare William? È appena arrivato, zietta."

"Faresti meglio a lasciare Max con me, allora," disse, prendendo il guinzaglio del cane. "Ma ritorna subito."

Adesso c'erano così tante persone che cominciava a sembrare quasi claustrofobico. Come il sole calò e l'aria si fermò, era evidente che sarebbe stata una di quelle rare serate di luglio quando c'era appena bisogno di un maglione.

Mario stava ancora parlando con l'assessore. Giuseppe si era allontanato e Christina poteva vedere sua madre in lontananza, ancora in piedi con Patricia Leigh. Finora Max non aveva mostrato alcuna ansia per la folla o per il falò che ora era completamente in fiamme. All'improvviso esplosero i primi fuochi d'artificio, inviando una pioggia di luce blu, verde e gialla nel cielo. La folla rispose con *oohs* e *aaahs* e Max tirò un po' il guinzaglio.

Fu solo allora che Christina si rese conto che Stevie non era tornato dopo la sua chiacchierata con William. Lei guardò nella direzione che aveva preso, ma tutto ciò che riuscì a vedere furono le spalle delle persone che adesso erano in piedi per vedere i fuochi d'artificio vicino al bordo dell'acqua.

La sua prima reazione fu di fastidio. Stevie oltrepassava sempre i limiti, e mai considerando le conseguenze. Iniziò a farsi strada tra le persone che stavano agglomerate in piedi, cercando di non lasciare che Max si aggrovigliasse nelle gambe delle persone. Individuò sua madre un po' più su, e agitò la mano per cercare di attirare la sua attenzione, ma sua madre stava guardando nella direzione opposta. Una volta abbastanza vicino, picchiettò sulla spalla della mamma.

"Mamma, Stevie è andato a cercare il suo amico. Gli ho detto di tornare subito e ora non riesco a vederlo." Dovette alzare la voce al di sopra del rumore della seconda serie di fuochi d'artificio, che sembrava essere diventato più forte. Sentiva che Max si agitava. "Devo riportare Max in macchina, ma prima dobbiamo trovare Stevie." Il fastidio ora si era trasformato in una tensione alla bocca dello stomaco.

"Dammi Max e dammi le chiavi della macchina. Lo porto a casa poi torno subito." La voce di Anne era calma e piena di autorevolezza. "Quindi puoi cercare Stevie. Trova tuo padre e Giuseppe, ti aiuteranno."

Christina annuì, pescando le chiavi della macchina dalla sua borsa.

Patricia afferrò Christina per il braccio, il viso pallido, gli occhi spalancati per la paura.

"Patricia adesso ti devo lasciare, ma voglio che trovi Marjorie Selmon. Vi conoscete, vero? Lei è laggiù," Anne indicò il punto, ma nello stesso tempo notò che l'amichetto di Stevie, William, non era con sua madre. "Christina, che mi dici di Tony? Non aveva promesso a Stevie alcune girandole?"

"Non l'ho visto, non da quando era qui prima."

"Bene, forse Stevie è andato a cercarlo?"

"È tipico di Tony. È sconsiderato. Non ha idea di come essere responsabile."

"Non iniziare a incolparlo prima di sapere cosa è successo."

Mentre i minuti passavano senza traccia del suo

nipotino, i nodi dello stomaco di Christina si erano trasformati in grumi di piombo. Guardò sua madre condurre Max nel punto in cui era parcheggiata la macchina, dietro su Beach Walk, lontano dai festeggiamenti. All'improvviso si sentì sola, nonostante fosse circondata da tutte quelle persone. Mentre si faceva strada tra la folla, continuava a ripetere la stessa frase.

"Avete visto un bambino? Indossa un maglione rosso e pantaloni corti blu."

La maggior parte delle persone si voltò a malapena quando parlò, forse non sentivano per il suono dei razzi e dei petardi. Alcune persone scossero la testa, e la seguirono con lo sguardo mentre continuava a camminare.

Dopo qualche minuto, vide Giuseppe davanti a sé. Aveva trovato un po' di spazio verso l'inizio della spiaggia ed era seduto sulla ghiaia, prestando poca attenzione alle luci colorate nel cielo. Mentre correva verso di lui, lui si alzò in piedi, avvertendo immediatamente il panico dalla sua espressione.

"Cos'è successo?"

"È Stevie. Non riesco a trovarlo."

"Ha Max? Forse con il rumore dei petardi?"

"No, non ha Max. Mamma ha portato a casa il cane e poi tornerà ad aiutarci a cercarlo. Stevie è andato a parlare con uno dei suoi amici poco prima dell'inizio dei fuochi d'artificio. Gli ho detto di tornare subito, ma non mi ascolta mai." Tese le braccia, segnalando il suo senso di disperazione. "È successo qualcosa di terribile ne sono sicura."

A pochi metri da dove si trovavano ora c'era il punto in cui tredici giorni prima aveva trovato il corpo di George Leigh.

CAPITOLO 31

18 LUGLIO
SABATO

Prima di quella sera, Giuseppe aveva osservato la folla che si radunava sulla spiaggia ma tutto ciò che poteva vedere era la potenziale opportunità per un incidente, persino un crimine.

A Roma c'erano feste frequenti, molte delle quali associate a qualche Santo, con una processione preceduta da bambini e giovani che cantavano in coro. Durante il periodo di carnevale, a febbraio, tutti si travestivano e assistevano alle sfilate nelle vie principali. In tali occasioni Giuseppe sceglieva di fare gli straordinari, recandosi in ufficio e lasciando che la moglie andasse da sola. Rosalia lo accusava di essere un povero pessimista. Lui rispondeva che stava semplicemente diventando realistico. Questa era un'altra delle ragioni per le quali il loro matrimonio era finito: erano in contrapposizione tutto il tempo, volendo cose diverse dalla vita. Lui voleva pace e tranquillità, mentre lei desiderava una vita movimentata. La sua esperienza gli dettava che così tante persone riunite in un unico posto inevitabilmente, gli animi si scaldano e si crea molta confusione. Ma ora, con Stevie che non si trovava, forse era qualcosa di molto peggio.

Accantonò questi pensieri e tornò al presente, doveva concentrarsi. Avrebbe voluto sedersi in silenzio da qualche parte, da solo, chiudere gli occhi, e pensare alle varie possibilità. L'ipotesi più probabile era che Stevie fosse andato a cercare Tony.

Si voltò verso Christina, scegliendo un tono misurato, come se stesse dando istruzioni a una nuova recluta. "Ora non pensiamo alle cose brutte che potrebbero accadere a Stevie. Lo troveremo." Prese il braccio di Christina. "Tua madre ha ragione, prima devi cercare Tony. È possibile che Stevie sia con lui. Vai a controllare e se non è con Tony, allora torna subito qui."

"Che cosa hai intenzione di fare?"

"Per prima cosa penserò."

Giuseppe voltò le spalle alla spiaggia affollata e guardò verso la villetta. C'erano le luci accese nella sala da pranzo e le tende erano ancora aperte. Mentre guardava era certo di aver visto un movimento. La mattina della morte di George Leigh, lui e suo fratello avevano fatto visita a Rose Walker. *C'è una connessione? Pensa Giuseppe, pensa.*

Salì sul sentiero principale del Rose Cottage e batté il pugno sulla porta d'ingresso. Sentì mettere una catena alla porta, e poi si aprì solo uno spiraglio. Vide il viso di Rose bianco di paura.

"Signora Walker, ha un ragazzino qui con lei?"

"Mi sta spaventando. Voglio che lei vada via." Sussurrò attraverso la porta appena aperta mentre stava spingendo per chiuderla. Giuseppe le impedì di farlo mettendo il piede in mezzo.

"È molto importante che lei mi dica la verità. Forse ha invitato il bambino ad entrare?

"Non ho fatto niente di male."

"Non posso parlarle attraverso la porta in questo

modo. Aprirà la porta e mi lascerà entrare?" Lui aveva cambiato tono; era necessaria una leggera persuasione.

Rose aprì completamente la porta e si tirò indietro, con le mani strette davanti a lei. Giuseppe rimase sulla porta e cercò di sentire eventuali suoni che provenissero dall'interno della casa, ma sulla spiaggia c'era ancora così tanto rumore che era impossibile.

"Stevie," chiamò certo che se il bambino fosse stato in casa sarebbe venuto da lui.

"Voglio che lei se ne vada."

"Signora Walker, può aiutarmi se mi dice la verità. Un ragazzo è morto e ora un bambino piccolo è scomparso. Stevie è il nipote di Christina. Christina ed io siamo venuti qui e le abbiamo parlato l'altra settimana. Ora è disperatamente preoccupata che gli sia successo qualcosa di brutto. Lei non vuole questo, vero?"

Si allontanò da lui e senza esitare lui la seguì nella stanza davanti, la guardò andare al caminetto e prendere la foto del ragazzo.

Giuseppe, quasi dalla prima volta che aveva incontrato Rose Walker aveva il sentore che lei non avesse un figlio. Forse era stata la grande delusione di non aver avuto un bambino che la portava ad andare alla scuola, solo per poter guardare i bambini giocare. Era chiaro dal modo in cui aveva parlato della visita dei fratelli Leigh che c'era un desiderio insoddisfatto in lei. Per un momento aveva pensato che fosse lo stesso desiderio che poteva averla indotta ad invitare Stevie nella villetta. Ma ora si rese conto di avere torto.

"Signora Walker, non ha un figlio, vero?

"Io ho un figlio. Si chiama Vincent." Teneva la foto incorniciata vicino a sé, quasi abbracciandola.

"Dov'è suo figlio, signora Walker? Non vive con lei, vero?"

Lei scosse la testa. "Non sarebbe in grado di capire. È troppo complicato da spiegare."

"Mi piacerebbe capire."

Giuseppe era combattuto tra il voler andarsene per aiutare nelle ricerche di Stevie e il voler rimanere, nella speranza che Rose Walker potesse fornire informazioni vitali. Informazioni che potevano non solo aiutare a ritrovare Stevie, ma potevano far luce su gli eventi che avevano portato alla morte George Leigh. Ne era certo, c'era una connessione.

"Si nasconde da qualcuno? Qualcuno di cui ha paura?"

Rose lo fissò. Era come se fosse in trance, a malapena in grado di muoversi.

"Pensavo che non mi avrebbe trovato qui," sussurrò.

"Chi?"

"Mio marito."

"È stato qui alla villetta?"

Rose si avvolse le braccia attorno. Giuseppe notò che stava tremando. "E lui sa dove è suo figlio? Gli ha fatto del male?"

La mente di Giuseppe vorticava, saltando da una possibilità all'altra,

"Signora Walker, quando è stata l'ultima volta che ha visto suo marito?"

Giuseppe era così disperato, per tutti i fatti accaduti, che avrebbe voluto scuotere la donna, ma lui sapeva che l'unico modo per far aprire un testimone spaventato era di essere gentile, per ottenerne la fiducia.

"Tutto ciò che può dirmi l'aiuterà solo a sentirsi più sicura. Se riusciamo a trovare suo marito, possiamo assicurarle che non la spaventerà di nuovo." Usò la sua voce più suadente, aspettando la sua risposta e sperando che dicesse abbastanza.

"L'ho visto domenica scorsa," Questa volta il sussurro era appena udibile.

"Il giorno della morte di George Leigh?"

"Sì."

La loro conversazione fu interrotta da un violento colpo alla porta d'ingresso. L'espressione di Rose si bloccò, il colorito andò via dal suo viso. "È lui è venuto a prendermi. Non ci tornerò. Preferirei uccidermi." La sua voce non era più un sussurro, ma un urlo.

"Cerchi di calmarsi. Risponderò io alla porta. Sono certo che non sarà suo marito. Si fidi."

Era Christina alla porta, il viso arrossato, il respiro affannoso, un'espressione di disperazione sul suo viso. "Non riesco a trovare Tony e non riesco a trovare Stevie. Ho guardato e guardato. Se qualcosa di brutto gli è successo, sarà colpa mia." Aveva le braccia strette attorno al petto.

"Aspetta un momento fuori," disse. "Devo parlare con la signora Walker. Sarò qui in pochi minuti."

Giuseppe stava lottando per pensare lucidamente, nonostante l'intensa emozione che lo pervadeva. Se il marito di Rose Walker era stato nei paraggi al

momento della morte di George Leigh avrebbe
potuto essere coinvolto in qualche modo e ora poteva
avere qualcosa a che fare con la scomparsa di Stevie.
Come o perché Giuseppe non riusciva ancora a
capire.

Chiuse la porta d'ingresso e tornò da Rose, che si
era rifugiata in un angolo della cucina, accovacciata
come se stesse cercando di rendersi invisibile.

"Posso usare il telefono?" aveva visto
l'apparecchio nel corridoio entrando. Voleva avere la
possibilità di parlare senza che Rose sentisse. Mario
gli diceva sempre che le famiglie del luogo formavano
una comunità affiatata, si aiutavano gli uni con gli
altri. A Giuseppe sembrava che le persone di questa
città di mare avevano escluso Rose Walker. Era
vulnerabile, sola e bisognosa di gentilezza. Quando
tutto questo sarebbe finito, ne avrebbe parlato con
Anne.

Prese dalla tasca il pezzo di carta, sul quale l'ultima
volta che si erano incontrati il detective sergente
Pearce gli aveva scritto il suo numero, e lo compose.
Il telefono suonò più volte prima che Pearce
rispondesse. Giuseppe immaginava il sergente che
brontolando posava il giornale, metteva da parte il
bicchiere di birra e si spostava lentamente verso il
telefono. Forse la signora Pearce sarebbe stata
irritata dal fatto che la loro serata veniva interrotta.

"Pearce."

"Buonasera, Signor Pearce, sono Giuseppe Bianchi.
Mi dispiace disturbarla."

"Cosa vuole?"

"È scomparso Stevie Rossi. È il nipote di mio

cugino. Eravamo tutti alla festa del falò a Beach Walk quando è scomparso."

"Dove è lei ora?"

"Sono nella villetta della signora Rose Walker. La conversazione che ho appena avuto con lei mi porta a credere che il bambino potrebbe essere in pericolo."

"Ci incontriamo lì."

Tornando in cucina, parlò con la donna "Devo andare, per aiutare nella ricerca di Stevie, signora Walker, ma tornerò lo prometto. Tenga la porta chiusa e non apra a nessuno stasera. A meno che non sia la polizia."

Christina era in piedi sul ciglio della ghiaia lontano dalla folla, quando Giuseppe si unì a lei.

"Scendi verso il mare, trova l'uomo con l'altoparlante. Chiedigli di fare un annuncio. Fallo chiaro e semplice. Si è perduto Stevie Rossi, ha sei anni e indossa un maglione rosso e pantaloni blu."

Christina guardò Giuseppe, cercando di assorbire le sue parole, ma tutto ciò che vide fu il suo nipotino, tutto pronto per la festa all'inizio di quel giorno, a malapena in grado di stare fermo per l'eccitazione.

"Vai ora e fai l'annuncio."

CAPITOLO 32

18 LUGLIO
SABATO

Dopo poco che Christina era andata a cercare l'uomo con il megafono, arrivò il sergente detective Pearce.

"Che dire? Riunioni come questa, falò, fuochi d'artificio, è così facile che la situazione sfugga di mano. Avrei dovuto avere un agente in servizio qui."

"Forse. Ma questo potrebbe essere qualcos'altro. Forse qualcuno ha approfittato dell'occasione di tutto questo affollamento per commettere un altro crimine. Tuttavia, sto ancora cercando di capirne il motivo."

Pearce attese che Giuseppe continuasse.

"Ho parlato con la signora Walker. Mi ha detto che suo marito è un uomo da temere."

"È del luogo?"

"No. Ma era qui in spiaggia il giorno della morte di George Leigh."

"E pensa che sia tornato stanotte e abbia preso Stevie Rossi?"

"Non voglio crederci, ma dobbiamo considerarlo come una possibilità. Se ha causato la morte di George e forse pensava che Stevie potesse essere un testimone allora..."

Pearce alzò la mano, impedendo all'italiano di pronunciare parole che non voleva sentire.

"E lui?" Pearce indicò la roulotte.

"Ancora una volta l'irlandese non è uscito dalla sua roulotte. Non ha preso parte agli eventi serali. Dirà che non ha visto niente, non sa nulla."

"Dovremmo escluderlo almeno."

Si avvicinarono alla roulotte, Pearce prese il comando e bussò alla porta.

"Sera," Sean Murphy aprì la porta abbastanza da mostrare la sua faccia ai due uomini ma non sufficientemente per consentire loro di poter vedere dentro.

"Si è perso un bambino," disse Giuseppe, alzando la voce sul rumore dell'altoparlante che ora ripeteva l'annuncio alla folla.

All'improvviso la porta venne aperta mentre Stevie spingeva Sean, lanciandosi dentro le braccia dell'italiano. "Zio Giuseppe."

"Stevie, siamo stati molto preoccupati per te. Tua zia ti ha cercato, tutti ti stanno cercando."

"Non mi piacevano i botti." Il bambino nascose la faccia sulla spalla di Giuseppe.

"Ancora una volta sei colpevole di un comportamento irresponsabile," disse Pearce, dirigendo la sua furia verso Sean. "Dovevi sapere che le persone stavano cercando il bambino."

"Non provateci. Se volete sapere il mio parere, è una stupida idea portare un bambino a un evento come questo. E ancora più stupido è lasciarlo fuori dalla portata della tua vista."

Giuseppe ignorò il commento, tentando invece di liberarsi dalla presa di Stevie. "Devo andare a dire a tua zia che sei al sicuro, Stevie, rimani qui con il detective sergente Pearce fino al mio ritorno."

"Immagino che faresti meglio a entrare," disse, Sean Murphy a Pearce, tenendo la porta aperta per il detective e il bambino.

"Ho aiutato Paul con il puzzle," annunciò Stevie, correndo da Paul e saltandogli in grembo.

"Paul Leigh. Cosa stai facendo qui?"

"Il puzzle."

"Non cercare di essere furbo con me, ragazzo. I tuoi genitori sanno che sei qui?"

"A loro cosa importa?"

Sul pavimento sotto il tavolo del puzzle c'era una sacca da viaggio. Era parzialmente aperta con un paio di magliette fuoriuscite.

"Queste sono le tue cose, ragazzo?" chiese Pearce.

"E se lo fossero?"

"Faresti meglio a essere più educato, e dirmi cosa ci fai qui."

Sean Murphy era in piedi tra il detective e i ragazzi. "Lascialo stare. Non c'è nulla di male che stia qui."

"Starò con Sean se vuoi saperlo," disse Paul, lanciando un'occhiataccia a Pearce. "Non sembra che io manchi a casa, quindi è la stessa cosa se sono qui."

Pearce vide uno scambio di sguardi tra Paul e Sean che non riuscì a decifrare. "Devi fare sapere ai tuoi genitori dove sei, Paul. Se non lo fai, allora lo farò io. Ma prima entrambi mi dovete aiutare rispondendo a una domanda."

"Spara fuori," disse Sean.

"Paul hai detto che c'era un uomo che stava pescando qui sulla riva un po' di tempo fa. Un uomo che urlò a te e a George. Il signor Murphy qui, gli disse di stare alla larga."

Pearce aveva attirato l'attenzione di Paul e Sean, mentre Stevie era concentrato sui pezzi del puzzle e li stava dividendo e studiando le loro forme, come se stesse imparando una nuova tecnica per risolverlo.

"Sì, ho urlato al tizio. E allora?" disse Sean.

"Devi aver visto l'immagine dell'identikit che abbiamo ricostruito. Pensi che possa essere lo stesso uomo?"

"Potrebbe essere. Ma non è che io abbia osservato così tanto la sua faccia."

"C'è qualcos'altro che ricordi di lui?"

"Cos'altro vuoi che ti dica? Immagino che stesse pescando lo sgombro. Anche se io mi intendo di pesca ed era abbastanza chiaro che non lo stava facendo."

"Che cosa te lo fa dire?"

"Equipaggiamento sbagliato, tipo di lenza sbagliato."

"Rifletti attentamente prima di rispondere alla domanda successiva." Pearce sbottò. "In una delle occasioni che quest'uomo era in spiaggia, l'avete mai visto avvicinarsi al Rose Cottage."

"Forse. Che importa?"

"Hai visto quest'uomo sulla spiaggia domenica scorsa?"

"Potrebbe essere?"

"E l'hai più visto da allora?"

Prima che Sean Murphy potesse rispondere, la porta della roulotte si spalancò e Christina entrò, prendendo Stevie e tenendolo stretto a sé.

"Oh, Stevie, ci hai spaventato tanto. Non sapevamo dove fossi."

"Non mi piacevano i botti. Dov'è Max?"

"Neanche a lui piacevano. La nonna lo ha portato a casa ed è lì che stiamo andando io e te proprio ora."

Pearce uscì dalla roulotte per riunirsi a Giuseppe. Rimasero in silenzio per alcuni minuti mentre guardavano Christina che camminava lungo la spiaggia, stringendo la mano di Stevie.

"Un finale felice," disse Pearce.

"Sì."

"Sean Murphy è come sempre evasivo. Potrei portarlo nella stazione di polizia, provare a obbligarlo a parlare, ma in questo momento penso che ci dovremmo concentrare sulla signora Walker. Abbiamo la descrizione dello sconosciuto da parte dell'impiegato delle ferrovie. Potrebbe essere sufficiente per noi determinare se questo tizio e il marito della signora Walker sono la stessa persona."

Giuseppe annuì. "Se le descrizioni corrispondono, sapremo chi dobbiamo cercare."

Pearce si accigliò. "Ma non abbiamo ancora nulla che lo colleghi alla morte del ragazzo. Tutto quello che sappiamo o sospettiamo è che l'uomo è un bullo. È un po' poco per accusarlo di un omicidio."

"Un passo alla volta."

CAPITOLO 33

18 LUGLIO
SABATO

Passarono alcuni minuti da quando Giuseppe bussò alla porta del Rose Cottage prima che questa si aprisse. Fu solo dopo che Pearce chiamò più volte dalla buca delle lettere che Rose Walker si sentì sufficientemente rassicurata per tirare indietro la catena ed aprire la porta.

"Signora Walker, abbiamo trovato Stevie Rossi e sta bene," Giuseppe scelse un tono calmo sperando che il suo approccio avrebbe a sua volta portato a una risposta tranquilla alle domande che intendeva porle.

"Grazie a Dio. E non è stato ferito?"

"Sta davvero bene. Aveva solo un po'paura dei fuochi d'artificio e si era rifugiato," spiegò Pearce, adeguando il suo tono a quello della sua controparte italiana.

"Signora Walker, possiamo parlarle per qualche momento?"

Aprì la porta e poi li condusse nella stanza principale, dove i due uomini sedettero e lei rimase in piedi, come se volesse essere pronta, se fosse stato necessario, a scappare rapidamente.

"Quando ero qui prima, ha nominato suo marito." Giuseppe parlò lentamente, sapendo che qualsiasi menzione dell'uomo che lei temeva tanto poteva indurla a chiedere loro di andarsene. "Ha una sua fotografia?"

A titolo di risposta lasciò la stanza, tornando dopo pochi minuti, stringendo un piccolo diario nella mano. Lo porse a Giuseppe.

"Lo guardi. Io non posso. Sono sicura che capirà."

Giuseppe aprì il diario e lì, nascosta tra le pagine, c'era una foto in bianco e nero di una coppia nel giorno del loro matrimonio.

"Era una bellissima sposa," disse sorridendo.

Studiò la foto per alcuni istanti prima di passarla a Pearce.

"Le dispiace se portiamo via questa foto con noi?" disse Pearce.

"Pensate che abbia avuto a che fare con la morte di George Leigh?" Rose iniziò a stringere le sue mani e Giuseppe notò che il suo respiro accelerava.

"Al momento non stiamo formulando ipotesi," aveva risposto Pearce. "Tutto quello che stiamo facendo è raccogliere informazioni."

Giuseppe si alzò e si avvicinò alla finestra che dava sulla spiaggia. "Questa è una graziosa villetta. Lei la tiene molto bene."

Rose non rispose, ma rimase ferma, osservando l'italiano che ora si girava per guardarla.

"Questa è la sua casa, signora Walker?"

"Me ne occupo io, per i proprietari." Le parole uscirono in un attimo, come se si stesse difendendo da alcune accuse non dette.

"Lei è la loro governante?"

Pearce non disse nulla, spostando lo sguardo da Giuseppe a Rose, chiedendosi dove potessero portare le domande dell'italiano.

"Si la loro governante."

Rose si strinse il bordo del cardigan nella mano. "Era destino, vede. Anche il nome della villetta. Doveva essere così."

"Ah, sì."

"Sono all'estero." Rose fornì la risposta prima che fosse posta la domanda.

"La famiglia proprietaria della villetta?"

"Signor e Signora Taylor."

"E le hanno chiesto di occuparsi del posto?"

"E Tabitha. Sono ricchi. Hanno una villetta come questa a Cipro. Mi pagano un piccolo salario sufficiente per il cibo. Anche se non mangio molto, non l'ho mai fatto."

"E quando torneranno? La terranno con loro?"

Rose si strinse nelle spalle.

"E suo figlio, signora Walker, sanno di lui?"

Giuseppe stava pensando come porre la domanda, ma nel momento in cui la pronunciò. Rose andò verso il camino e prese la foto del ragazzo.

"Può dirci dove si trova suo figlio adesso?" disse Giuseppe. Non trasmetteva emozione nelle sue parole. C'erano abbastanza cose in pentola senza innescare altro.

"Non avrei mai voluto lasciarlo. Mi ha costretto."

L'emozione che stava cercando di contenere ora minacciava di sopraffarla. Lei crollò su una delle poltrone, con le mani che le coprivano il viso.

"Suo marito l'ha costretta a rinunciare a suo figlio?"

Giuseppe stava formando un ritratto dell'uomo nella sua mente, un uomo che poteva forzare una madre a separarsi dal figlio.

"Fu tutta colpa mia," disse Rose.

"È in grado di raccontarci cosa è successo?" Chiese Giuseppe.

"Il problema è iniziato quando ho avuto l'idea di trovarmi una piccola occupazione, volevo lavorare in un negozio di abbigliamento." Lei all'inizio parlò lentamente, la sua voce prese forza mentre continuò la sua storia. "Sarebbe stata una possibilità di uscire, incontrare gente. Arnold, mio marito, era al lavoro per la maggior parte del tempo, anche nelle serate a volte. Mi sentivo così sola."

"Suo marito svolgeva un lavoro che prevedeva turni?" chiese Pearce.

"Vende assicurazioni. Per cercare i clienti stava fuori a tutte le ore in modo di poter trovare le persone in casa. Alcuni giorni non ho parlato con un'anima. Ma quando gli raccontai che volevo un lavoro, era furioso. *Mia moglie non può andare a lavorare in un negozio per ragazze*, mi disse, Io provvedo a questa famiglia e questa è l'ultima volta che si parla di questo. Ma il problema era che, non eravamo una famiglia, naturalmente speravamo che la nostra unione, un giorno, fosse benedetta da un bambino."

"Suo marito non voleva che lavorasse?" disse Giuseppe.

Aveva un'immagine del venditore di assicurazioni, un uomo a cui piaceva avere il controllo, sapere sempre dove fosse sua moglie ogni momento di ogni giorno. Qualcuno che era abituato a trovare la sua cena pronta sul tavolo quando arrivava a casa dal lavoro. I suoi pensieri andarono di nuovo a

Rosalia. L'aveva data per scontata, supponendo che si sarebbe accontentata di essere sua moglie, quando da sempre avrebbe voluto molto di più.

Rose stava ancora stringendo il bordo del cardigan, le nocche quasi bianche per la tensione.

"Lei e suo marito avete litigato." Giuseppe fece cenno a Rose di continuare la sua storia.

"Io non ribattei. Non osai. Invece uscii lo lasciai a cenare da solo, e andai al pub. Era la prima volta che andavo in un pub senza Arnold. Pensavo, glielo faccio vedere. Ma appena entrai, volevo scappare fuori di nuovo. Non c'erano altre donne, solo la barista. Tutti gli uomini che affollavano il bancone, fumavano e sorseggiavano le birre, si voltarono e mi fissarono. Stavo per girarmi e uscire subito, quando un tizio gentile dell'India occidentale, mise la sua mano sul mio braccio. '*Sta bene signora*?' mi disse. La sua voce così gentile e armoniosa."

Spostò la testa da un lato all'altro come se stesse ricordando una melodia preferita.

"Propose di offrimi da bere," continuò. "Disse che veniva dalla Giamaica. Il modo in cui descriveva la sua patria, la faceva sembrare un paradiso. Gli chiesi, cosa diavolo ci faceva qui, doveva essere pazzo per scambiare un paradiso con questo posto. Lui rise. Aveva dei denti bianchi così adorabili quando aprì la bocca fu come accendere una luce."

Mentre Rose raccontava la sua storia, Giuseppe stava preparando altre domande. Stava iniziando a capire come andava a finire la storia.

"Ha passato la serata con l'uomo giamaicano?" disse Giuseppe.

Lei annuì, dandogli un'occhiata che gli ricordò Rosalia, senso di colpa e sfida.

"Ero un po' alticcia. Non avevo bevuto mai più di un piccolo bicchiere di birra, ma lui continuava a comprare Babycham, con una piccola ciliegia su un bastoncino da cocktail. Mi stavo divertendo così tanto che non volevo tornare a casa. Non potevo sopportare l'idea di tornare da Arnold con la sua faccia scontrosa, quando potevo passare il resto della serata con quest'uomo che era stato così gentile e mi aveva fatto sentire così preziosa."

"Ma lei doveva andare a casa da suo marito," disse Giuseppe.

Chinò la testa, e continuò a parlare abbassando il tono di voce. "Andai a casa, ma la mattina successiva, quando sapevo che Arnold sarebbe stato al lavoro. Arnold non mi chiese mai apertamente, ma gli lasciai credere che avevo passato la notte con la mia amica Mary."

"Ha visto di nuovo il suo amico giamaicano?"

Rose scosse la testa. "Un uomo così educato e gentile."

"Allora lei e suo marito avete avuto un figlio?" Era Pearce che parlava ora.

"Quando dissi ad Arnold che ero incinta, era elettrizzato. Mi disse che l'avevo reso il più felice degli uomini. Durante tutta la mia gravidanza mi trattava come una regina."

"Fino a quando il bambino non è nato," Giuseppe disse prevedendo la conclusione dei fatti.

Rose si portò le ginocchia al petto, abbracciandole come se fosse una bambina accoccolata nel grembo di sua madre.

"Era un bambino così bello, grandi occhi castani, proprio come quelli di suo padre. Non potevo esserne sicura, non fino al momento in cui è nato. È stato il viso dell'ostetrica che me lo confermò. Poteva immaginare guai in vista. Un bambino di colore nato da una madre bianca. Quindi appena Arnold lo vide, si rifiutò persino di toccarlo. Mi chiamò con nomi terribili, mi disse che non ero altro che una puttana. Mi disse che non dovevo dargli da mangiare. Io lo supplicai. Lo amerai, lo so che lo farai, gli dissi. Ma non voleva neanche parlare con me. Riesco ancora a vedere l'espressione di disgusto sulla sua faccia."

"Le chiese di far adottare il bambino?" disse Giuseppe.

Lei scosse la testa. "Prese accordi con l'ospedale. Successe tutto così in fretta. Pochi giorni dopo la nascita del mio bambino lo portarono via e non l'ho più visto." Si raggomitolò in una palla stretta, dondolandosi un po' avanti e indietro.

Nella stanza scese un silenzio pungente, come se ognuno di loro avesse qualcosa da dire e tuttavia le parole dovevano essere scelte attentamente. I pensieri di Giuseppe riguardavano prima il bambino e poi il padre del bambino. C'era un bambino nato come risultato di un incontro casuale che non avrebbe mai conosciuto i suoi genitori e mai capito il motivo per il quale sua madre lo aveva abbandonato. E il giamaicano gentile non sapeva nemmeno di avere un figlio.

Rose si alzò in piedi. "Potete vedere da quella foto del matrimonio, Arnold era proprio biondo. Quando era bambino aveva realmente i riccioli biondi. La gente avrebbe parlato, fatto domande, non sarebbe mai stato in grado di tenere la testa alta."

"Sue parole o quelle di Arnold?" Era troppo tardi per Giuseppe per mordersi il labbro.

Rose andò a riprendere in mano la foto, quasi strappandola nella fretta. "Non potete capire. Nessuno di voi può. Feci una brutta cosa e dissi addio per sempre a Vincent – quella fu la mia punizione."

"Vincent?" chiese Pearce.

"L'ho chiamato come suo padre." Andò al caminetto e prese la foto incorniciata del giovane ragazzo, tenendolo vicino, quasi abbracciandolo.

"Dove ha preso la foto, signora Walker? Non è di suo figlio, vero?"

"Quando i Taylor partirono per Cipro, dissero che avrei potuto togliere di mezzo alcuni dei loro soprammobili. Per spolverare di meno, dissero. Così guardai in alcune delle scatole nella casetta del giardino e trovai la foto avvolta in un asciugamano."

"Sa chi è?"

Scosse la testa e rimise la foto nello stesso punto in cui si trovava prima.

"E per tutto questo tempo, lei è andata alla scuola," Giuseppe disse.

"Mi piace guardare i bambini che giocano, Non c'è nulla di male in questo."

C'era un fremito nella sua voce, poi improvvisamente si spostò in avanti, prese la cornice di nuovo, la sollevò in aria e la sbatté in terra con tutta la forza.

Tutti e tre guardarono in basso, lo shock del

momento fece calare un silenzio per tutti. La cornice caduta sul bordo del caminetto, l'immagine rivolta verso l'alto, il vetro incrinato in diversi punti.

Pearce si chinò per raccogliere la foto e mentre la alzava caddero sul pavimento un paio di pezzi di vetro. "C'è qualcuno che può stare con lei? Non dovrebbe stare da sola stasera."

"Non c'è nessuno. "Si lasciò cadere sulla poltrona e cominciò a piangere.

"Beh, in assenza di alcol le consiglio di prepararsi un tè caldo e dolce. Mia moglie lo raccomanda per lo shock." Pearce le mise una mano sulla spalla.

"Signora Walker, dove vivevate lei e suo marito quando eravate insieme?"

Rose socchiuse gli occhi, facendo una pausa prima di rispondere, come se stesse soppesando le implicazioni che potevano scaturire nel condividere la sua storia.

"Londra."

"Ah, sì. E un'altra domanda, poi la lasceremo in pace."

Lei alzò gli occhi su Giuseppe, i suoi movimenti lenti.

"Vorrei poter trovare la pace."

Fu la cosa più triste che Giuseppe l'aveva sentita dire durante tutta la conversazione di quella sera.

"Suo marito possiede una macchina?"

"Oh, no. Non guida."

"Forse ha imparato a guidare da quando vi siete separati?"

Lei scosse la testa. "Epilessia. Ne soffre. Quindi non gli sarebbe mai stato permesso."

“Ma è un venditore di assicurazioni,” disse Pearce.
“Non fa tutto a piedi, è sicura?”
“Bicicletta. Lui ha una bicicletta.”

CAPITOLO 34

18 LUGLIO
SABATO

"Lei ha una teoria, vero?"

I due uomini erano seduti nella macchina di Pearce, si stavano allontanando dal Rose Cottage. "Devo mostrarle una cosa," disse Giuseppe.

Pearce rimase in silenzio mentre si dirigevano verso Bella Cafè. Una volta entrati, il primo pensiero di Giuseppe fu per Stevie. "Sta bene?" chiese a Christina.

"Ho imparato che i bambini piccoli non hanno idea delle ansie degli adulti. Quasi dormiva prima che la testa toccasse il cuscino."

"Meno male."

Giuseppe portò il sergente investigativo in salotto e Christina offrì a entrambi gli uomini una bevanda calda, si allontanò per qualche minuto, e tornò con un vassoio di caffè seguita da Anne.

"Mi fa piacere che sei qui, ho qualcosa da mostrarvi a entrambi." Giuseppe aveva trattenuto la foto del matrimonio di Rose Walker, promettendo che gliela avrebbe restituita. Ora prese la foto dalla tasca e la passò ad Anne. "Christina, hai la foto che Matthew Harding ci ha dato? La foto di sua sorella?"

Pochi istanti dopo Christina tornò in salotto tenendo la piccola foto in bianco e nero della sorella di Matthew. Christina e sua madre fissarono le due foto. C'era poca differenza tra l'adolescente della quale Matthew aveva cercato di prendersi cura e proteggerla e la sposa che stava accanto a suo marito. Ma dal giorno del suo matrimonio le esperienze di Rose non solo avevano aggiunto rughe sul viso, ma cicatrici nascoste che si potevano solo immaginare.

"Rose Walker è Barbara. È qui a Bexhill?" Il tono di Anne era di incredulità. "Io non capisco. Come? Perché?"

"Il '*perché*' ha forse a che fare con la gentilezza che tu e la tua famiglia le avete mostrato durante la guerra," disse Giuseppe. "Il '*come*' lo dobbiamo scoprire."

"Perché non è venuta a trovarmi? Avrei potuto aiutarla a stabilirsi, avremmo potuto essere amiche."

Mentre sua madre stava parlando, Christina stava ancora fissando le foto, riflettendo su quando aveva parlato con Rose Walker. Rose aveva un disperato bisogno di gentilezze, invece era rimasta sola a far fronte alle sue paure.

Giuseppe si alzò, prendendo le due foto da Christina e passandole a Pearce.

"Lasciatemi spiegare. La donna in questa foto," Giuseppe indicò la foto della giovane donna che Matthew aveva data loro. "Venne con suo fratello a Bexhill durante l'evacuazione dei bambini all'inizio della Seconda guerra mondiale. Quando alla fine tornarono a Londra, si trovarono in uno scenario di grande devastazione. Da allora in poi non sappiamo molto della loro vita, tranne che Rose - o Barbara come la conosce Anne - si è sposata. Noi abbiamo saputo un po' di quello che Rose ha sofferto per mano di suo marito. Immagino che abbia cercato di scappare da lui, tornando a vivere con suo fratello Matthew. Ma poi, per qualche motivo, ha sentito il bisogno di fuggire più lontano e così è venuta qui in un posto sulla costa meridionale, un posto che associava a momenti felici."

Pearce stava ascoltando, mentre allo stesso tempo, cercava di valutare tutte le implicazioni, per Rose Walker, e per la sua ricerca prioritaria della persona responsabile della morte di George Leigh.

"Matthew Harding ha recentemente contattato Anne," continuò Giuseppe. "Era preoccupato per la scomparsa di sua sorella. Aveva perso i contatti, ma nella disperazione pensava che la sua amica di anni fa – Anne - potesse aiutarlo." Mentre parlava, si rivolse ad Anne. "Non credo che si sia rivolto a te per cercare di rintracciarla. Penso che il suo vero desiderio fosse quello di avere qualcuno che lo ascoltasse."

"L'ho deluso," disse Anne, chinando la testa. "Sarei dovuta andare a Londra io, non spedire due persone che non aveva mai incontrato. Povera Barbara. Povero Matthew."

Christina si mosse per sedersi accanto a sua madre e le mise un braccio attorno. "Tutto questo può essere risolto. Tu ed io possiamo andare a trovare Rose..."

"E tornerò a Londra e andrò a trovare Matthew Harding ancora una volta," disse Giuseppe. "Dobbiamo sapere di più su questo marito. Sembra che la fuga della signora Walker a Bexhill non fosse abbastanza per garantire la sua sicurezza."

"C'è poco altro da fare stasera. Pearce si alzò in piedi, tendendo una mano a Giuseppe. "Mi farà sapere come andrete avanti?"

"Certo. Ma c'è qualcos'altro. Spero che lei non pensi sia impertinente. Questo è il suo caso, lo capisco."

"Farebbe meglio a dirmi di cosa si tratta, poi le dirò io se penso che lei sia impertinente..." Era chiaro da l'espressione di Pearce che ammirava le tattiche di Giuseppe.

"Paul Leigh." Giuseppe abbassò la voce, sperando che Anne e Christina non stessero sentendo. "Chieda di dare un'occhiata alla sua bicicletta."

Quella sera, più tardi, in casa Rossi ci furono diversi argomenti da trattare. Mentre gli altri avevano parlato di Rose Walker e avevano organizzato un piano per il giorno successivo, Mario era stato al piano di sotto nel bar pulendo e preparando per la mattina. Dopo aver salutato il sergente investigativo, loro trascorsero circa un'ora per aggiornare Mario sugli eventi della serata.

"La tua ipotesi è che il marito di questa donna possa avere a che fare con la morte di George Leigh?" gli chiese suo cugino.

"Cerco di non fare troppe congetture quando sto indagando su un crimine. È più sicuro concentrarsi solo su prove e fatti."

"Sono sorpreso dal fatto che il detective sergente Pearce sta accettando il tuo coinvolgimento. Lui sa che sei andato in pensione dalle forze di polizia, vero?"

Giuseppe mormorò qualcosa sottovoce.

"Se hai qualcosa da dire, allora dillo," disse suo

cugino.

"Penso che siamo tutti stanchi e oppressi," disse Anne, prima che Giuseppe potesse rispondere. "È stata una serata lunga e difficile ed io per prima voglio rannicchiarmi a letto e non pensarci, almeno fino a domani."

"Io sono la seconda," aggiunse Christina.

"Ma non sono sicura che dovresti andare a Londra da solo, Giuseppe," continuò Anne. "Sono combattuta se venire con te o andare a vedere Rose. E se Christina ti accompagnasse? Non voglio che tu ti perda. Mario può occuparsi del caffè, di Stevie e di Max, io andrò a vedere Rose da sola."

"Mamma ho deciso di non andare al lavoro la settimana prossima. Devo tenere Stevie al sicuro. L'uomo pericoloso potrebbe essere là fuori, capace di chissà cosa."

"Non dobbiamo diventare paranoici," disse Giuseppe, usando il tono calmo che aveva adoperato molte volte in passato con testimoni e vittime spaventate. "Non sappiamo se il marito della signora Walker sia coinvolto in qualche modo con la morte di George Leigh. Non sappiamo se è ancora qui a Bexhill."

Era una dichiarazione di fatto conclusiva, che non richiedeva risposta ed era tempo che tutti potessero andare a letto.

CAPITOLO 35

18 LUGLIO
SABATO

Erano passate da poco le undici la sera quando Christina fu svegliata da un rumore. Era caduta in un sonno profondo, in cui l'immagine della faccia di un gigante era in qualche modo collegata al suono dei fuochi d'artificio e all'odore di alghe e pesci marci. Mentre usciva fuori dal sogno, le era difficile capire se il rumore fosse reale o se stesse continuando a sognare i fuochi d'artificio.

Ma dato che il rumore persisteva, tirò indietro il copriletto, prese una vestaglia e corse al piano inferiore. Il bar era al buio, ma il vano della porta era illuminato dal lampione. Vide Tony. Aprendo la porta, lei si mise un dito sulle labbra per esortarlo a tacere. La seguì fino alla cucina sul retro.

"Che ci fai qui, Tony? Hai rischiato di svegliare tutta la famiglia, proprio questa sera."

"Ero preoccupato."

"Tu eri preoccupato." Il mix di frustrazione, rabbia e stanchezza la rese senza parole. Si avvicinò al fornello riempì il bollitore e accese il gas.

"Non voglio una bevanda calda."

"Non te ne sto offrendo una. Ma dall'odore del tuo alito direi che dovresti farti un caffè forte per diventare sobrio."

"Non sono ubriaco, Chrissie."

Lei gli voltò le spalle, stringendosi più che poteva

la vestaglia.

"Stevie era scomparso stanotte. Sono venuta a cercarti."

"Ecco perché sono qui. Per essere sicuro che stia bene."

"Non grazie a te."

"Sono da incolpare, lo sono? Sembra che io sia sempre da incolpare..."

Il bollitore iniziò a fischiare e Tony allungò la mano per silenziare il fischio. "Meglio non fare altro rumore, eh?" Rimase accanto a Christina, guardandola mentre lei continuava a distogliere lo sguardo. "Ti ho svegliata, vero? Hai gli occhi ancora assonnati." Lui andò a toccarle la guancia, ma lei si scansò.

"Che cosa vuoi Tony?"

"Voglio che diventiamo di nuovo amici."

"Non pensi che sia un po' tardi per questo?"

Lui tirò fuori una sedia e si sedette, le lunghe gambe distese davanti a lui, il gomito appoggiato sulla tavola.

"Non mi ero reso conto che Stevie mi stesse cercando. Se l'avessi saputo allora avre..."

"Non stava cercando te. Nonostante la tua promessa delle girandole. Meglio per te, così non ti tiene rancore."

"Peccato che lo faccia sua zia..."

Tony prese la saliera e la sollevò, lasciando che il sale gli scivolasse sulla mano. "Sai dicono che se versi del sale devi gettarne un po' sopra la spalla per scacciare la sfortuna."

Christina guardò mentre si gettava il sale alle

spalle. C'era ancora così tanto risentimento che le ribolliva dentro che si chiedeva se sarebbe mai riuscita a liberarsene.

"Dimmi di nuovo perché sei qui."

"Ero preoccupato per Stevie."

"E perché ti preoccupi per Stevie?" Si sedette di fronte a lui, lo sguardo dritto in volto.

"È un bambino eccezionale, ci tengo a lui, Non è un crimine, vero?"

"Perché ti importa così tanto di lui, Tony? È perché pensi che sia tuo figlio?"

Tony rise, ma non c'era nulla di spensierato nella risata. Lui ricambiò lo sguardo diretto di Christina, la sua espressione lasciava intendere che stava decidendo cosa avrebbe detto dopo.

"Non è tempo di dire la verità? Su di te e Flavia?" chiese Christina.

"Vuoi sapere la verità? Va bene, ecco qui." Rimase in piedi, e per un momento lei si chiese cosa stesse per fare." Penso che prenderò quel caffè adesso." Mise due cucchiaini colmi di caffè istantaneo in una tazza e la riempì dal bollitore, quindi aggiunse due cucchiaini di zucchero. Quando parlò, questa volta, voltava le spalle a Christina.

"Hai ragione, io e tua sorella abbiamo passato una sola notte insieme. Potrei dire che mi ha irretito, ma io sapevo cosa stavo facendo. E in fondo sapevo cosa stava cercando di fare."

"Voleva dividerci."

"Sì. E ci è riuscita, vero? Ma me ne sono sempre pentito quella notte e basta, te lo giuro." Si voltò verso Christina, i suoi occhi cercarono il suo viso.

"E Stevie?"

"Non ne ho idea. Ma ammettiamolo, tua sorella non era esattamente un tipo di ragazza timida."

"Allora perché ti interessi così tanto a lui, volendo sempre passare del tempo con lui?"

"Perché ho la scusa per passare del tempo con te."

Ora era il turno di Christina di non avere parole. *Amore e odio vanno a braccetto.* Aveva provato risentimento, rabbia nei confronti di Tony perché in fondo lei ci teneva ancora a lui, lo amava ancora. Per un po' nessuno dei due parlò. Tony sorseggiò il suo caffè e Christina fece finta di ispezionare lo smalto sulle unghie, ogni tanto lo guardava quando sentiva il suo sguardo su di lei. Fu Tony a rompere il silenzio.

"Sono perdonato?"

"È meglio che tu lo chieda a Stevie."

Tony la guardò con aria interrogativa.

"Lui sta ancora aspettando le stelline scintillanti."

CAPITOLO 36

19 LUGLIO
DOMENICA

Il giorno successivo, quando Matthew Harding aprì la porta a Giuseppe e Christina, non sembrava sorpreso di vederli.

"Siete venuti a dirmi di dimenticare mia sorella vero? Devo accettare che abbia scelto una nuova vita e non ha più bisogno di suo fratello. Ma sono così riconoscente per quello che avete fatto, venendo tutti qui, trovando il tempo di ascoltarmi. È stato davvero utile avere qualcuno con cui condividere le mie preoccupazioni."

Il suo sfogo di ringraziamenti ebbe luogo mentre tutti e tre erano in piedi all'interno dell'androne. Una volta che Matthew ebbe finito di parlare, Giuseppe indicò la scala.

"Vorremmo parlarti, se hai tempo."

La posizione di Matthew era cambiata. Era stato in piedi di fronte a loro, le spalle abbassate, la testa chinata un uomo che aveva accettato la sconfitta. Ma sentendo le parole di Giuseppe si raddrizzò, mise le sue spalle indietro e trattenne lo sguardo su Giuseppe.

"Certo, seguitemi." Li condusse di sopra, di nuovo nell'appartamento dove Christina notò che c'era ancora odore persistente di umidità.

"Devo preparare una teiera?" Christina non aspettò la risposta, passò direttamente all'angolo cottura dell'appartamento, lasciando i due uomini a parlare.

"Signor Harding, abbiamo alcune notizie per te." Giuseppe prese le due foto dalla tasca della sua giacca e le posò davanti a Matthew su un tavolino da caffè. All'inizio Matthew non le guardò, invece guardò Giuseppe, con gli occhi spalancati come se non volesse sentire cosa stava per dire l'italiano. Notizie. Potrebbero essere buone, ma potrebbero anche essere cattive, o peggio, e una volta pronunciate non si poteva tornare indietro.

"Questa è la foto che ci hai dato di tua sorella, Barbara quando era adolescente." Giuseppe indicò la foto in bianco e nero. "E questa," continuò, indicando la seconda foto, "È una foto di un matrimonio."

Matthew raccolse entrambe le foto, dando un sussulto mentre le guardava.

"Il giorno del matrimonio di Barbara. Non capisco. Come avete avuto questa? Chi ve l'ha data?"

"Tua sorella." Giuseppe lasciò che le parole rimanessero sospese per qualche secondo prima di dire altro.

"Barbara? L'Hai trovata? È viva? Sta bene?"

Christina era stata in piedi dietro a Matthew, osservando e ascoltando la conversazione, ora si fece avanti, appoggiando le mani sulle spalle di Matthew. "Hai avuto uno shock," gli disse. "Ma almeno è un bello shock. Abbiamo visto entrambi tua sorella e lei sta bene davvero. Lei vive con il nome di Rose Walker." Riempì un bicchiere dal rubinetto e lo posò di fronte a Matthew.

Nell'ora successiva, Giuseppe spiegò gli eventi

degli ultimi giorni.

"Sta vivendo a Bexhill?" Chiese Matthew, si percepiva chiaramente che stava cercando ancora di assorbire tutto ciò che stava accadendo. "Io ancora non posso credere che l'abbiate trovata. Ha detto perché non è stata in contatto con me? È stata colpa mia, vero?"

"Io penso che le azioni di tua sorella siano state basate sulla paura, ma non era nei tuoi confronti. Per lei forse la cosa più sicura era di non dire a nessuno dove si trovasse, nemmeno a suo fratello."

"Aveva paura che io potessi dirlo a quel bruto di suo marito, veramente?"

"Sicuramente non sarebbe stata la tua intenzione, ma una volta che avessi avuto il suo indirizzo, era possibile che potesse trovare un modo per costringerti a condividerlo con lui. Di fatto, temiamo che possa averla trovata comunque."

Matthew balzò in piedi dalla sedia. "Dio mio, l'ha ferita? Avete detto che stava bene. Per favore ditemi la verità."

Giuseppe si alzò, si avvicinò a Matthew e gli mise una mano sul braccio. "Tua sorella è al sicuro. Ma puoi aiutarci a trovare suo marito, così possiamo essere certi che rimanga al sicuro. Puoi dirci qualcosa di più su di lui? Come si conobbero, forse?"

"Le dissi che non era adatto a lei, ma lei non volle sentire nulla. Appena lo vidi, capii che era quello sbagliato."

"In che senso?"

"Crudele. Niente di fisico, almeno non ho mai visto alcun livido su di lei, anche se suppongo che potesse nasconderli."

"La trattava male?"

"Voleva sempre controllarla. Non si è mai fidato di lei, la accusava di ogni sorta di cose."

"Era geloso?"

"Non gli aveva mai dato alcun motivo per esserlo, almeno non all'inizio."

"Matthew, tua sorella ci ha parlato del bambino."

La voce di Matthew divenne sempre più vacillante, come se stesse offendendo sua sorella solo parlando di lei.

"Quell'uomo è un bullo. Lei non meritava il modo in cui la trattava. Non la biasimo che lei cercasse conforto altrove – neanche un po'. Ma quando siete stati qui la prima volta, se vi avessi detto tutta la storia, forse..."

Si interruppe a metà frase. Ci fu una vibrazione nel pavimento, forse una porta sbattuta nel palazzo. Si alzò e si avvicinò alla finestra, tirando indietro la tenda a rete ingiallita.

"Stai aspettando qualcuno?"

All'inizio non rispose, ma avvicinò il viso alla finestra che era così imbrattata che nella stanza entrò poca luce. Giuseppe e Christina si scambiarono un'occhiata, avvertendo la tensione nell'atteggiamento di Matthew.

"Stai bene?" Christina era accanto a lui, seguiva il suo sguardo, cercando di vedere quale fosse il centro della sua attenzione.

"Sta di nuovo guardando l'appartamento. Ne sono certo. Come se non bastasse, che l'ha costretta a rinunciare al bambino. Una sera tardi lei si presentò, tutti i suoi averi in una valigetta malandata. L'aveva buttata fuori." Si guardò intorno come se si aspettasse di vedere la valigia che giaceva di fronte a lui. "Resta qui con me, le dissi, staremo bene insieme. Stavamo bene insieme fino quando non arrivò il bruto."

Stava ancora fissando fuori dalla finestra mentre parlava. "L'ha lasciata in pace per alcune settimane, ma poi ha iniziato a girare qui a tarda notte spesso ubriaco, ma sempre delirante. Si fermava sul marciapiede e gridava oscenità. Chiamandola con nomi terribili. La costringevo a rimanere in camera da letto e le dicevo di mettersi le mani sulle orecchie in modo da non dover ascoltare. Non appena se ne andava, andavo da lei e la trovavo in uno stato terribile, tremante, piangeva."

"Lo hai mai affrontato?" Chiese Giuseppe.

Matthew tornò al suo posto, sporgendosi in avanti verso Giuseppe, così concentrato nel raccontare la sua storia che non aveva percepito la domanda.

"Aveva incubi terribili. Si svegliava urlando, andavo da lei, cercavo di calmarla, ma niente funzionava. Poi anche le giornate divennero insopportabili."

"In che modo?" Chiese Christina.

"Lei mi disse cose chi mi spaventarono."

"Che genere di cose?" Giuseppe aveva avuto un'esperienza diretta delle minacce che qualcuno poteva scegliere quando si arriva al limite. Le discussioni che aveva avuto con Rosalia prima che se ne andasse spesso finivano con la sua minaccia di rovinare la sua carriera. E poi sabato sera aveva sentito dire Rose Walker che preferiva uccidersi piuttosto che dover tornare da suo marito.

"Avrei dovuto chiedere aiuto," disse all'improvviso. "Adesso, lo so. Avrei dovuto dirlo a qualcuno, ma avevo paura che l'avrebbero portata via, l'avrebbero rinchiusa. Avevo sentito parlare di queste cose, donne che hanno bambini quando non sono sposate rinchiuse in qualche istituto abbandonato. Lasciate lì per anni."

"Anni fa, forse," disse Christina, parlando piano. "Non ora, non più."

"E tua sorella è stata in grado di lavorare?" Chiese Giuseppe, dando un'occhiata di traverso a Christina. Intuì dalla sua espressione che tutto ciò le avrebbe fornito altri elementi per il suo articolo del giornale, le donne che vivono nella paura, il pregiudizio che esisteva sull'illegittimità. Era lo stesso in Italia, forse peggio. In un paese cattolico la religione stabilisce le regole e chiunque le infrange potrebbe essere emarginato.

"Io guadagno abbastanza come postino," rispose Matthew, riportando l'attenzione di Giuseppe nella stanza. "Faccio tutto lo straordinario che posso e abbiamo avuto una vita semplice. Se saremmo entrati in ristrettezze, e fossimo stati preoccupati di non poter pagare la bolletta dell'elettricità o qualcosa del genere, allora avrebbe potuto prendere un lavoro occasionale, per esempio come donna delle pulizie. Non aveva paura del lavoro duro, ma solo del fatto che potesse essere imbarazzante. Inventava storie, parlando a suo figlio come se stesse ancora vivendo con lei e poi c'erano delle domande alle quali non poteva rispondere e si arrabbiava. Non potevo sopportare di vederla piangere."

"Tua sorella era malata. La malattia non è sempre fisica. Gli eventi traumatici influenzano il modo in cui pensiamo, ci fanno fare cose strane." Christina allungò la mano in avanti attraverso il tavolo.

Poteva percepire Giuseppe che si agitava accanto a lei. Matthew si sporse in avanti per prendere il bicchiere di acqua che fino ad ora era rimasto intatto.

"Puoi dirci cosa è successo il giorno in cui è partita?" disse Giuseppe.

"Come ho detto," continuò Matthew. "Si era creata un mondo fantastico, parlando ad alta voce con il ragazzo, come se fosse qui nell'appartamento con noi. Aveva questo pezzettino di nastro azzurro. Era tutto ciò che aveva come ricordo del bambino. Suppongo da una cuffietta o giacchino. Comunque si sedeva per ore tenendo il nastro in mano, avvolgendolo continuamente tra le dita. Capii che non potevamo andare avanti così. Inoltre, era terrorizzata, giorno e notte. Non potevamo sapere quando suo marito poteva arrivare. Di solito spegnevamo tutte le luci e sbirciavo tra le tende, aspettando che se ne fosse andato. Lui alcuni giorni stava lì per più di un'ora."

"Perché non sei andato alla polizia?" disse Christina alzando la voce, senza nascondere la sua rabbia contro il marito di Rose.

"Vogliono prove, vero? E noi non ne avevamo. Non è un crimine se qualcuno sta davanti a una casa tua, vero?"

"Beh, dovrebbe esserlo," rispose Christina.

"Poi tre mesi fa la situazione è peggiorata. Abbiamo avuto una discussione terribile. Dissi a Barbara che non potevamo andare avanti così, dovevamo fare qualcosa contro di lui, altrimenti me ne sarei andato io. Non intendevo farlo veramente, non l'avrei mai lasciata sola."

Si coprì il viso con le mani come se avesse esaurito le parole e gli mancasse l'energia per parlare. "Ho sbagliato, adesso lo capisco."

Giuseppe e Christina si scambiarono un'occhiata, chiedendosi chi avrebbe dovuto prendere l'iniziativa per continuare la conversazione, quindi Matthew fece cadere le mani sulle ginocchia.

"E dopo la discussione?" disse Giuseppe.

"Se n'è andata, ecco che cosa è successo. Sono andato a lavorare e quando sono tornato lei aveva portato via tutte le sue cose."

Giuseppe prese il taccuino dalla tasca. "Sai dove abita il marito di Barbara?"

"So dove vivevano quando erano ancora insieme. Potrebbe essere ancora lì. Vale la pena fare un tentativo."

Giuseppe passò il taccuino a Matthew e attese che lui scrivesse l'indirizzo.

"Cosa farete se lo trovate?" chiese Matthew.

"Abbiamo alcune domande da porgli."

"Mi farete sapere come va avanti? E Barbara - pensate che vorrà vedermi?"

"Lo troveremo, Matthew e quando lo faremo ci assicureremo che la polizia faccia quello avrebbero dovuto fare molto tempo fa."

“E mia sorella?”

“Per favore fidati di noi, faremo ciò che è giusto, per te e per tua sorella.”

CAPITOLO 37

19 LUGLIO
DOMENICA

Dopo le sue avventure della sera precedente, Stevie aveva dormito fino a tardi per la prima volta nella sua vita. Mario salutò Anne, dicendo che avrebbe vigilato su Stevie. Dallo sguardo sul viso di Mario, *'vigilarlo'* voleva dire che il nonno avrebbe dato al nipote la rara possibilità di scegliere una torta dal bancone del bar, dimenticandosi dei soliti cereali e toast.

Anne guidò fino all'estremità orientale di Beach Walk, parcheggiò e poi fece lentamente una passeggiata verso Rose Cottage, dandosi il tempo di pensare a cosa avrebbe detto al suo arrivo e soprattutto in che modo.

Da tutto ciò che aveva riferito Giuseppe, era chiaro che Barbara - o Rose come si chiamava ora si sentiva spaventata, vulnerabile e sola. Anne desiderò poter tornare indietro nel tempo. Forse se avesse fatto visita a Matthew non appena aveva ricevuto la sua lettera, invece di inviare Giuseppe e Christina, allora forse avrebbe collegato prima le cose. Ma anche così sarebbero stati pochi giorni di differenza, non cambiava il fatto che Rose aveva trascorso diversi mesi a nascondersi nella villetta, spaventata da tutto e tutti.

Per raggiungere la villetta Anne dovette oltrepassare gli avvisi della polizia e il poster dell'identikit dello straniero e il luogo in cui George

Leigh era morto. Lo stesso posto dove solo la notte prima, appena era iniziato l'evento per la sua commemorazione, c'era stata paura e ansia.

Scosse la testa, cercando di dissipare i pensieri neri, poi camminò lentamente lungo il sentiero principale della villetta. Il giardino anteriore era un tripudio di colori. Era come se le fasce di malvarosa e gli iridi stavano cercando di superarsi a vicenda. Passarono diversi momenti tra quando aveva bussato alla porta principale e quando questa si aprì. In realtà si aprì solo uno spiraglio. Tutto ciò che si vedeva erano le dita della mano destra di Rose.

"Barbara, sono io Anne. Ti ricordi di me, vero? Posso entrare?"

Ci fu silenzio dall'altra parte della porta e Anne si stava chiedendo cosa avrebbe potuto dire per incoraggiare la donna a permetterle di entrare.

"Non sapevo fossi qui a Bexhill. Se lo avessi saputo sarei venuta prima ad incontrarti. Devi esserti sentita sola."

Ancora silenzio.

"Eravamo amiche allora, vero? Ti ricordi i momenti divertenti che abbiamo avuto? Quella prima volta che hai visto il mare, non vedevi l'ora di precipitarti dentro."

Anne sentì scorrere la catena e poi la porta si spalancò e davanti a lei c'era Barbara, qualcuno che non vedeva da oltre vent'anni.

"Anne."

Era il più semplice dei saluti e tuttavia c'era un'eccitazione nel modo in cui lo disse. Si girò e condusse Anne nella stanza principale. Tabitha era raggomitolata sul divano. Lei la scacciò e spazzolò i cuscini, facendo cenno ad Anne di sedersi.

"Gradiresti una tazza di tè?"

Se qualcuno avesse ascoltato la conversazione, avrebbe pensato che questo fosse il più normale degli incontri, eppure non c'era nulla di normale in ciò che aveva portato Rose alla villetta e niente di ordinario nella visita di Anne.

"Giuseppe Bianchi - l'italiano che ti ha parlato ieri sera – è cugino di mio marito."

"E la ragazza?"

"Mia figlia. Ma non sapevamo che fossi qui. È stato solo la scorsa notte quando..."

"Allora ti ha detto lui di me, il perché sono qui."

Anne non sapeva cosa dire. Qui c'era una donna che aveva vissuto il tipo di vita di cui Anne aveva solo sentito parlare: brutalità, perdita di un bambino, vita nella paura, giorno dopo giorno. Niente di tutto questo era roba da facile conversazione, non qualcosa di cui chiacchierare davanti a una tazza di tè.

Rose lasciò la stanza. Mentre aspettava, Anne si guardò intorno, non osservava veramente l'ambiente circostante, ma stava ricordando i giorni che aveva trascorso con Matthew e sua sorella anni prima. La ragazza che ricordava da più di venti anni era arrivata a Bexhill da bambina timida, aggrappandosi alla mano di suo fratello, ma quando se ne andarono, Barbara era pronta ad affrontare il mondo. Ma vedendola ora, poteva dire di doverla proteggere ancora una volta come quella bambina di allora. Non c'era da sorprendersi dato quello che aveva dovuto sopportare.

Rose tornò con un vassoio con il tè e un piatto di biscotti.

"Hai sofferto molto," disse Anne.

Rose versò il tè, poi si sedette e abbassò lo sguardo sulle sue mani, che erano serrate insieme sul grembo.

"E hai scelto di venire a Bexhill. Sono contenta che ti ricordi questo come un posto dove ti sei sentita felice."

"Non l'avevo pianificato. È stato uno slancio del momento."

"Ti senti di dirmi come è successo? Come sei arrivata a essere qui in questa villetta?"

Rose bevve un sorso di tè e per alcuni istanti fu come se non avesse intenzione di parlare, ma poi iniziò.

"Avevo risparmiato ogni centesimo che potevo perché sapevo sempre che un giorno sarei dovuta scappare. Matthew ha fatto tutto il possibile per tenermi al sicuro, ma non poteva essere lì tutto il tempo. Alcuni giorni quando lui era al lavoro mi chiudevo nella mia camera da letto, terrorizzata al pensiero di cosa avrei potuto fare se Arnold avesse bussato alla porta."

"Dovevi essere terrorizzata."

"Non potevo sopportare di stare nell'appartamento, ma alcuni giorni ero troppo spaventata per uscire nel caso lui fosse lì che mi stesse aspettando."

"Ti sei sentita intrappolata."

Rose fece un piccolo cenno con il capo e rimase in silenzio per alcuni istanti.

"Quindi Matthew ed io abbiamo litigato... Voleva che andassi alla polizia, per parlare di Arnold. Quello che non sapeva era che ero già stata lì. Ma tutto quello che aveva fatto l'ufficiale di polizia mi aveva fatto sedere nella stanza degli interrogatori e mi aveva posto delle domande. *Perché suo marito vuole farle del male? Ha fatto qualcosa per dargliene il motivo?* Mi aveva fatto sentire come se fossi una criminale."

Si fermò, facendo un respiro profondo prima di continuare.

"Comunque, quel giorno, dopo la discussione con Matthew aspettai che fosse fuori poi andai alla stazione, comprai un biglietto, attesi mezz'ora sul binario e poi salii sul treno. Ero arrabbiata con Matthew, ma una volta sul treno mi resi conto che mi aveva aiutato a prendere la decisione giusta. Avevo bisogno di ricominciare da qualche parte, in un posto nuovo."

"Sei stata molto coraggiosa a prendere una decisione così importante. "

Anne stava pensando a quanto cauta era stata al pensiero di andare a Londra per incontrare Matthew. E quanto la sua amica aveva dovuto affrontare per tanto tempo.

Barbara stava proseguendo il suo racconto.

"Di fronte a me c'era un uomo che fingeva di leggere il suo giornale. Continuava a cercare di scrutarmi da sopra la pagina. Quindi mi sentivo sicura guardando fuori dal finestrino, controllandolo con la coda dell'occhio. Ogni volta che il treno entrava in una stazione speravo che scendesse. Poi ebbi paura che potesse scendere a Bexhill e vedere dove ero diretta.”

“Arnold ti ha fatto diventare sospettosa di ogni uomo che incontri. Posso capirlo.”

“Alla fine l’uomo scese tre fermate prima di me, provai un tale senso di sollievo.”

“Quindi sei arrivata a Bexhill. Come hai deciso dove andare una volta arrivata qui? Sapevi che mi avresti trovata al bar. Come vorrei che tu fossi venuta a trovarmi.”

Rose scosse la testa. “Dovevo ricominciare da capo, lo dovevo fare da sola. Quindi mi sono fermata all’edicola accanto alla stazione e ho comprato una cartina stradale. Non riuscivo a ricordare molto dopo tutti quegli anni trascorsi e comunque, il posto sembrava diverso. Ma poi, mentre mi avviavo dalla stazione verso il basso della collina, ho sentito l’odore del mare. Oh, era proprio come me lo ricordavo. Avrei voluto lasciare la mia valigia lì e correrci dentro.”

“Come facesti tanti anni fa. Ricordi cosa ti gridò tuo fratello?”

Rose sorrise. “Avevo ancora le scarpe e le calze. Ricordo di avergli risposto, ‘*Non mi importa*’. E allora non me ne importava, ero felice di fuggire da Londra e per tutto il tempo ne sono stata contenta.”

“Quindi hai risparmiato abbastanza denaro per pagare i tuoi alloggi?”

Lei scosse la testa. “Avevo bisogno di trovare un modo per scomparire. Se avessi prenotato in una pensione avrebbero fatto domande. Ecco come è la gente, vogliono sapere perché e percome. Io camminavo sul lungomare, pensando che avrei dormito sulla spiaggia. Lo avrei anche fatto. Quando ho notato le capanne sulla spiaggia. Ce n'era una dipinta di blu e quando mi sono avvicinata ho visto che il lucchetto era rotto. Ho deciso di aspettare fino al tramonto, per essere sicura che nessuno potesse venire ad usarla, poi mi sono sistemata lì e mi sono sentita così al sicuro. Uno spazio così piccolo e un solo ingresso."

C'erano così tante domande che Anne voleva porre ma non voleva interrompere. Lei era preoccupata che in qualsiasi momento Rose potesse chiudersi a riccio, sopraffatta dai suoi ricordi e dalle paure che non l'avevano mai lasciata.

"Sono sempre stata paurosa," disse Rose.

"Hai avuto buone ragioni però."

"Non intendo solo per Arnold. Fin da bambina immaginavo che qualcuno potesse insinuarsi lungo il pianerottolo di casa nostra e saremmo tutti stati uccisi nei nostri letti. Si leggono sempre tante di queste cose nei giornali. Ecco perché ho sposato Arnold. Dopotutto era il suo lavoro, proteggere tutti quelli che acquistavano le sue polizze assicurative. Anche se Matthew era contrario, sentivo che Arnold mi avrebbe tenuta al sicuro."

Anne stava quasi piangendo sentendo parlare la sua amica. Rose non avrebbe potuto sapere a quei tempi che un giorno suo marito le avrebbe procurato lo stesso terrore che temeva da anni.

"E così tu hai trovato questa villetta?"

"Un annuncio scritto a mano nella finestra laterale dell'edicola. *Richiesta Governante. Cibo e alloggio fornito.* E quando ho visto dov'era: proprio qui sulla spiaggia, dove potevo sentire l'odore del mare, ascoltare le onde che rotolano sulla spiaggia, beh, sapevo che sarebbe stato il posto perfetto per me."

"E tu hai scelto un nuovo nome?"

"È il mio secondo nome, Rose. Quindi quando ho visto che il posto si chiamava Rose Cottage, beh, quello era un segno."

"E Walker? È il tuo cognome da sposata?"

Il suo viso si rilassò in un mezzo sorriso. "Accanto all'annuncio per il posto di governante, c'era un poster con la parola *'Walkers'* - chiedeva ai camminatori di unirsi a un club sconclusionato. Lo so è sciocco, ma pensavo che se nessuno conosceva il mio nome reale, Arnold non mi avrebbe mai trovato."

Molto più tardi quel giorno Anne si separò da Rose, promettendole di tornare.

"Giuseppe è un brav'uomo. Non si riposerà finché non avrà risposte," disse Anne.

"Sono grata per tutto questo, per lui, per te e Matthew. Ho causato a mio fratello molte preoccupazioni, quando tutto quello che voleva fare era proteggermi. Pensi che mi perdonerà?"

"Ti ama, e quando ami qualcuno non c'è niente da perdonare. Inoltre, pensa a come sei stata coraggiosa. Sappi che quello che hai fatto ha richiesto un grande coraggio. Venire da sola a Bexhill, trovare un posto dove vivere, un modo per guadagnare dei soldi. Io non sarei stata in grado di farlo."

"È sorprendente cosa si riesce a fare quando non ci sono alternative."

CAPITOLO 38

19 LUGLIO
DOMENICA

Era il giorno in cui occorreva raccogliere gli indizi. Giuseppe aveva suggerito al detective sergente Pearce di interrogare Paul Leigh riguardo la sua bicicletta. Pearce aveva pensieri controversi sul ruolo che aveva l'italiano nel risolvere il caso; irritazione perché sembrava che Giuseppe Bianchi fosse un passo avanti a lui. Ma anche un senso di gratitudine.

Pearce attese fino al tardo pomeriggio prima di andare a far visita alla famiglia Leigh. Si chiedeva se Paul avesse fatto ritorno dalla roulotte di Sean Murphy, o se si stava ancora nascondendo là. Era molto probabile che i suoi genitori non sapessero dove aveva passato la notte. Pearce stava valutando cosa dire e come esporlo quando Patricia Leigh aprì la porta.

"Detective sergente Pearce. Ha qualche novità per noi?" C'era una speranza nel tono di lei.

"Posso entrare?"

Lo condusse in salotto. Sul pavimento accanto a una poltrona c'era un cesto da ricamo, con un mucchio di calzini distesi accanto.

"Devo fare un po' di rammendo, ma non riesco a pensarci."

Mentre guidava verso la casa dei Leigh Pearce aveva riflettuto a lungo sulla famiglia Leigh e sulla sua. Lui e sua moglie non avevano avuto figli. Non era che non li avessero voluti, solo che non era accaduto. Nessuno dei due voleva sapere da chi derivasse il problema. Non che si potesse fare nulla a proposito. Era un destino. Ma riflettendo sulla famiglia Leigh, si chiese come doveva essere avere due figli, così vicini di età, eppure da quello che aveva sentito dire di loro così diversi in temperamento. L'ultima volta che aveva parlato con i loro genitori aveva avvertito inquietudine. Era qualcosa di impercettibile, ma comunque evidente. Aveva visto così tante reazioni al dolore nel corso degli anni da poter scrivere un libro a questo proposito.

Sapeva cosa intendeva l'italiano quando menzionava la bici di Paul. Giuseppe Bianchi chiaramente pensava che Paul sapesse più di quando dicesse sulla morte del fratello. Durante le indagini su qualsiasi crimine Pearce aveva sempre detto alla sua squadra di concentrarsi solo sulle prove e sui fatti. Non lo avrebbe mai ammesso con loro, ma nel corso degli anni aveva accettato che anche l'intuizione funzionava bene. E proprio ora la sua intuizione gli stava dicendo che prima della fine del pomeriggio avrebbe ascoltato una confessione.

"Posso farle una tazza di tè, detective sergente?" La domanda di Patricia Leigh lo aveva riportato al presente. Agitò la mano in risposta e attese che si sedesse davanti a lui per parlare.

"Signora Leigh, stiamo ancora cercando di stabilire esattamente cosa è successo a Beach Walk, il giorno in cui suo figlio ha perso la vita."

"Allora non avete catturato il colpevole." Era più un'affermazione che una domanda.

"Può parlarmi di nuovo di quel giorno? George e Paul sono usciti per un giro in bicicletta." Prese il suo taccuino dalla tasca.

"Esatto, sì."

"E che ora sarà stata?"

Lo guardò ma era come se non lo stesse vedendo affatto.

"Sono stati fuori per quasi tutta la giornata. Subito dopo colazione, ma sapevano che dovevano essere di ritorno per il pranzo della domenica, la domenica mangiamo sempre insieme in famiglia, fin da quando nacquero i ragazzi."

Smise di parlare, le rughe sul suo viso la invecchiavano. Prese un respiro profondo come se ciò potesse darle il coraggio di continuare a parlare di tradizioni di famiglia che non potevano essere mai più ripetute.

"Avete pranzato insieme," suggerì Pearce.

"I ragazzi sono rimasti per aiutare a sparecchiare e poi sono ripartiti. È così che passavano la maggior parte dei fine settimana con il bel tempo. Loro adoravano quelle bici. Ci è voluta un'eternità per risparmiare per comperarle, ma ogni penny speso ne è valsa la pena. Due anni fa, per il loro compleanno. Dissi a Robert che non c'era bisogno di incartarle. Le nascose nel giardino fino alla mattina. Non appena le abbiamo date ai ragazzi subito erano in giro. Non li abbiamo visti per il resto della giornata."

"Sapevano già andare in bicicletta?"

"Oh, sì, avevano preso in prestito le biciclette degli amici per anni. Erano sempre con loro, le desideravano da tanto tempo."

"Signora Leigh, ricorda a che ora Paul è tornato a casa quella domenica pomeriggio? Dopo che era andato in bici con George?"

Ancora una volta aveva uno sguardo vuoto come se non avesse capito la domanda. Pearce intuì che per rispondere avrebbe dovuto rivivere quel giorno nella sua mente, un giorno che aveva provato a cancellare dalla sua memoria.

Prima che potesse porre altre domande, Pearce sentì aprire la porta sul retro e un momento dopo comparve Paul. Gettò un borsone vicino ai suoi piedi e lanciò un'occhiataccia al detective.

"Ciao Paul," Pearce affrontò lo sguardo dell'adolescente finché Paul non distolse gli occhi, guardando in terra.

Pearce osservò la reazione di Patricia Leigh, chiedendosi cosa potesse dire dell'assenza di suo figlio da casa la sera prima.

"Sono contenta di vederti, amore." Disse Patricia, allungando la mano verso suo figlio mentre lui si allontanava verso il camino.

"Paul, il sergente investigativo è venuto a farci qualche altra domanda."

"Dovrebbe essere fuori a catturare chiunque abbia ucciso George, non qui a infastidirci."

"Le sue parole erano maleducate, ma il suo tono e tranquillo."

"Non c'è bisogno di essere scortesi, Paul. Mi dispiace, detective sergente, ma siamo ancora tutti sconvolti. Sono sicuro che lei capisca."

"Paul, forse puoi aiutare tua madre. Stava cercando di ricordare a che ora sei tornato a casa domenica scorsa, dopo il tuo giro in bici con George."

"Cosa importa a che ora sono arrivato a casa?"

"Stiamo cercando di stabilire una sequenza temporale, per vedere esattamente a che ora si sarebbe potuto verificare l'incidente e chi avrebbe potuto essere lì."

"Ero qui quando quella poliziotta è venuta a parlarci di George. Vero, mamma?"

La sua voce non era più calma, il suo tono non era più sicuro.

"Detective sergente, non sono sicura di quello che sta dicendo. Non sta cercando di supporre che Paul sia coinvolto in qualche modo con la morte di suo fratello?"

Paul lanciò un'occhiataccia a sua madre e poi a Pearce, prima di prendere la sua sacca da viaggio.

"Sarò nella mia stanza."

Pearce si avvicinò al ragazzo, mettendogli una mano sulla spalla. "No Paul. Non posso lasciarti andare proprio adesso."

"Che cosa ha intenzione di fare allora, arrestarmi?"

"Nascondere le informazioni e un reato punibile, ma non credo che tu voglia ancora essere reticente. Penso che ti sentiresti meglio se ci dicessi la verità. Paul, dov'è la tua bici?"

"Cosa c'entra la sua bici con qualsiasi cosa?" Patricia Leigh si mosse per stare accanto a suo figlio, i suoi occhi pieni di paura.

"Andiamo tutti al capanno insieme? La tua bici è lì, vero?"

Paul non rispose, invece si precipitò fuori dalla porta sul retro, senza aspettare di vedere se sua madre e il sergente investigativo stavano seguendolo. Aprì la porta della baracca e trascinò fuori la bici, spingendola verso il detective con tale forza che la gomma anteriore urtò contro la gamba di Pearce.

"Ferma lì, figliolo. Non aggiungere offesa a un ufficiale di polizia al tuo elenco di reati."

Pearce sollevò la bici dalle mani di Paul, spostandola in avanti.

"Il catarifrangente posteriore è rotto," disse Pearce, osservando la reazione di Paul.

"E se fosse così?"

"Quando si è rotto?"

"Come lo so?"

"Penso che tu lo sappia, Paul e penso che sia tempo che tu dica esattamente come è successo."

Patricia Leigh vedeva la scena svolgersi, incapace di capirne nulla, non le domande del detective, né le risposte di suo figlio.

Poi, quando Paul iniziò a parlare, fu come se una lastra di ghiaccio si fosse rotta, lasciando entrambi madre e figlio che rischiavano di cadere nell'acqua gelida sottostante.

"Mamma, mi dispiace così tanto, non volevo, per favore credimi." Paul si inginocchiò ai piedi della madre.

"Che cosa stai dicendo? Non dirmelo, non voglio saperlo." Lei si allontanò da lui, stringendosi lo stomaco come se fosse stata presa a calci.

Pearce avrebbe preferito che le parole successive pronunciate da Paul fossero state pronunciate alla stazione di polizia, in una tranquilla sala per gli interrogatori dove poteva scrivere tutto. Ma sapeva abbastanza dell'effetto dell'emozione su un testimone per sapere che era meglio che ascoltasse la verità in quel momento in cui non c'era tempo per modificare le prove.

Il ragazzo si alzò di nuovo, allontanandosi da sua madre e dal detective, come se fosse più facile parlare fingendo che loro non fossero lì ad ascoltare.

"George ed io, abbiamo avuto una discussione. È iniziato per un non nulla. Siamo stati a vedere la donna nella villetta quella mattina. E dissi a George che pensavo fosse un po' sciocca. Lui ha detto che ero senza cuore, quindi ho detto che era bravo a parlare, si preoccupava solo di sé stesso, si dilettava nell'essere il preferito di tutti."

"Oh, Paul." Sua madre andò a toccargli il braccio, ma fu il suo turno ad allontanarla.

"È vero mamma. Tu e papà, tutti gli insegnanti, tutti voi preferivate George. Era più intelligente di me, meglio nello sport, meglio in tutto. Gli ho detto che ero stufo, stufo di lui."

"E voi eravate sulla spiaggia mentre stavate litigando?" Pearce voleva capire l'esatta sequenza degli eventi.

"Abbiamo pedalato fianco a fianco, urlando a vicenda e poi ho perso la calma ho sterzato muovendo la mia ruota anteriore verso la bici di George. Entrambi abbiamo frenato duramente ed in qualche modo siamo caduti ciascuno verso l'altro."

"Entrambe le bici sono state danneggiate, i catarifrangenti posteriori si sono rotti?"

Paul annuì.

"Che cosa è successo dopo?" chiese Pearce.

"George prese il peggio della caduta, batte la testa per terra e io atterrai su di lui. L'incidente ci aveva fatto calmare entrambi, ma poi George mi ha spinto via da lui, gridandomi, dicendomi che ero stupido."

"E poi?"

"Ho preso la bici e sono partito, è quello che ho fatto." La voce di Paul era così flebile ora, che era difficile cogliere le sue parole.

"Hai lasciato tuo fratello senza vedere quanto fosse ferito? Senza dire a nessuno cosa era accaduto?" Patricia Leigh parlò come se stesse cercando di cogliere una impossibile diversa soluzione.

"Stava bene quando l'ho lasciato, lo giuro." Paul si girò ora per affrontare sua madre. "So di aver sbagliato a lasciarlo lì in quel modo, ma ho pensato che avrebbe solo preso la sua bici e mi avrebbe seguito a casa. Adesso mio fratello è morto ed è colpa mia."

CAPITOLO 39

19 LUGLIO
DOMENICA

Giuseppe aveva già data per scontata la confessione di Paul. Per questo aveva suggerito al sergente detective che una visita alla famiglia Leigh poteva rivelare preziose informazioni, che avrebbero fatto scoprire la verità sulla morte di George Leigh.

Dopo alcune direzioni sbagliate e aver chiesto per due volte indicazioni, Giuseppe e Christina arrivarono all'indirizzo che Matthew Harding gli aveva dato. La strada era stretta, poco più di un vicolo, e portava su un'area di macerie, i resti di un edificio bombardato che non erano ancora stati rimossi. C'erano dei cassonetti della spazzatura posizionati a caso attorno a ciò che poteva essere liberamente descritto come un deposito. Tra i bidoni della spazzatura c'erano una vecchia rete di ferro e un paio di biciclette con le ruote rotte. Sembrava che gli abitanti di Merchant Way avessero appena gettato via gli oggetti scartati sulla strada, sperando che qualcuno potesse eventualmente rimuoverli. Alcune case avevano il bucato appeso alle finestre aperte, nel tentativo di farlo asciugare, ma dava l'impressione che la polvere e la sporcizia lo stavano rendendo più sporco.

Le case erano ammassate, terrazzate, senza nulla per distinguerle l'una dall'altra al di fuori delle porte d'ingresso. Sapevano di dover cercare il numero sette ma, per quanto cercassero non vedevano una numerazione sulle porte. Poi Christina vide un cartello arrugginito imbullonato a una delle pareti di una casa, che mostrava il numero cinque. In assenza di altri numeri tutto ciò che potevano fare era indovinare da che parte poteva andare la numerazione e provare la casa a sinistra o a destra.

"C'è una probabilità del cinquanta e cinquanta di sbagliarci," disse, camminando verso una delle porte, prima di bussare. "Non dovremmo metterci d'accordo su quello che dobbiamo dire? Difficilmente possiamo chiederglielo apertamente. Questo sempre se lui vive ancora qui ed è in casa."

"Ho un piano." Fu tutto ciò che Giuseppe le anticipò. Facendole cenno di andare avanti.

"Speriamo bene," disse, bussando fermamente alla porta.

Rimasero in silenzio per alcuni istanti, entrambi ascoltando se ci fosse un qualsiasi movimento all'interno. "Quanto dovremmo aspettare?"

"Abbiamo il resto della giornata." Rispose Giuseppe, un mezzo sorriso gli illuminò il viso.

Poi la porta si aprì per rivelare una signora anziana, che indossava una vestaglia floreale e reggeva un piumino da spolvero nella sua mano.

"Sì?"

"Mi dispiace disturbare stiamo cercando il signor Arnold Morton, vive qui?

"Che cosa?" La donna rivolse un orecchio verso Christina "Non sento bene, lo dovresti ripetere a voce alta.

“Il signor Morton.” Christina parlò a voce alta scandendo ogni sillaba.

“Non serve che urli.”

Giuseppe era rimasto un po’ lontano dalla porta, quindi il suo sorriso ironico non fu visto dalla donna.

“Signor Morton, dite. Beh, non vive qui, tesoro, vive due porte più giù, numero sette.”

Christina non fece quasi in tempo a ringraziare la donna che questa già aveva chiuso la porta, presumibilmente per tornare alle sue faccende domestiche.

Adesso avevano la conferma della casa e dell’occupante, fu Giuseppe ad avvicinarsi. C’era ancora una possibilità che Arnold Morton non sarebbe stato in casa, ma in quel caso loro avrebbero dovuto solo aspettare. Tuttavia, la fortuna era dalla loro parte. Dopo pochi istanti che avevano bussato alla porta questa venne aperta.

“Signor Morton?” disse Giuseppe.

“Sono io. Come posso aiutarvi?” Lo sguardo di Arnold si rivolse prima all’italiano, ma poi in direzione di Christina.

“Assicurazione.”

“Cosa dice?”

“Vorremmo stipulare un’assicurazione.”

Il cipiglio sul volto di Arnold indicava che non era solo una richiesta inattesa, ma anche il tono di chi parlava non lo convinceva.

“Stipula assicurazioni?” continuò Giuseppe.

“Bene, sì ma non qui in casa mia e non di domenica. È più normale per me venire da lei.”

Mentre Arnold parlava, Giuseppe lo osservava e ricordava tutto quello che Rose Walker gli aveva raccontato di suo marito. Poteva essere questo l'uomo che faceva vivere Rose nella paura? Era magro e basso, più basso di Rose. Non c'era niente di potente in lui, né nella sua statura e né nel suo comportamento. Ma poi rifletté su ciò che Matthew aveva detto, che Arnold non aveva usato su Rose violenza fisica, ma l'aveva resa vittima di bullismo in altri modi, sottomettendola e cercando di controllarla.

"Abbiamo fatto molta strada per trovarla. Forse potremmo entrare? "Giuseppe parlò con tale determinazione che Arnold non ebbe altra scelta che accettare la sua richiesta.

"Credo che vada bene. Ma non dovrete fare caso a come trovate la mia casa." Fece un passo indietro, permettendo ai suoi inaspettati visitatori di entrare.

L'interno della villetta a schiera era triste come l'esterno. Le pareti sembravano non essere mai state ritoccate da quando la casa era stata costruita decenni prima. Camminarono lungo uno squallido corridoio che conduceva a un piccolo salotto. I fogli erano sparsi per tutta la stanza, coprendo le superfici e la maggior parte delle sedie, tranne una sola. Arnold li raccolse e li gettò in un angolo della stanza.

"Si segga. Mi dica come mai mi ha trovato? Di solito non do ai clienti il mio indirizzo di casa. A un uomo piace un po' di privacy quando non lavora." Fece un sorriso malaticcio, rivelando un dente mancate nella parte inferiore centrale della bocca. "Ora che tipo di assicurazione sta cercando? Vita? Malattia?"

"Vita," disse Giuseppe, sostenendo lo sguardo di Arnold. C'era una palpabile tensione nella stanza, che stava spiazzando Arnold Morton.

"Sì naturalmente." Arnold si chinò a prendere un pezzo di carta dalla pila sul pavimento, e gli occhiali caddero in avanti, atterrando sul tappeto. "Maledette cose," disse, raccogliendoli e rimettendoli su.

"I suoi occhiali sono nuovi?" chiese Giuseppe.

"No, beh, cioè i miei occhiali si sono rotti. Ne ho ordinati di nuovi, ma nel frattempo ho dovuto riprendere queste vecchie lenti. Hanno perso la presa e cadono sempre. Ora, dov'ero?"

"Ci spiegava dell'assicurazione sulla vita" disse Giuseppe. "È così importante essere protetto no? Non si sa, mai quando potrebbe finire la nostra vita." Si fermò, come se aspettasse che le sue parole assumessero il loro pieno significato.

"Bene, ora la polizza è per lei o per..." Arnold esitò, guardando Christina.

"Ogni giorno sento terribili storie di persone che muoiono improvvisamente," continuò Giuseppe. "L'altro giorno ho sentito la storia più triste di tutte. Un ragazzo, nella sua adolescenza, con tutta la sua vita davanti. Poi bang, era tutto finito." Giuseppe alzò la voce mentre simulava il botto battendo il suo pugno sul lato della poltrona, facendo saltare sia Christina che Arnold.

"Non mi piace il suo tono. Non vuole affatto un'assicurazione, vero? Voglio che ve ne andiate adesso entrambi." Arnold andò a prendere il braccio di Giuseppe, ma l'italiano era troppo forte per lui, risultato Arnold venne respinto contro il muro.

"Questa è casa mia, non ha ragione di irrompere qui. Vi voglio fuori o chiamo la polizia."

"Sì, un'ottima idea, mi eviterà di doverli chiamare. "Giuseppe stava vicino ad Arnold, bloccando qualsiasi movimento potesse fare per lasciare la stanza.

"Christina, troverai una cabina telefonica appena fuori nel cortile. Per favore, vai lì e telefona alla polizia. E mentre aspettiamo che arrivino, il signor Morton mi dirà esattamente cosa è successo il pomeriggio di due settimane fa."

"Non ho niente da dirle. Non la conosco nemmeno."

"Non ha bisogno di conoscermi. Basta che la conosca io. So che era a Bexhill domenica 5 luglio e che è andato a Beach Walk per provare ancora una volta a spaventare sua moglie Barbara. Mentre era lì ha incontrato un ragazzo. C'è stata una rissa di qualche tipo e di conseguenza, ha rotto gli occhiali e ferito il ragazzo. Quindi è scappato, lasciando morire il ragazzo."

"È morto?" Con due sole parole Arnold confermò tutto ciò che Giuseppe aveva ipotizzato.

"Sì, Signor Morton, è morto."

La bocca di Arnold si spalancò.

"Non può provarlo. Sarà la sua parola contro la mia."

"Non ho bisogno di dimostrarlo perché quando arriverà la polizia lo confesserà."

"E perché dovrei farlo?"

"Perché non c'è nessun posto in cui fuggire e nessun futuro per lei qui o ovunque. Ha ucciso un bambino. Non sarà in grado di vivere con sé stesso."

"Non ho ucciso nessuno. Il ragazzo si è messo in mezzo, tutto qui."

"Penso che sia tempo che lei dica la verità, se non ha ucciso nessuno, non ha nulla di cui avere paura. Se, come dice, è stato solo un terribile incidente, allora è meglio che lo spieghi, no?"

Giuseppe fece cenno ad Arnold di sedersi, mentre era in piedi vicino a lui, pronto a trattenerlo se avesse provato a fuggire.

"È quella mia stupida moglie, è lei che ha causato tutti i problemi. Se ne va un po' con un altro, resta incinta, quindi si aspetta che io cresca il bastardo. Col cavolo che l'avrei fatto. Così l'ho costretta a sbarazzarsi del bambino, ma lei continuava sempre a parlare di lui. Non potevo sopportarlo così l'ho buttata fuori."

Giuseppe rimase in silenzio, studiando l'espressione dell'uomo. Chiedendosi cosa avesse reso un uomo così senza cuore nei confronti di una donna che diceva di amare.

"Andò di corsa dal suo patetico fratello. E come avrei dovuto gestirmi? Chi avrebbe cucinato per me? Quindi ho pensato di riprendermela. È ancora mia moglie, quindi dovrebbe essere qui. A tenere la casa in ordine per me. Non è quello che dovrebbe fare una moglie?"

C'era così tanto che Giuseppe avrebbe voluto dire, invece lasciò che Arnold continuasse.

"Avevo individuato l'appartamento in cui vivevano, l'avevo vista entrare ed uscire. Ma poi dopo diversi giorni che ero fuori sul marciapiedi, mi resi conto che non c'era più traccia di lei. Quindi mi chiesi dove potesse essere andata."

"Lei mi aveva parlato di Bexhill. Del tempo che aveva trascorso lì da bambina durante la guerra." Giuseppe poteva riempire gli spazi vuoti della storia senza fare domande.

Arnold Annuì. "Non ho impiegato molto tempo per trovarla. Ho fatto qualche viaggio laggiù, ho chiesto in giro, ho scoperto che qualcuno faceva da custode in quella villetta sulla spiaggia, qualcuno che non era del luogo. Tutto quello che dovevo fare era stare nei paraggi e aspettare fino a quando non l'avessi vista."

"Quindi ha provato a pescare."

"Sembra che lei sappia molto di me. Ancora non so nemmeno chi è lei o come mi ha trovato."

"Sono qui per ascoltare la sua storia. La mia non è così interessante, quindi, quella domenica?"

"Sono andato lì pronto per farla uscire fuori. Avevo programmato di riportarla con me, anche se avessi dovuto trascinarla fino a qui."

"Mai poi c'era il ragazzo."

"Ho fatto il giro della spiaggia fino all'ora del tè. Ho trovato un buon posto dove potermi accovacciare dietro uno dei frangiflutti, così potevo vedere la parte anteriore della villetta, ma non potevo essere visto. Comunque, lì c'erano un paio di ragazzi in bici. Stavano litigando, urlandosi a vicenda e dopo ho visto che uno di loro era a terra. L'altro si era allontanato e poi all'improvviso è entrata la nebbia marina. Davvero veloce così densa peggio di alcuni di quegli smog che abbiamo qui a Londra."

"Quindi ha pensato di poter correre il rischio, sotto la nebbia. Poteva costringere sua moglie ad uscire fuori dal cottage e non ci sarebbe stato nessun testimone."

"Non avevo fatto i conti con il ragazzo che mi conosceva. L'avevo visto prima e anche l'altro. Avevano lanciato pietre sull'acqua mentre io pescavo. Avevo fatto loro un bel discorsetto e un tizio irlandese era uscito di corsa da quella roulotte parcheggiata, ficcando il naso."

"George Leigh l'ha affrontata quella domenica pomeriggio?"

"Il ragazzo è venuto da me nella nebbia. Ha detto che non avrei dovuto andare in giro a gridare alla gente. Che avevo spaventato suo fratello. Gli ho detto che avrei fatto di più che spaventarlo, che non doveva rivolgersi in quel modo a me. Gli ho detto di sparire."

"Ma lui non se ne è andato." Giuseppe stava pensando al ragazzo gentile che sua madre aveva descritto, chiedendosi quanto della storia di Arnold Morton corrispondesse a verità e quanta versione avesse inventato per allontanare da lui la colpa e modificare gli eventi che si erano verificati.

"Si precipitò verso di me, spingendomi. Ho perso l'equilibrio e gli occhiali si sono schiantati a terra."

"George Leigh era più basso di lei. Sta dicendo che un ragazzo di circa venti anni più giovane è risuscito a sopraffarla?"

"Chi ha detto qualcosa sulla prepotenza? Sono inciampato è tutto."

Giuseppe era certo che, difendendo le sue azioni, l'uomo avrebbe infine ammesso la verità sul colpo fatale che aveva ucciso la sua giovane vittima.

"È stata colpa sua. Accostarmi in quel modo e proprio vicino al passaggio a livello. Sarei potuto cadere sui binari. Se lo è meritato."

"E che cosa si è meritato?"

"L'ho spinto, sì è quello che ho fatto. L'ho spinto bene e duramente. È caduto, deve aver sbattuto la testa per terra."

"E poi?"

"Che cosa avrei dovuto fare, eh? Non certo andargli intorno per dargli un'altra possibilità contro di me."

"Così lei è corso lungo il binario fino alla stazione ferroviaria. È stato scortese con l'impiegato della biglietteria, fissandolo in un modo strano perché aveva perso gli occhiali. Quindi ha preso il treno per Londra senza prendersi cura del ragazzo che ha lasciato steso a terra."

"Come avrei potuto sapere che sarebbe morto, capisce? Il ragazzo ha sbattuto la testa e questo è tutto."

Quando Arnold Morton smise di parlare, la porta si aprì e Giuseppe vide Christina che aveva condotto la polizia nell'appartamento. Anche Giuseppe rimase in silenzio. La sequenza degli eventi era come lui aveva supposto, ma c'era poco piacere nel sapere che aveva ragione. Un ragazzo era morto. La sua famiglia avrebbe avuto giustizia. Ma quella giustizia non avrebbe riportato in vita il ragazzo.

Giuseppe portò da parte uno degli agenti di polizia, facendogli un riassunto della confessione che aveva appena sentito.

"Il signor Morton vi fornirà tutti i dettagli, agente. Non può scappare o tenere nascosto quello che ha fatto."

Giuseppe fece un gesto a Christina per il suo taccuino, scrisse i suoi dati per essere contattato, strappò il foglio e lo consegnò all'ufficiale. Poi videro Arnold Morton portato via. I pensieri di Giuseppe non erano solo per famiglia Leigh, ma per Rose Walker, un'altra vittima, ma una che per fortuna non aveva perso la vita. La sua vita fino ad oggi era stata dura, aveva vissuto nella paura così a lungo, ma ora aveva la possibilità di vivere il resto dei suoi anni fuori dall'ombra.

Durante il viaggio verso casa Christina era tranquilla. Anche con gli occhi chiusi Giuseppe percepì che voleva parlare.

"Hai molto da aggiungere al tuo articolo," disse. Aprì gli occhi, sorridendo al suo sguardo interrogativo "Hai visto come la vita di una persona può essere distrutta dalla crudeltà e dall'oppressione."

"Una mentalità ristretta."

"Per vivere in armonia, dobbiamo rispettare i confini, sapere cosa è giusto e cosa è sbagliato. Il risultato di tutti i comportamenti criminali è l'attraversamento di quelle linee."

"È più complicato di così, sicuramente? Non si tratta solo della legge, vero?" Christina si sporse in avanti al suo posto. "Riguarda molto di più."

"Molte persone credono che la propria opinione sia l'unica, quella giusta. Ma le opinioni sono influenzate dall'esperienza."

Christina distolse lo sguardo, evitando lo sguardo di Giuseppe, che continuò, "Ho fatto degli errori, come ha fatto anche tuo padre..."

"E io? Pensi che mi sbagli a giudicare mia sorella?"

"Non posso sapere cosa c'è nel tuo cuore, ma abbiamo tutti attraversato delle linee che non dovremmo aver attraversato. A volte errori che commettiamo non possono essere annullati. Non è sempre possibile tornare indietro e rimettere le cose come erano."

Ora stava pensando alla propria vita. Non poteva rimandare il suo rientro a Roma per sempre, ma non era pronto per tornare a casa, non ancora. Giuseppe chiuse gli occhi e continuarono il resto del viaggio in silenzio.

CAPITOLO 40

20 LUGLIO
LUNEDÍ

Il giorno successivo Giuseppe andò da solo alla stazione di polizia, mentre Christina accompagnava sua madre per un'altra visita a Rose per rassicurarla che l'uomo che tanto temeva ora era dietro le sbarre. Mentre aspettava che il sergente di turno telefonasse a Pearce, si guardò intorno, paragonando le stazioni di polizia inglesi con l'edificio che era stato il suo posto di lavoro per così tanti anni.

La sua professione era stata gratificante, ne era stato contento. Era parte integrante della sua vita così tanto che, mentre faceva il conto alla rovescia, prima delle settimane e poi dei giorni di quanto mancava al suo pensionamento, veniva spesso preso da un senso di panico. C'erano stati dei momenti in cui era seduto, separato dal resto della sua squadra, dalla parete di vetro che divideva il suo spazio privato dall'ufficio più grande, e li guardava: chiacchieravano, si scambiavano aneddoti e ridevano. Poteva vedere tutto, persino capiva il labiale attraverso il vetro, eppure era come se stesse guardando un film al cinema. Questo era quello che succedeva, e sarebbe continuato a succedere anche quando lui se ne sarebbe andato. Fu allora che iniziò a sentire il battito cardiaco che aumentava, i palmi delle mani sudavano e gli pulsavano le tempie. In quei momenti anche la sigaretta non aiutava. Aveva imparato che se si sedeva immobile e pensava ad altro, la sensazione si placava. Una volta tornato calmo, lasciava il suo ufficio e andava nella piccola cucina, si versava un bicchiere di acqua fredda e la sorseggiava lentamente, fino a quando ogni goccia era sparita.

Questi erano i pensieri che gli occupavano la mente mentre seguiva il sergente di turno nell'oscuro corridoio verso l'ufficio di Pearce. La stanza era buia, guardò verso la finestra per vedere se fossero chiuse le tende. Le pareti erano ingiallite dalla nicotina, i mobili erano vecchi e logori. Il solo oggetto nella stanza che gli dava un tocco di personale era un grande ficus che si trovava nell'angolo. Ma infine anche il suo ufficio a Roma era spoglio, sebbene beneficiasse di una grande finestra che gettava luce solare quasi permanente direttamente sulla sua scrivania. A volte muoveva le mani intorno alla scrivania, sentendo il calore dei raggi sul dorso delle sue mani, mentre i suoi palmi godevano nel sentire la superficie liscia di noce. Giuseppe non era sicuro dell'accoglienza che avrebbe potuto ricevere. A nessuno piaceva essere battuto da uno fuori dagli schemi, Il sergente investigativo si alzò quando Giuseppe entrò ed andò a stringergli la mano.

"Ha fatto bene," disse Pearce.

"Forse. Ma è stata molta fortuna."

"No, non fortuna. Ha seguito il suo intuito ed è stato ripagato. La polizia metropolitana è stata in contatto con me. Stanno mandando un ufficiale a raccogliere le testimonianze, ma dicono che dovrebbe essere un caso aperto e chiuso. Morton ha fatto una piena confessione."

Ci fu un momento imbarazzante. Nessuno dei due uomini parlava. Allora Giuseppe chiese "E Paul Leigh?"

"Non sarà sorpreso di sapere che lui e suo fratello avevano litigato. C'era stata un po' di baruffa, con la conseguenza che George batté il capo. Ma il ragazzo giura che suo fratello stava bene quando se ne era andato."

"È così, il secondo colpo alla testa fu quando Arnold Morton lo spinse, quello fu fatale."

Pearce prese un pacchetto di sigarette dal cassetto della scrivania e ne offrì una a Giuseppe.

"Abbiamo smesso entrambi di fumare, detective sergente, no?"

Pearce annuì brevemente.

"Eppure le ha nella sua scrivania?"

"Per testare la mia determinazione."

"Ah," Giuseppe pensò alle strategie che aveva messo in atto da quando Rosalia se n'era andata, per sforzarsi di andare sempre avanti, per escogitare un nuovo modo di vivere.

Ci fu silenzio per alcuni minuti mentre i due uomini rimuginavano su ciò che era stato scoperto e ciò che doveva ancora essere risolto.

"Parlerà con la famiglia Leigh?" disse Giuseppe. Anche se, a prima vista, la sua domanda poteva sembrare un'istruzione, era piuttosto il contrario. Stava aspettando che il sergente investigativo decidesse che strada seguire.

"Il ragazzo era certo di essere responsabile della morte del fratello. Penso che le conversazioni in quella famiglia dopo che me ne sono andato non siano state facili."

"Ma ora può rassicurarli sul fatto che non è stata colpa di Paul?"

"Non sarà così semplice. Dubito che riuscirà a scrollarsi di dosso quella sensazione di colpa, per molto tempo. Forse mai."

Giuseppe annuì lentamente. "Il senso di colpa è un peso pesante da sopportare, indipendentemente dall'età."

Durante le indagini sulla morte di George Leigh, Giuseppe aveva sperato che risolvendo quel caso lo avrebbe aiutato a mitigare la sua colpa per l'evento che lo aveva costretto a lasciare il lavoro, il suo paese, volare in Inghilterra per dimenticare. Ma i sentimenti erano sempre gli stessi, la colpa era ancora lì, in bilico. Forse sarebbe rimasto lo stesso fino al suo ritorno a Roma, quando doveva affrontare i suoi demoni, ma qual' era lo scopo di tornare in un appartamento vuoto, una vita vuota?

"C'è qualcuno con cui non abbiamo ancora avuto a che fare," disse Pearce, interrompendo i pensieri di Giuseppe. "Almeno non per mia soddisfazione."

"L'irlandese?"

Pearce fece un sorriso ironico. "Forse lascerò che lei lo informi a che punto siamo con il caso? Sono sicuro che sarà in grado di fargli capire quanto il suo ostruzionismo ci abbia reso difficile il nostro compito."

Giuseppe si alzò e tese la mano a Pearce.

"È stato molto generoso per permettermi di farlo." Fece una pausa. Riconoscendo la sua parte nel risolvere il crimine poteva sembrare che si stesse vantando.

"Le restano molti giorni di vacanza?" Il sergente investigativo lo interruppe. Prima che Giuseppe potesse continuare.

"Non ho fissato una data di ritorno."

"Allora potrei vederla di nuovo? Ma spero non in circostanze così travagliate." Pearce apri il cassetto della scrivania, tirò fuori il pacchetto di sigarette e lo gettò nel cestino della carta straccia prima di seguire Giuseppe alla porta e vederlo andare via.

Una corsa in autobus e una breve passeggiata più tardi e Giuseppe bussò alla porta della roulotte di Sean Murphy. Quando non ci fu risposta, bussò di nuovo e poi pensò di aver scelto un raro momento in cui l'irlandese non era in casa. Si sedette sui gradini della roulotte e guardò in basso la spiaggia verso il litorale. Ora le scuole erano chiuse, alcune famiglie avevano approfittato di una giornata calda e asciutta per distendersi sulla ghiaia e godersi il sole. Forse la loro decisione di venire in spiaggia sabato sera per la festa del falò era un modo per scacciare via la paura per un crimine irrisolto. Sebbene il poster raffigurante l'uomo che Giuseppe ora sapeva essere Arnold Morton era ancora inchiodato al palo accanto al passaggio a livello. Il comportamento delle persone continuava a sorprendere Giuseppe. Molti dei vacanzieri indossavano soltanto un costume da bagno, quando lui aveva ancora bisogno della sua giacca. Chiuse gli occhi e provò ad immaginare di essere, invece che su di una spiaggia inglese, di essere seduto fuori da un bar di una spiaggia sul Mediterraneo, con il sole così caldo che aveva bisogno di cercare il riparo di un ombrellone.

"Hai tempo di rilassarti adesso, vero?" La voce di Sean Murphy lo colse di sorpresa.

"Signor Murphy."

"Mi aspettavi? Bene se ti muovi dai miei gradini, allora aprirò e potremo entrare. Indovino che vuoi parlarmi?"

Giuseppe si alzò, stiracchiando la schiena. Una volta dentro la roulotte Sean Murphy mise la borsa della spesa sul divano e cominciò a svuotarla.

"Sto spendendo più soldi per quel gatto benedetto che per me stesso."

Sollevò una scatola di cibo per gatti prima di riporlo sotto il lavandino.

"La polizia mi ha chiesto di farti sapere che hanno arrestato qualcuno."

"Per la morte del ragazzo?"

"Sì."

Sean spinse la borsa vuota sul pavimento e si sedette sul divano, prendendo la pipa ed accendendola. "Cosa gli succederà?"

"Andrà in tribunale e poi, forse, in prigione."

"Prigione?"

Giuseppe osservò l'espressione dell'irlandese, che stava chiedendosi quanto dovesse attendere prima che gli fosse posta la domanda di quale fosse stata la sua parte negli eventi che si erano svolti quella domenica pomeriggio.

"Ma è solo un ragazzo."

"Paul Leigh?"

Sean annuì, ma poi studiò il viso di Giuseppe.

"Penso che sia ora che tu mi dica cosa hai visto davvero quel giorno. Puoi solo aiutare i soggetti coinvolti."

"Non ho visto niente. È quello che continuo a dire a te e alla polizia, ma, come ho detto prima, nessuno vuole ascoltare le mie risposte. Non ho visto niente, ma ho sentito qualcosa."

"Una discussione?"

Sean aspirò la pipa e fissò lo sguardo di Giuseppe "Lo sai già, vero? Bene allora non hai bisogno che te lo dica."

"È lì che ti sbagli, so cosa ha detto Paul Leigh, ora ho bisogno di sentire cosa tu hai da dire."

"Come mai mi fai queste domande, comunque? La polizia non dovrebbe essere qui?"

"Siamo tutti dalla stessa parte no? Dalla parte di ciò che è buono e giusto."

Sean si alzò, superò Giuseppe in modo da poter stare sulla soglia della roulotte, guardando fuori verso la riva.

"Tendo a stare dentro soprattutto quando la spiaggia è affollata. Ho abbastanza possibilità di godermi il posto quando ce l'ho tutto per me. Quindi quella domenica pomeriggio c'era molta gente, come al solito, ma giusto prima che quella nebbia marina arrivasse, era diventato molto freddo. Tutti hanno preso le loro cose e si sono diretti a casa. Avevo iniziato il puzzle, era davvero complicato, il primo che facevo di mille pezzi e tutto ciò che ero riuscito a fare era la cornice. Quindi, ho programmato di trascorrere il pomeriggio lavorando sul pezzo del

cielo, toglierlo di mezzo prima dell'ora del tè. Un po'
una sfida."

"Stavi lavorando al tuo puzzle e la porta era
chiusa?"

"Esatto. Non era abbastanza caldo da aprire la
porta, inoltre mi piace la mia privacy."

"E hai sentito qualcosa?"

"I fratelli Leigh. Spesso venivano in bicicletta. In
effetti, li avevo visti quella mattina, mentre andavano
nella villetta di quella donna. Ma più tardi nel
pomeriggio devono essere tornati. Come ho detto,
non li ho visti, ma ho riconosciuto le loro voci."

"Li conosci abbastanza bene. Sono stati nella tua
roulotte diverse volte?"

"Paul più di George, ma si. Paul è vivace ma non c'è
nulla di male in lui. Mi sembra che ha vissuto la sua
vita all'ombra di suo fratello."

"Perché dici così?"

"È chiaro a tutti che George era il più intelligente,
anche sensibile, direi. Ma Paul è arguto. Gli piace
conoscere i miei anni passati in mare, la pesca e così
via. Anche se ci sono alcune storie che non gli dirò
mai." La voce di Sean si affievolì e distolse lo sguardo.

"Hai sentito cosa dicevano? Di cosa stavano
discutendo i fratelli?"

"No, solo voci alzate."

"E non hai mai guardato fuori una volta per
vedere cosa sarebbe potuto succedere?"

"Guarda, per come la penso io, non voglio che la
gente metta il naso nei miei affari, quindi tengo il
naso fuori dai loro."

"Forse se in questa occasione se tu avessi *ficcato il*

naso', avresti potuto salvare la vita a un ragazzo."

Sean si girò verso Giuseppe "Oh no, non farlo. Non mi puoi addossare questo."

"Quando hai sentito che George Leigh era morto, hai pensato che Paul avesse potuto fare molto di più che semplicemente litigare con suo fratello?"

"Non pensavo che il ragazzo ci entrasse. Qualunque cosa sia successa, non riesco a credere che abbia potuto fare alcun danno."

"Non solo hai reso le indagini su questo caso più difficili, ma se quel pomeriggio avessi guardato fuori dalla tua roulotte, e per qualche istante avessi distolto lo sguardo dal tuo puzzle potevi aver visto George Leigh a terra, dopo aver subito un duro colpo cadendo dalla sua bici."

"È quello che l'ha ucciso?"

"Un po' dopo della caduta, dopo che Paul si era allontanato, sperando che suo fratello lo seguisse, George Leigh subì un secondo colpo alla testa."

"Un secondo colpo?"

"Sì."

"Adesso mi hai incuriosito. Allora non è Paul?"

"No, non Paul. L'uomo che ha causato il secondo colpo è stato l'uomo che hai visto pescare giù vicino alla riva del mare. L'uomo che ha gridato ai ragazzi e al quale tu hai urlato per difenderli. È una grande vergogna che in questa occasione tu non sia riuscito a difenderli. Forse George Leigh sarebbe ancora vivo e suo fratello non dovrebbe vivere il resto della sua vita gravato dal senso di colpa."

"Non hai il diritto di giudicarmi. Puoi dirmi mano sul cuore, che tu non hai mai fatto un errore nella tua vita?"

Fu la volta di Giuseppe di incassare il colpo. Non disse nulla, ma poi Sean continuò. "Mio figlio è morto ed è stata colpa mia." Sean fece una pausa, la sua espressione addolorata. "Ero uno skipper su un peschereccio. Joe era uscito con me decine di volte. Il guaio era che pensava di saperne altrettanto sul mare come suo padre. Ma non ha mai capito il pericolo. È caduto in mare, mi sono tuffato subito dopo di lui, ma non sono riuscito a salvarlo." Sean si sporse in avanti, fissando il pavimento. "Ho lasciato l'Irlanda e sono venuto qui, pensando che guardare un mare diverso mi poteva aiutare."

"Mi dispiace davvero."

L'amicizia di Sean con i fratelli Leigh, la sua preoccupazione che Paul fosse stato in qualche modo responsabile per la morte di suo fratello, tutto ora aveva un senso per Giuseppe.

"È un bravo ragazzo," disse Sean.

"Paul?"

"Forse suo padre non ha molto tempo per lui, ma qualunque cosa sia, sembra che ci prendiamo. Sai che si è presentato qui sabato pomeriggio, ha annunciato che era andato via di casa. Mi ha detto che vuole vivere qui con me finché non riesce a trovare un lavoro su una barca da pesca."

"Cosa gli hai detto?"

"L'ho lasciato rimanere sabato. Poi c'era tutto quel pandemonio con il bambino. Comunque, domenica mattina gli ho detto di andare a casa e dire ai suoi genitori la verità, che se suo fratello era morto era stato un incidente. Io lo capisco, vedi. Devo vivere ogni giorno con la colpa della morte di mio figlio."

Giuseppe ringraziò Sean per la sua onestà e si strinsero la mano prima di andarsene. Facendo una passeggiata lenta ritornò alla fermata dell'autobus. Durante il suo periodo da detective aveva spesso incontrato testimoni che avevano scelto di non farsi avanti, che detestavano essere coinvolti per paura che parte della colpa, in qualche modo ricadesse su di loro. In questa occasione l'irlandese non era preoccupato per sé stesso, ma per il giovane ragazzo con cui aveva fatto amicizia. Era, forse, la cosa sbagliata ma fatta per una buona ragione.

CAPITOLO 41

26 LUGLIO
DOMENICA

A una settimana dalla festa dei falò e tre settimane dopo la morte di George Leigh, la vita ricominciò a tornare alla normalità a Bexhill e d'intorni. Questa volta, quando Stevie supplicò Christina, di andare il pomeriggio sulla spiaggia, fu in grado di dirgli un preciso *Sì*. Sarebbe stata una uscita di famiglia, ma non solo per la famiglia Rossi.

Giuseppe aveva telefonato a Matthew Harding, dicendogli che lo avrebbero aspettato alla stazione di Bexhill. Durante il viaggio in treno per Bexhill, Matthew si sentì di nuovo come un giovane ragazzo, ma questa volta sua sorella non era lì a tenergli la mano. Guardava fuori dal finestrino, meravigliato, mente gli oscuri confini della città furono rimpiazzati da campi verdi dove gli agnelli venivano allattati dalle loro madri e le mucche prendevano ombra sotto gli alberi. Poteva quasi sentire l'odore della freschezza dell'aria. Tutto questo, suscitò in lui un ricordo che aveva dimenticato.

La sua vita di postino londinese significava percorrere le strade polverose ogni mattina, dovendo portare un pesante sacco di posta. Ora, seduto sul sedile del treno, era libero da qualsiasi peso. Sua sorella era viva, stava bene e presto sarebbe tornato con lei.

Mentre il treno arrivava alla pensilina, abbassò il

finestrino e allungò la mano fuori per afferrare la maniglia della porta. All'improvviso un'altra mano prese la sua, guardandola in volto riconobbe dopo tanti anni un viso famigliare che aveva una sorprendente somiglianza con la ragazza che le stava accanto.

"Matthew," disse Anne, la sua voce la stessa di più di venti anni fa.

"È molto gentile da parte vostra," disse, guardando a turno tutti quelli che erano lì per dargli il benvenuto. Christina fece strada, con Stevie che tirava la mano per l'impazienza, non aiutata da Max che tirava il guinzaglio. Anne prese il braccio di Matthew, mentre Giuseppe lo seguiva, ed il gruppo si fece strada lungo la pensilina.

Matthew era abituato all'attività frenetica della capitale, la gente si imbatteva in lui mentre lui faceva il suo giro per la posta. Ma qui, quando uscirono dall'atrio della stazione, fu colpito dal silenzio. Un uomo era seduto su una panchina lì vicino, a leggere un giornale. Una donna passò in bici e poi un'altra donna anziana attraversò la strada, spingendo una carrozzina. Si chiese dove fossero tutti gli abitanti di Bexhill. Si ricordò quando era arrivato con il treno e le pensiline erano piene di gente, i bambini erano stati costretti a lasciare le loro famiglie, gli adulti sembrano ansiosi mentre si assumevano la responsabilità di uno sconosciuto.

Lo condussero verso due macchine, parcheggiate fianco a fianco. Si sedette nella parte posteriore dell'Imp Hillman, con Mario al volante e Anne al suo fianco. Giuseppe si strinse ancora una volta nel sedile del passeggero della macchina di Christina, con Stevie e Max sul sedile posteriore. Mentre si dirigevano dalla stazione sul lungomare, Matthew si sentì di nuovo come un bambino, cogliendo i primi scorci del mare. Abbassò il finestrino e respirò l'aria fresca del mare, in contrasto con i soliti odori di Londra, la polvere e gli scarichi delle macchine e degli autobus, mescolati con l'ondata occasionale di una colazione fritta.

Si avvicinarono alla villetta e le persone che accompagnavano Matthew indugiarono. Questo momento era solo per lui. Sul sentiero c'era Rose pronta a salutarlo, tendendogli le braccia, scusandosi con lui, mentre lui si scusava con lei.

"Sono così orgoglioso di te," disse.

"Perché sono scappata?"

"No, perché hai fatto il primo passo verso una nuova vita. Sei più coraggiosa di quanto pensi."

La spiaggia era affollata di famiglie che si godevano una vera giornata di luglio in cui il sole era alto e il cielo era senza nuvole. Gli altri trovarono un posto tranquillo dove sedersi, lasciando parlare fratello e sorella. Giuseppe borbottò sottovoce per il disagio delle spiagge inglesi e si appoggiò contro uno dei frangiflutti, mentre le donne sedevano lì vicino.

"Cosa succederà adesso?" chiese Anne a Giuseppe.

"A Rose?"

"Non riesco a smettere di pensarla come Barbara. Almeno quel bruto di marito non potrà più farle del male adesso. Andrà in prigione no?"

"Non conosco a fondo il sistema giudiziario inglese, ma sì, lo penso. Dopotutto, ha ammesso la sua colpa.”

“Pensi che sceglierà di tornare a Londra?”

“La vita di suo fratello è a Londra. Se rimane qui, sarà da sola,” disse Giuseppe. Una tosse li allertò e alzando lo sguardo videro Matthew e Rose avvicinarsi, camminavano mano nella mano.

“Dobbiamo ringraziarvi tanto,” disse Matthew, guardando Anne.

“Non ho fatto niente.”

“La tua famiglia è stata gentile con noi prima, e ora ci avete aiutato a ricongiungerci.”

Anne studiò il viso della sua amica. Era come se avesse perso anni nel giro di pochi giorni. La tensione costante nella sua espressione era stata sostituita da piccole rughe di sorriso intorno alla bocca e i suoi occhi. I suoi capelli erano legati con un nastro colorato, abbinato a un vestito estivo dai motivi vivaci.

“Adesso sei al sicuro, Barbara. E hai amici intorno a te, non sei più da sola.”

Rose sorrise, tenendosi ancora stretta alla mano di suo fratello.

“Pensi che potresti provare a cercare tuo figlio? Il tuo Vincent?” chiese Anne.

Non c’era bisogno di esprimere ciò che stavano pensando tutti. Il piccolo Vincent poteva essere stato adottato, e poteva aver trovato l’amore in una nuova famiglia.

“In questo momento c’è solo una cosa che mia sorella vuole fare e questa volta sarò lì accanto a lei,” disse Matthew.

Era come se Stevie avesse già indovinato quale

fosse il piano, perché lui e Max avevano iniziato a correre verso il mare, i guaiti di gioia di Max risuonarono con le risate di Stevie.

Seguendoli alle loro spalle c'erano Rose e Matthew con Anne che gli urlava, "Le tue scarpe e calzini," ascoltata a malapena, mentre le onde spingevano i ciottoli del mare sulla spiaggia e i gabbiani volteggiavano sul mare.

NOTA DELL'AUTORE

Il decennio degli anni '60 mi ha affascinato a lungo. È stato il momento di un grande cambiamento, in tutti i paesi, per tutte le età, e qualsiasi classe sociale. Quando ho pianificato questa storia, ho scelto di ambientarla nel 1964, poiché questo è stato un anno in cui si sono verificati alcuni cambiamenti radicali che hanno interessato le persone nella loro vita quotidiana. I giovani si sono entusiasmati all'idea 'dei travolgenti anni '60' ma molte persone anziane hanno faticato per mantenere il passo.

In Gran Bretagna, iniziarono ad entrare i televisori nelle case, portando Mary Whitehouse a inveire contro le immagini bianche e nere portate nei salotti di tutto il paese della nuova 'società permissiva'.

Alcune famiglie hanno continuato la stessa vita che avevano vissuto dalla fine della Seconda Guerra Mondiale, in case umide e anguste, circondate da edifici abbandonati dopo i bombardamenti. Mentre per altri è iniziata una nuova vita, in una casa moderna, piena di apparecchiature moderne e mobilia in stile Habitat. Ma Londra stava assistendo al sovraffollamento di una tale portata che il governo progettò di costruire tre città nuove nel sud-est dell'Inghilterra.

Le radio a transistor trasmettevano la musica pop e rock, gli adolescenti applaudivano a gran voce la moda di Mary Quant, mentre gli scontri tra Mods e Rockers turbavano le tranquille città sul mare.

Da una nave ancorata al largo delle coste del Kent iniziarono le trasmissioni da una radio pirata. Per la prima volta le nuove generazioni fecero sentire le loro voci, mentre gli altri sino ad allora erano stati messi a tacere.

Era il giugno del 1964 quando Keith Bennett , di dodici anni scomparve vicino a Saddleworth Moor. La frase *"sconosciuto pericoloso"* si insinuò nella coscienza pubblica. È stato dopo anni, che Ian Brady e Myra Hindly vennero condannati per la sua morte ed anche per quella di molti altri.

Dall'altra parte dell'Atlantico furono inviati migliaia di soldati a combattere nella guerra del Vietnam, e la Commissione Warren si riunì per indagare sull'omicidio del presidente degli Stati Uniti, John F. Kennedy.

Tutti i contrasti tra luce e tenebre erano nelle prime pagine di cronaca. Contrasti che ritroviamo quando Giuseppe Bianchi e Christina Rossi hanno iniziato ad indagare sulla morte di un adolescente avvenuta in un tranquillo tratto di spiaggia nel Sussex.

Isabella Muir
Giugno 2020

GRAZIE

Prima, devo dire mille grazie ad Anna e Loretana per tutte le ore che hanno passato nel tradurre questo libro. È bello avere l'opportunità di presentare Giuseppe ai lettori italiani. Anche voglio dire grazie a Brian chi ha letto il libro in italiano per essere sicuro che non abbiamo fatto errori.

E poi, per l'edizione inglese devo dire grazie a Christoffer Petersen e Sarah Acton. Li ho incontrati per la prima volta quando stavamo frequentando tutti e tre il Master in Scrittura Professionale all'Università di Falmouth.

Da allora hanno continuato a sostenermi ed incoraggiarmi per la mia scrittura, mentre proseguono a realizzare grandi cose con il loro proprio lavoro creativo.

Il mio speciale ringraziamento va ora a loro, per i loro consigli durante la stesura e la modifica di Oltrepassare la Linea. Senza il loro incoraggiamento, Giuseppe Bianchi potrebbe non aver mai visto la luce. Ma ora che l'ho incontrato ho la sensazione che sia qui per restare.

Isabella Muir
Dicembre 2020

RIGUARDO L'AUTORE

Isabella ama immergersi negli anni '60, per rivivere le esperienze, le immagini ed i suoni di quegli anni. La ricerca di tutti gli aspetti della vita familiare di allora ha costituito un perfetto trampolino di lancio per le sue opere di narrativa. Isabella ha riscoperto il suo amore per la scrittura, di narrativa, durante due felici anni trascorsi completando il suo Master in Scrittura Professionale e da allora ha pubblicato cinque romanzi, due novelle ed una raccolta di racconti.

La sua prima serie, *Crimini nel Sussex*, ha come protagonista una giovane bibliotecaria ed investigatrice dilettante, Jane Juke. La serie è ambientata alla fine anni '60 nella immaginaria città balneare di Tamarisk Bay, dove incontriamo Jane, che si occupa della biblioteca mobile. Lei è un'appassionata delle storie di Agatha Christie – in particolare di Hercule Poirot - userà tutto ciò che ha imparato dalla Regina del Crimine per risolvere crimini e misteri. Questa serie è composta da tre romanzi. Dove si scopriranno i retroscena degli abitanti di Tamarisk Bay.

Il suo ultimo romanzo, *Oltrepassare la Linea,* è il primo di una nuova serie di Crimini nel Sussex, con protagonista un detective italiano in pensione, Giuseppe Bianchi che arriva nella tranquilla cittadina balneare di Bexhill-on-Sea, nell'East Sussex, per trovare un cadavere sulla spiaggia e così inizia la storia...

Il romanzo singolo di Isabella, *The Forgotten Children*, tratta il delicato argomento dei bambini migranti che furono inviati in Australia – ancora concentrato sulla vita familiare negli anni '60 quando era ancora vigente la politica dei minori migranti inviati in Australia.

www.isabellamuir.com

LIBRI DELLO STESSO AUTORE

Libri italiani dello stesso autore

OGGETTI SMARRITI
IL CASO INVISIBILE

Libri inglese dello stesso autore

BRAND NEW SUSSEX MYSTERY SERIES!
Featuring retired Italian detective - Giuseppe Bianchi
CROSSING THE LINE*
AFTER THE STORM

THE SUSSEX MYSTERY SERIES
Featuring young librarian and amateur sleuth - Janie Juke
BOOK 1: THE TAPESTRY BAG*
BOOK 2: LOST PROPERTY*
BOOK 3: THE INVISIBLE CASE*

THE SUSSEX CRIME MYSTERIES
A Janie Juke trilogy - box set

SUSSEX MYSTERY NOVELLAS
Featuring characters from the Janie Juke novels
DIVIDED WE FALL
MORE THAN ASHES
WAITING FOR SUNSHINE

THE FORGOTTEN CHILDREN*
A story about a mother's search for her child

*These titles are also available as audiobook editions.

TWELVE AT CHRISTMAS
An anthology of twelve Christmas-themed short stories

IVORY VELLUM
An anthology of short stories

www.isabellamuir.com

www.ingramcontent.com/pod-product-compliance
Lightning Source LLC
Chambersburg PA
CBHW050745190726
48285CB00005B/1540